中公文庫

赤い死の舞踏会

付・覚書（マルジナリア）

エドガー・アラン・ポー
吉田健一訳

中央公論新社

目　次

赤い死の舞踏会　付・覚書（マルジナリア）

挿画　Arthur Rackham

ベレニイス

友ダチハ私ニ言ッタ、「モシ私ガ女友ダチノ墓ヲ訪レルナラバ、
アルイハ私ノ病気ガイクラカヨクナルカモシレナイ」ト。[*1]

人間の不幸は多岐にわたり、悲惨はおよそいろいろな形をとってあらわれる。すなわち広大な地平線のかなたまで虹《にじ》のごとくに及んでいるかに見える。われわれの苦渋が帯びる色も虹と同じく多様であり――虹におけるのと同様に、それらの色は明確に識別されるとともに分かち難く融合している。私は虹のごとくにと言った。なぜそのように美しいものが私にとっては醜悪な事柄について語るための比喩《ひゆ》となるのだろうか。――なぜ平和を約束するものが私にはかくのごとく悲しい微笑を浮かべる所以《ゆえん》となるのだろうか。しかし倫理において悪は善に起因するのと同様に、事実として悲哀は歓喜から生じるのであって、昨日の幸福は今日の苦悶《くもん》の所以であり、またあるいはありえたかもしれない悦楽について考えることがわれわれを現実に苦しめるのである。

私の名前はエギアスと言って、姓はここでは明かさないことにする。しかしこの国では私たちの陰鬱《いんうつ》な、灰色をした、祖先伝来の屋敷ほど古くから知られているものはないのである。私の家の人々は夢想家の血統を引いているといわれていて、多くの注目すべき特徴が――たとえば屋敷の建築や――大広間の壁画や――居室の壁に掛かっている帳《とばり》や――武庫の堡壁のいくつかにほどこされた彫刻や――それからことに、屋敷に蔵されている古画の蒐集《しゅうしゅう》と——書庫の構造と——その書庫に収められている書籍のきわめて特殊な内容とは——この謂《いわ》れを充分に証拠だてているようである。

私の幼年時代の記憶はこの書庫とそこに並んでいる本とに結びついている。——しかしこれらの本については語らないことにしよう。私の母はこの部屋で死に、私が生まれたのもこの部屋である。しかしながら私がそれ以前に生きていたことがないと言って——魂に前生があることを否定しようとするのは私にとって意味がない。これは一般に信じられていることに反しているとして、ここでこの問題について論じることはやめる。すなわちこれは私自身が確信していることなのであって、それを他人にも信じさせようとは思わない。しかしそれはそれとして私には何ものかの幻想的な姿や——霊的とも言うべき意味ありげな眼や——音楽的で悲しい響きをもった音の記憶があって——それは影のようなもので漠然としていてとらえ難く、また私の理性の光が射しているあいだはこの記憶が私を去ることはない点でも影に似ているのである。

私はその書庫で生まれた。かくして虚無のごとくに見えてしかも実際は虚無ではない、長い夜から目覚めて、さながら妖精の世界に——奔放な想像力が築いた宮殿に——また学識と宗教的な思索との世離れがした領域に——自分がいることを知った私が驚異と熱情に眼を輝かせてあたりを見回し、少年時代を読書に耽《ふけ》って過ごし、青年期を夢想のうちに浪費したのは不思議ではない。しかしながら年月が経過してやはりその屋敷で壮年期に達した私はたしかに驚くべき生命力の停滞を経験するに至り——私が行なういかに平凡な思索もある完全に転倒した性格を帯びることになった。すなわち現実の世界は私の眼に単に幻影として映じ、これに代わって夢想の領域に属する各種の奇異な妄念《もうねん》がいまや私の日常的な存在の材料、と言うよりもその存在自体をなしているのだった。

＊

ベレニイスと私は従兄妹《いとこ》で一緒に私の屋敷で育った。しかしながら私たち二人は何と異なったぐあいに成長したことだろう。——私は病弱で始終憂鬱《ゆううつ》であり——彼女は敏捷《びんしょう》でしなやかな体をしていて活気に満ちていた。それゆえに山や谷を駆けまわるのは彼女のほうであって——私は部屋に閉じこもり、私は私自身のうちに生活していて激しい、困難な思索に没頭しているのに対して——彼女はその途上に射している影や不吉な沈黙のうちに経過していく時間に頓着《とんちゃく》しないで気軽にその日その日を暮していた。ベレニイス！——私がこの名を呼ぶと無数の事柄が群れをなしていまは廃墟《はいきょ》と化した私の記憶にもどってくる。あのころの陽気な、いかにも楽しそうだった彼女の姿はいまでも私のうちに生きている。彼女の美しさは何と奇異で絢爛《けんらん》としていたことだろう。彼女はアルンハイムの領地に住む気仙であり、そこに湧《わ》くいくつかの泉の精だった。しかもその後に——その後に起こった出来事は神秘と恐怖に包まれていてほとんど述べるに堪えない。と言うのは一種の病気——不治の病気が彼女を襲って、彼女の精神や、習癖や、性格に見るまに変化をきたし、それは彼女が前と同一の人間であることをさえ疑わせるに足るような、微妙な、恐るべき変化だった。それはいかに嘆いても甲斐《かい》がないことだった。そして病気に罹《かか》った後には彼女は——少なくとも私がベレニイスとして知っていた人間ではなくなった。

彼女を精神的にも肉体的にもかくのごとく変化させた最初の致命的な疾患の結果として併発した他のいろいろな病気のなかで、もっとも執拗《しつよう》でまた悲惨な症状を呈したのは、しばしば精神昏迷《こんめい》にまで至る一種の癲癇《てんかん》で——その精神昏迷はほとんど死も同様の状態を呈するのだったが、それとともにまた彼女はかかる状態から大概の場合驚くほど迅速に回復するのだった。そしてその間に私自身の病気も——と言うのは、それを病気と見るほかはないということが私に告げられたのであって——それで私自身の病気も急激に悪化し、ついに一種の珍しい固定妄想狂的な症状を呈するに至って——時々刻々病勢は募《つの》り——やがてそれは私を信じられないほど強力に支配するようになった。この固定妄想狂の症状は、もし私の病気をそう呼ぶことができるならば、心理学で注意的と名づけられている精神の諸能力が病的に興奮することだった。私がそのように言ってもおそらく理解されないだろうと思うのであり、いずれにせよ私の場合、もっとも平凡な物体の観察にも私の（通俗的な言い方を用いるならば）思考力の全部が発揮され、集中される、かかる物体に対する興味の激しさを一般の読者に的確に説明することはとうていできないことである。

たとえば本の欄外にほどこされた些細《ささい》な装飾や本文の印刷のしかたをあかずに見つめていることで長時間を過ごしたり、長い夏の一日の大部分を床や帳に斜めに射しているなんらかの奇妙な影を凝視するのに費やしたり、ランプの揺《ゆる》がない炎や炉に残った燠《おき》を徹夜してながめていたり、ある花の匂《にお》いについて、何日間も夢想しつづけたり、なにか平凡な言葉を何遍《なんべん》も、その音が精神にとって全然意味を持たなくなるまで繰り返してみたり、完全に静止していることをいつまでも根気よくつづけることによって運動とか肉体的な存在とかの観念をまったく失うに至ったり、そのようなことが、この前例がないわけではないが、とにかく分析することも説明することもできない精神状態に原因する各種の気紛《きまぐ》れのなかでも、もっとも普通な、また比較的に無害なほうの部類に属しているのだった。

しかし誤解してはならない。このようにしてそれ自体平凡な物体によって喚起される異常な、深甚《しんじん》な、病的な関心をある種の、大部分の人間に多少とも認められて、ことに想像力に富んだものに顕著である思索癖と混同してはならないのである。この病的な関心はそのような性癖の極端な場合や誇張でさえもなく、それとは本質的に異なっていた。すなわち一方においては大概平凡ではないなんらかの物体に興味を惹《ひ》かれた夢想家がその物体を起点として各種の類推や推測に耽るうちにその最初の物体を見失い、しばしば多大の快感を伴うそういう種類の黙想の終りにはそれを誘致した最初の対象はいずこにか完全に消え去っている。ところが私の場合には、この最初の物体がかならず平凡な性質のものであり、ただ私の病的な視覚を反映して虚偽の重要性を帯びているにすぎず、この物体について若干の推測が行なわれるにしてもその数は非常に少なくて、しかも推測の結末はそれが出発した対象につねにもどってくるのだった。そしてこの種類の夢想はすこしも楽しくなかったのであり、夢想が終わってその原因となった物体は見失われているどころではなくて、私の関心はそのとき私の病気の主要な特徴である異常に誇張された興味に増大していた。すなわち普通の夢想家の場合には主として精神の思弁的な諸能力が作用するのに対して、私の病気ではそれが前にも言ったように注意的な諸能力なのだった。

当時私が愛読した本は、もしそれらが私の病気をいっそう悪くさせることはなかったにしても、その空想的な、また論理的に不統一な内容において私の病気自体の特徴的な諸性格と多分につながりを持っていた。例えば私はそのなかに、あのすぐれたイタリア人、コエリウス・セクンドゥス・クリオの『神の美しき治世の無辺性について』や、アウグスティヌスの『神の都』があったことを記憶している。またテルトゥリアヌスの『基督《キリスト》の肉体について』に出てくる逆説的な文章、「神の子が死んだということはありえない。それゆえにそれは疑いがない事実である。そして葬られた後に復活したということは信じられないことであるがゆえに確実である」は私に何週間かにわたる困難な、また無益な研究の課題を提供して、私はその間まったく他のことを顧みなかった。

かくして些細なことによってのみその均衡を失わされる私の理性は、プトレミイ・ヘフエスティオンが言っている、人間の暴力やそれよりもはるかに激しい風波の作用に堪えながら、アスフォデルという花がそれに触れるときだけ震動したという海の中に立っている岩に似ていた。そして普通に考えれば、ベレニイスの病気によって彼女の精神が蒙《こうむ》った変化は私がこれまでその性質を説明しようと努力してきた私の病的に激しい思考力を働かせるのに幾多の材料を提供したように見えるかもしれないが、事実は決してそうではなかった。すなわち私が正気にもどっているときには私はたしかに彼女の病気を悲しみ、彼女の静かな、幸福な生活が完全に破壊されたことを痛惜してかくのごとく不可解な変化がかくまで急激にもたらされたことについていろいろと思案しないではいられなかった。しかしながらそういう省察は私の病気とは関係がなく、そのような場合にだれでもが行なう性質のものだった。そして私の病気はこのときにもその性格に相応したあらわれ方をして、私はベレニイスの肉体に加えられた、事実その精神的な症状ほど重大ではなくて、しかも表面はもっと驚異的な変化に——その別人のごとくになった外観の変わり方に魅せられたのだった。

ベレニイスがその比類ない美しさの絶頂にあった時代にも私は彼女を愛したことはなかった。というのは私の不思議な性向として、私が抱く感情はかつて心のうちに生じたことがなく私を動かす情熱はすべて精神に関連していた。そして灰色をした早暁や——真昼の森のなかに射す格子縞《こうしじま》の影や——また書庫の夜の沈黙といったぐあいにさまざまなときに彼女は私の眼前を掠《かす》めたのだったが、私は彼女を——現実のベレニイスとしてではなく、夢のなかに出てきたベレニイス、地上の存在ではなくて、そういう地上の存在の抽象であり、嘆賞するのではなくて分析するもの、愛の対象よりは散漫ではあってももっとも微妙な思弁の材料の意味でながめていたのだった。私はいまは——彼女を前にして戦慄《せんりつ》を禁じえず、彼女が近寄ってくると顔色を変えた。しかも彼女のみじめな境遇があまりにも痛ましくて、彼女が前から私を愛していたことを思い出し、ある呪《のろ》われた瞬間に彼女に結婚を申し込んだ。

　そして結婚の時期が間近になったある日、それは冬の午後で——美しいハルシオンの乳母[†1]と呼ばれている種類の季節はずれに暖く静かな、霞《かす》んだ冬の一日のことだったが——私は書庫の奥に（自分一人のつもりで）腰をおろしていた。そして眼を上げると私の前にベレニイスが立っていた。

　そのとき興奮した私の気のせいで——それともその日の霞んだ空気——あるいは部屋の薄明り——あるいはまた彼女を包んでいる寛闊《かんかつ》な、灰色の服のために——彼女の輪郭があのように朧《おぼろ》げに見えたのだろうか。私にはその理由はわからなかった。彼女は何も言わず、私は——私はどんなことがあってもひと言も口をきくことはできなかった。そして私の体を氷のような悪寒《おかん》が走り、何か堪え難い不安が私を襲うとともに私はある烈《はげ》しい好奇心に満たされて、椅子《いす》に体を投げかけ、しばらく息を殺して身動きもしないで彼女を見つめていた。彼女は極度に痩《や》せて、その輪郭のどこにも以前の彼女の面影は残っていなかった。そしてやがて私は彼女の顔に眼を転じた。

彼女の額《ひたい》は広くて蒼《あお》ざめていて、またとくに静謐《せいひつ》な感じを与え、その一部にかつては真っ黒だった彼女の髪がかかり、窪《くぼ》んだ顳顬《こめかみ》のあたりに無数の巻毛となって落ちてきていたが、それがいまでは鮮かな黄色に変わっていて、彼女の憂鬱な表情をしている顔と何とも不調和な対照をなしていた。彼女の眼には活気も光もなくて、瞳《ひとみ》もないように思われ、私はその茫漠《ぼうばく》とした視線を思わず避けて、彼女の薄い、縮んだ唇《くちびる》をながめた。そのときその唇が開いて、何かきわめて特殊な意味を持った微笑が浮かび、変わり果てたベレニイスの歯が徐々に露呈された。私はなぜそれを見たのだろうか。あるいはそれを見た後で死ねばよかったのである！

＊

私は戸が閉まる音が聞こえたので顔を上げると、私の従妹《いとこ》はもはや部屋にはいなかった。しかし私の錯乱した頭には彼女の歯の白い、気味悪い余像が残り、私にはそれをどうしても忘れることができなかった。その表面のいかなる汚点も——琺瑯質《ほうろうしつ》に認められるいかなる影も——歯の先のいかなる窪みも——すべては彼女が微笑したわずかなあいだに私の記憶に刻みつけられた。私はいヽまヽそのときよりもさらに明確にそれらを見ることができた。

あの歯！――それはここにしてもかしこにしても、どこを向いても現実に私の眼の前にあって、細長くて非常に白く、その周囲には蒼ざめた唇がそれらの歯が最初にあらわれた瞬間と同じぐあいに歪《ゆが》んだ線を描いていた。そしていまや固定妄想狂の激しい発作がその全力をもって私に襲いかかり、私は空《むな》しくその奇妙な魅力に抵抗しようとして踠《もが》いた。私には外界の無数の物体のうちでただそれらの歯のことしか考えられなかった。私は狂気じみた烈しさでそれらの歯に憧《あこが》れた。その他の事柄、すべてその他の関心事はそれらの歯をながめることに吸収された。それらは――またそれらだけが私の眼前にあって、その各種の特徴は私の精神的な生活の本質をなすに至っていた。私はそれらをいろいろな角度からながめ、いろいろな位置に置いてみた。私はそれらの特質を検討し、ことに変わっている点に注意し、その形状を熟視し、それらの以前の性質に加えられた変化について思案にふけった。私はそれらに知覚や感覚があって、唇の援助がなくてもものを表現する能力が与えられていることを想像して戦慄した。かつてサレ嬢というフランスの婦人について「その一歩一歩が何らかの情趣の表現である」と言われたが、私はベレニイスについて、その歯一本一本がある観念であると真面目に思ったのだった。観念！――ああ、それこそ私の破滅を招いた馬鹿げた考えなのだった。観念！――私はそれゆえにそれらの歯にかくまで狂暴な欲望をおぼえるのだった。私はそれらを手に入れなければ理性を取りもどすことができず、したがっていつまでもそのような状態でいなければならない感じがした。

そうしているうちに日が暮れて――夜が来て過ぎていき――夜が明けて――いまやふたたび夕暮れの靄《もや》がかかり――それでもまだ私は身動きもしないで一人でその部屋にいた。――私はまだ同じことを考えていて、――歯の幻影の恐るべき魅力はすこしも減退せず、それらの歯は刻々に変わる部屋の明暗のなかを身の毛がよだつような鮮明さでいまだに漂っていた。しかしやがて恐怖と驚愕《きょうがく》から発せられたかと思われる叫び声が起こって私の夢想を中断し、間もなくそれにつづいて悲しみか苦痛かを訴える低い呻《うめ》き声も混じって多くの者が騒ぐのが聞こえてきた。私は立ち上がって書庫の戸の一つを開けると、次の間に召使の女が一人泣いていて、私に――ベレニイスが死んだことを告げた。ベレニイスはその日の早朝に癲癇の発作を起こして、いまや日が暮れて墓が用意され、埋葬の準備はすべて整ったということだった。

＊

私はまた書庫に腰をおろしていて、こんどもやはり一人だった。私は何か込み入った、息が詰まるかと思われる底の夢からいま醒めたばかりのようだった。私は時刻がもはや真夜中で、また日が暮れてからベレニイスが埋葬されたことを知っていた。しかしそれからいままでの時間をどのようにして過ごしたかは私には確実にはわからなかった。しかもその記憶は恐怖に満ちていて――すべてが漠然としているのでなおさらその恐怖は大きかった。

それは私の生涯における戦慄すべき一ページであって、そこには微《かす》かな、恐ろしい、何かわけがわからない思い出が一面に記されているのだった。私はそれをなんとか分明にしようとしたが、私の努力は空しかった。しかも絶えずその間に、あたかもそれはある消え去った音の幽霊でもあるかのごとく、女の鋭い叫び声が私の耳に鳴っているような気がした。何か私はしたのだった。――しかしそれは何だったのだろうか。声に出して自分にそう質問し、それは部屋に木霊《こだま》して、何だったのだろうか、と返ってきた。

私のそばの卓子にはランプが燈《とも》されていて、その脇に小さな箱が一つ載っていた。それはべつに変わった箱ではなく、私たちの侍医の持ち物なので前にもよく見たことがあるものだったが、なぜそれがそこに載っていて、私はそれを見て身震いしたのだろうか。私にはこれらのことが説明できず、そのうちにそばに開いたまま置いてある本と、そのなかで傍線が引いてある文章とが私の眼にとまった。それは詩人エブン・ザイアットの奇異な、しかし簡単な文章で――「友だちは私に言った、『もし私が女友だちの墓を訪れるならば、あるいは私の病気がいくらかよくなるかもしれない』と」というのだったが、ではなぜ私はそれを読んで髪の毛が逆立ち、体の血が静脈のなかで凍るのをおぼえたのだろうか。

そのとき書庫の戸を軽くたたく者があって、召使の一人が死人のように蒼ざめた顔をして、爪先で歩きながら部屋のなかに入ってきた。彼の顔は気違いじみた恐怖の表情を帯びていて、彼は低い嗄《しゃが》れた震え声で私に何か言いはじめた。彼は何を私に話したのだろうか。――私はいくつかの言葉を切れ切れに聞いた。彼は荒々しい叫び声が夜の沈黙を破り――家の者がみな起きて――叫び声の方向に探りに出かけたことを言った。そして彼の声は耳を刺すように明確な調子を帯びてきて、ある墓があばかれ――経帷子《きょうかたびら》に包まれて顔を傷つけられた人体がまだ息をしていて――まだ震え――まだ生きていたことを彼は私に囁《ささや》いた。

彼は私の服を指差し、それはたしかに泥《どろ》にまみれていて、血がこびりついていた。そして私が黙っていると、彼は静かに私の手をとり、その手には人間の爪痕《つめあと》があった。また彼は何か壁に立て掛けてあるものに対して私の注意を喚起した。私はそれをしばらくながめていて、それが鋤《すき》であることに気づいた。私は大声をあげて卓子に駆け寄り、その上の箱をつかんだ。しかし私はそれを開けることができなくて、手が震えて箱は重い響きをたてて床に落ち、こなごなに砕《くだ》けた。そしてなかから騒々しい音をしていくつかの歯科医用の器具が転がり出し、それといっしょに三十二の小さな、白い、象牙のような物体が床に散乱した。

＊1　エブン・ザイアットの言葉で、原文はアラビア語で残っているそうだが、ここで引用されているラテン文は、いかなる本に依拠したものかわからない。

†1 （原注）ゼウスは冬の季節に二週間の暖かい日をわれわれに与えるので、人はこの温暖な一時期をハルシオンの乳母と呼んでいる。（訳注　ハルシオンはギリシア神話に出てくる鳥で、この静かな時期を選んで海上に巣を作り、卵を生んでかえすと言われている）

影

――一つの譬《たと》え話――

われたとえ死の谷をあゆむとも

これを読むものはまだ生きている人々であるわけだが、それを書いている私はそのころにはすでに久しく前に死んでいるにちがいない。これが読まれることになるまでにはいろいろな不思議なことが起こり、いまは隠されていることが人に知られて、幾世紀かがたつことだろう。そしてこれを読んであるものは本当にせず、あるものは疑い、しかし少数のものはここに鉄の小刀で刻みつけてあることに多くの考えるべきことを見出すだろう。

この年は恐怖の年であって、また恐怖よりももっと烈《はげ》しい、地上にはまだ名がない感情が人々を支配していた。というのは多くの怪異や不吉な徴候があらわれ、疫病はすべての国々に流行していた。しかし星の学問を究めたものには空が不吉な相を呈していることがわからなかったわけではなく、ギリシア人のオイノスと呼ばれる私にも、いまや天王星が牡羊宮の入口で土星の赤い輪と結合する七百九十四年目の変動が到来したことは明白だった。そして空におけるこの特異な気運は、もし私の推測が誤っていないならば、地上の物質的な諸現象のみならず、人間の魂や、その想像や思想にも反映されていた。

私たち七人のものはプトレマイスという小さな都会のある広壮な屋敷の中に、夜何本かの赤いキオスの葡萄酒《ぶどうしゅ》を囲んで腰かけていた。そして私たちがいる部屋には大きな真鍮《しんちゅう》の戸が一つあるほかには入口がなく、この戸はコリンノスという名工が作ったもので中から閉められるようになっていた。またこの陰気な部屋には黒い帳《とばり》がかかっていて月や、怪しい光で輝いている星や、人気がない街のありさまを見えなくしていたが――禍の予感や記憶はそのようにして締めだすことができなかった。それで私には明確に言葉には書き表わせないいろいろなこと、そういう物質的な、並びに精神的な諸現象――私たちが呼吸している空気が有するある重苦しさや――何か窒息しそうな感じや――心配や――それからことに、神経質な人間が時折り経験する、思考する力を全然失っていて感覚だけが極度に鋭敏になっている堪え難い状態というようなことが私たちについて、また私たちの周囲に認められた。私たちは何か重いものに圧せられているのを感じた。それは私たちの肢体《したい》や――その部屋の家具や――私たちが手にしている盃《さかずき》や、その他すべてのものに負い被《かぶ》さり――その気配がないのはただ私たちがその明かりで飲んでいる、鉄でできた七つのランプの炎だけだった。そしてこれらの炎は細く真っ直ぐに燃え上がり、蒼白い光を放って少しも揺れず、私たちが囲んでいる円い黒檀《こくたん》の卓子を鏡にして、私たちはそこにめいめいの蒼ざめた顔や、俯《うつむ》いている仲間たちの眼の不安そうな輝きを見ることができた。しかしそれでも私たちは笑って、私たちらしく――というのは気違いじみた調子で騒ぎたて、アナクレオンの――狂気そのものである歌を歌い、葡萄酒の色が血を連想させたのにもかかわらず――盛んに飲んでいた。というのはその部屋にはもう一人の客がいて、それは若いゾイロスだった。彼は死んでいて経帷子《きょうかたびら》に包まれて横たわり、その場の空気を支配していた。しかし私たちの騒ぎに彼は加わらず、ただ疫病に歪《ゆが》められた彼の顔と、死んでもまだ熱気を帯びているかに見える眼が、死者がこれから死のうとするものの快楽にあるいは覚えるかもしれない興味を示しているように思われるだけだった。そして私は彼の眼が私のほうに向けられているのを感じたが、その悲痛な表情のことを考えないように努力しながら、真っ直ぐに黒檀の鏡を見つめてテイオスの子アナクレオンの歌を朗々とした声で歌いつづけた。しかしそのうちに私は歌うのをやめて、その余韻ははるか向こうの黒い帳のあたりに響いて弱まり、不分明になり、やがて消えた。そして歌の響きが消えていった帳の陰からそのとき暗い、漠然とした影が現われ——それは空に低くかかっている月が人間に射して生じるようなものかもしれなかったが、それはしかし人間の影でも、あるいは神の、またはその他に人間に知られている何らかのものの影でもなかった。それはしばらく帳のあたりを漂ってからやがて真鍮の戸の前に来てとまった。しかしその形は漠然としていて、人間の影でも神のでもなく——ギリシアの神の、あるいはカルデアの神の、あるいはまたエジプトの神の、影でもなかった。そして影は真鍮の戸の陰に来て静止し、それは何も言わず、すこしも動かないでただそこにいた。また私はそれが立っている戸が経帷子に包まれた若いゾイロスの足の向こうにあったように記憶している。しかしその部屋にいた私たち七人はその影が帳の陰から現われるのを見ていたので、影のほうに眼を向けることができず、いつまでも黒檀の鏡をながめていた。そしてやがて私は低い声で、その影にその名前とそれが住んでいる場所を尋ねた。そうすると影は答えた。「私は影で、汚れたカロンの運河が通っている遠いヘルシネンの野原をひかえたプトレマイスの墓地に住んでいる」そして私たち七人は恐怖に打たれて立ち上がり、体が震えるのを止めることができなかったが、それはその影の声がだれかある一人の人間のではなく、大勢のものの声であり、その抑揚は幾度も変化して、私たちが失った無数の友達の忘れられない声色となって私たちの耳に響いたからである。

メッツェンガアシュタイン

ワレハ生キテハ汝《なんじ》ノ病、死シテハマタ汝ノ死ヲイタス。[*1]

恐怖と宿縁とはいつの時代にも人間を脅《おびや》かしてきた。またそうである以上、私がこれから語ろうとすることがいつ起こった出来事であるとする必要もないのではないだろうか。それでここではただその当時ハンガリーの奥地には輪廻《りんね》、すなわち霊魂の死後の転身ということに対する密《ひそ》かな、しかし牢固《ろうこ》たる信仰が行なわれていたということを言っておけば足りる。そしてこの輪廻の説自体については——というのはそれが誤っているとか、あるいはありうることだとかということに関しては——私は黙っていることにする。しかしながらそれをわれわれが信じようとしないことが大部分（ちょうどラ・ブリュイエエルが人間の不幸の原因を説明して言っているように）われわれが「ただ一人でいるのに堪えられないことから来ている」ということは事実であるほかないのである。

しかしハンガリーで行なわれていたこの迷信にはいくつかのまったく狂気沙汰《ざた》に近い点も見出されたのであって、東洋におけるこの説の原形とはそれは本質的に異なっていた。たとえばハンガリー人の考え方によれば、ある明敏なフランス人の言葉を借りて言えば、「霊魂が実際にわれわれが手で触れられる肉体に宿ることは一度しかなく、その他の場合は、馬でも、犬でも、あるいは人間でさえも、これらの動物の外観だけしか持たなくて実体がないものなのである」

　ベルリフィツィング家とメッツェンガアシュタイン家との反目は数世紀以前からのことだった。いずれも非常な名家がかくまで烈《はげ》しい敵意を相互に抱きつづけたのも珍しいことだった。そしてこの確執はある古い予言に言われていることに原因していたようであって、それは——「あたかも馬におけるその乗り手のごとく、メッツェンガアシュタイン家の滅亡がベルリフィツィング家の不滅に打ち克《か》つときにある高貴なる名が恐るべき顚落《てんらく》を遂げるだろう」というのである。

　たしかにこれらの言葉には、それ自体としては、あまり意味がなかった。しかしこれよりもっと些細《ささい》な事柄が——それもあまり遠い昔にではなく——同様に重大な結果をもたらしているのが見られる。しかも領地が隣接しているこの二家は長い期間にわたって国の政治の激しい動きにも相拮抗《きっこう》する影響を及ぼしてきたのだった。また近所同士が友達であることは稀《まれ》であり、ベルリフィツィング城の住人たちはそこの高い堡壁からメッツェンガアシュタインの館の窓越しにその内部をのぞくことさえできた。そしてその際に眼に映じる諸侯の身分を通りこした豪奢《ごうしゃ》さはメッツェンガアシュタイン家ほどは家柄が古くなくて、また富においても劣っていた、ベルリフィツィング家の人々の反感を決して緩和しはしなかった。それで予言の言葉が、いかにそれが取るに足らないものだったにせよ、代々の嫉《しっ》妬心《としん》でそれでなくてさえ反目をきたすのに充分な素地が作られつつあったこの二家をたがいに敵対させ、また敵対しつづけさせるに至ったにしても少しも不思議はなかった。そしてこの予言は、もしそれに何らかの意味があったとしたら、すでにより多くの勢力を有している一家が終局の勝利を博することを示しているようであって、その記憶が実力と権勢において劣っている他の一家にいっそうの敵愾心《てきがいしん》をかきたてたのは当然のことだった。

ベルリフィツィング伯ウィルヘルムは立派な家系の持主ではあったが、これから語ろうとする出来事が起こったころはもはや病弱な、頭がぼけた老人で、旧敵の一家の人々に対する異常に根強い、個人的な憎悪と、肉体的な衰弱も、老齢も、精神上の欠陥も、彼が毎日騎馬で狩猟に出かけるのを妨げるには至らなかったほど熱情的な馬の愛好とのほかには何の特徴もない人物だった。

一方メッツェンガアシュタイン男フレデリックはまだ成年に達していなかった。彼の父だった大臣G――は若くて死に、彼の母メリイ夫人もまもなくそのあとを追った。そのときフレデリックは十八歳だった。そして都会で十八年というのは長い年月ではないが、天然自然の田舎《いなか》では、ことにそれがこの古い公国におけるような荘厳な自然であれば、時間の経過はもっと深い意義を伴っているのである。

彼の父がつけた処置については何か特殊な事情があったために、その父が死ぬのと同時にこの若い貴族は父の広大な領分を相続した。それはハンガリーの貴族がかつて領有したことがないほどの広さのものだった。その領内には無数の城が建っていた。しかしそのなかでもっとも壮麗であり、また大規模だったのは「メッツェンガアシュタインの館」と呼ばれているものだった。また若いメッツェンガアシュタイン男の領地の範囲が明確に画定されたことはまだなかったが、その最大の苑囿《えんゆう》をめぐる境界線の長さは五十マイルに及んでいた。

このように若くて、しかもその性格が知れ渡っている当主がかくのごとく莫大な資産を相続してどのような行動に出るかは想像するのに困難ではなかった。そして事実最初の三日間に彼がしたことは古《いにしえ》のヘロデ王の暴君ぶりを凌《しの》ぎ、彼のもっとも熱烈な支持者たちの期待をはるかに越えるものがあった。まったく言うに忍びないような淫乱《いんらん》さと、非道極まる裏切り行為と、未聞の蛮行とが、慄《ふる》え上がった領民に彼らが以後いかに屈従的に振舞っても、また領主自身の良心が示《し》すいかなる動きに訴えようとしても、この小カリグラとも称すべき人物の悪逆な恣意から彼らが救われはしないことを非常に短時間に教えた。しかも四日目の晩にはベルリフィツィング城の厩《うまや》が炎上し、付近の人々の一致した意見によって、男爵のすでに戦慄《せんりつ》するに足る罪過の数々にはこんどは放火罪が加えられたのだった。

しかしこの出来事のために起こった騒擾《そうじょう》の最中に、若い男爵はメッツェンガアシュタインの館の上層にある広大な、また寂莫《せきばく》とした一室で一人で瞑想《めいそう》に耽《ふけ》っているように見えた。その部屋の壁に陰鬱《いんうつ》な感じで掛かっている色が褪《あ》せた、しかし豪奢な綴織《つづれおり》の帳《とばり》には、幾多の著名な先祖たちの忘れられた、威厳ある姿が表わされていた。こちらには貂《てん》の皮のきらびやかな法衣を着けた僧侶や教皇庁の顕官が帝王と同席して地上の君主の意志が実行されることを禁じたり、あるいは教皇の命令に従って教会に対する反逆者たる神聖ローマ皇帝の暴威を抑えていた。またあそこでは背が高くて猛々《たけだけ》しいメッツェンガアシュタイン家の諸侯たちが、敵の死体を逞《たくま》しい筋肉をした軍馬の馬蹄に掛けて、その烈しい表情でもっとも冷静な人間にもある驚愕《きょうがく》をおぼえさせずにはおかないかに見えた。そしてまたこちらでは過去の時代に属する貴婦人たちの白鳥に似た艶《なまめか》しい姿が、何らかの音楽の音につれて幻想的な踊りの動作に運ばれているようだった。

しかし男爵がベルリフィツィング家の厩の方角から起こる、次第に大きくなってきた騒音に聞き入るか、あるいは聞き入っているようすをしているうちに――それよりも彼はあるいは何か新しい、さらに度を越えて大胆な行為の計画をめぐらしていたのかもしれなかったが――彼の眼はその部屋の帳で彼の旧敵たる一家の先祖の一人にあたるあるサラセン人が乗っていたものとして描かれた、一匹の巨大な、異様な毛色の馬に無意識に惹《ひ》かれた。その馬は画の前景に彫刻のように立ったままでいて、その後方に馬から落ちたその乗り手がメッツェンガアシュタイン家の先祖の一人に止《とど》めを刺されようとしていた。

フレデリックは自分が知らずに送った視線の方向に気づいたとき、その唇にある凶悪な表情を浮かべた。しかし彼は見ることをやめなかったのみならず、このとき彼の感覚を幕のごとくに包みはじめたある抗し難い不安の気分を、彼は何によるのか説明することができなかった。彼はその夢のようにとらえどころがない惑いを、自分がたしかに目覚めていることを知っているのと同列に認識することに困難をおぼえた。彼はその画を見つめていればいるほどその魅力は増して——そこから目を離すことがますます不可能なことに思われてきた。しかしそのころ外の騒ぎが急にいっそう烈しくなったので、彼は無理に目をそらせて燃えている厩がその部屋の窓に一面に投げかけている赤色の明かりのほうを見た。

しかしこの動作は瞬間的なものにすぎず、彼の視線は機械的に壁のほうにもどってきた。ところがそのわずかな間に画のなかの巨大な馬の頭の位置が変わったことを彼は極度の恐怖と驚愕をもって認めた。すなわちそれまでは倒れた自分の主人の方向に、憐《あわ》れむように曲げられていた馬の頸《くび》がいまは真っ直ぐに男爵のほうに向けられていた。そしていままでは隠されていた馬の眼が人間のに似た、力強い表情を帯びて異様に赤く輝き、激怒した外観を呈しているこの馬の唇は前方に突き出されて、恐ろしい、醜怪な歯がその下に並んでいるのが見えた。

若い貴族は恐怖に駆られて部屋の入口のほうによろめいていった。そして彼が戸を開けたとき、部屋の奥まで射しこんできた赤い光線の閃《ひらめ》きが揺れている帳の上に彼の影を鮮明に投げ掛けて、彼は——閾《しきい》のところで危く倒れそうになった自分の体をようやく支えているあいだに——その影がベルリフィツィング家の祖先にあたるサラセン人を刺している勝ち誇った、無慈悲な自分の祖先の位置を占めて、その輪郭を正確に満たしているのに気づいて身震いした。

　彼は気晴らしに急いで外に出た。そうすると館の正門のところで三人の馬丁に会った。そして彼らは一匹の巨大な、炎のような色をした馬が発作を起こしたかのごとく暴れまわるのを命がけで、ようやくのことで抑えていた。

「だれの馬だ、それはどこから来たのか」と男爵は、彼の眼前で狂い立っているのが帳が掛かっている部屋の不思議な馬とまったく同じであることにただちに気づいて、不平そうな、かすれた声で尋ねた。

「これは貴方様《あなた》ご自身のものでございます」馬丁の一人が答えた、「少なくとも、他にだれもこの馬が自分のものであると申し出るものがございません。私たちは馬がベルリフィツィング城の焼けている厩から怒って気が違ったように泡《あわ》を吹いて、体に湯気を立てて逃げてきたのをつかまえたのでございます。そして老伯爵が飼っておいでになる外国産の馬の一匹だと思いまして、連れてもどりました。しかし厩におります馬丁たちは馬が自分たちのところのものではないと申しまして、それがこの馬はもう少しで焼け死にするのを助かったことはたしかなのでございますから、いかにも不思議なことに思われます」

「それに馬の額《ひたい》にはW・B・Vの文字がはっきり焼きつけてあります」ともう一人の馬丁が前のを遮《さえぎ》って言った、「私はもちろんそれがウィリアム・フォン・ベルリフィツィングの頭文字だと思ったのでございますが――城のものはみなこの馬のことは何も知らないと申しております」

「じつに不思議だ」と若い男爵は考えこんでいるような調子で、また自分が何を言っているのか知らずにいるふうに言った、「たしかにこれはおまえが言うとおり普通の馬ではない——まったくたいした馬だ。そしてまたおまえも気づいたように、人に懐《なつ》こうとしない、御《ぎょ》し難い質《たち》ではあるが、とにかくこれは私のものにしよう」と彼はしばらく言葉を途切らせてからつけ加えた、「あるいはフレデリック・メッツェンガアシュタインのような乗り手ならば、ベルリフィツィング家の厩から出て来た悪魔でも乗りこなせるかもしれない」

「そんなことはございません。前にも申し上げたことと存じますが、この馬はベルリフィツィング家の厩から来たのではございません。もしそうでございましたならば、私たちはそれを貴方様の前に連れて来るようなことはいたしません」

「それはそうだ」と男爵は無愛想に答えた。しかしこのとき男爵の寝室付きの小姓が一人顔を上気させて、忙しげな足取りで館から出て来た。そして彼の主人に、ある部屋に掛かっていた帳のすこしばかりの部分が突然になくなった旨を耳打ちし、それがどの部屋であるかを指示して、さらにくわしく事情を説明したが、この後半はあまりに低い声で言われたので、馬丁たちは多大の好奇心をおぼえたのにもかかわらず何も聞きとることができなかった。

フレデリックはその間にいろいろな感情に見舞われて動揺しているようだった。しかし彼はすぐに冷静を取りもどして、その部屋に即刻錠を下ろして鍵《かぎ》を自分のところに持って来ることを厳命する彼の顔は意志的に凶悪な表情を帯びた。

「あのベルリフィツィングの年寄りが死んだことをお聞きになりましたか」と男爵の家来の一人が尋ねた。それは小姓が去って、男爵が自分で飼うことに決めた巨大な馬が、メッツェンガアシュタインの館から厩につづく長い並木道を、前にもまして狂暴に跳《は》ねたり、棒立ちになったりしながら連れて行かれている際だった。

「いや」と男爵は急にその男の方を向いて言った、「死んだと言うのか」

「たしかに死にました。これは貴方様ご一家にとっては悲しい知らせではございますまい」そう言われて若い貴族の顔には微笑が浮かんで消えた。「どんな死に方をしたのだ」

「狩猟用の気に入りの馬を何匹か救い出そうとして、自分自身炎に巻かれて逃げ道を失ったのでございます」

「そうか」と男爵はあるきわめて興味ある観念が間違っていなかったことを徐々に、また丹念に認識しているかのように言った。

「たしかにそうでございます」と家来が繰り返して答えた。

「それは悲惨だ」と男爵は落ち着いた調子で言って、静かに館のほうにもどっていった。

　それ以来この若くて放埒《ほうらつ》なフレデリック・フォン・メッツェンガアシュタイン男爵の生活には外形的に非常な変化が生じた。彼の行動はそれまで彼にかけられていたすべての期待を裏切って、多くの野心的な母親たちに不満を感じさせるとともに、彼の習癖や態度はそのあたりに居住する他の貴族にとって彼と付き合うことを以前にもまして困難にした。彼は自分の領地の外には決して姿を見せず、だれとでも交際したければできる顔が広い世界で全く孤独に暮していた。——あるいはもしそこに一つの例外があったとするならば、それは彼が以後絶えず乗り回すことになった奇怪な、烈しい気性の、炎のような色をした馬が彼の友達と呼ばれる資格を持っていると考えることが可能であればだった。

しかしその後も長いあいだ付近の人たちからその折々の招待状が多数に届けられてきた。「男爵は私たちのところで催されるお祭りにおいでにならないでしょうか」「男爵は猪狩《いのししが》りにご参加なさらないでしょうか」——そしてこれに対して、「メッツェンガアシュタインは狩りを好まない」「メッツェンガアシュタインは出席しない」というような、簡明で横柄な返事が発せられた。

このようにして何度も繰り返された侮蔑的な行為を気位が高い貴族たちが我慢するはずはなかった。それで彼らからの招待は次第に冷淡な調子を帯び、その度数も減り、やがて全然来なくなった。そして不幸な死を遂げたベルリフィッツィング伯爵の未亡人は、「男爵が自分と同等の人々との交際を軽んじるのならば自分の家にいたくないときに自分の家にいて、そういう交際よりも馬と付き合っているほうがいいのだから馬に乗りたくないのに馬に乗って出かける」ことを望むとさえ言った。しかしこれは両家のあいだの伝統的な反感のいかにも稚劣《ちれつ》な表現のしかたで、単にわれわれが何か特別に強いことを言おうとする場合にその結果がかえってわれわれの言葉をしばしばいかに無意味なものにするかという ことの実例を示したにすぎなかった。

しかし思いやりがあるものはこの若い貴族の変わり方を時ならずして両親を失ったものが当然おぼえるはずの悲しみに帰着させたが、彼らはその両親が死んだ直後に彼がまったく言語道断な無鉄砲さかげんで振舞ったことを忘れていた。またその他に自分の家柄や身分に対する誇張された自負心にその原因を見ているものもあった。それから（メッツェンガアシュタイン家の侍医もその一人だったが）憂鬱症と遺伝による病弱な体とに言及することを憚《はばか》らないものもあり、さらに世間の人々のあいだではもっといかがわしい性質の噂《うわさ》が流布していた。

たしかに男爵が手に入れた馬に対する彼の病的な愛着は――そしてそれは馬がその獰猛《どうもう》な、悪魔的な性格の新たな証拠を提供するごとに増大するようなのだったが――やがて正常な精神の持主であるならばだれが見ても奇怪な、不自然な情熱に昂じていった。彼は真昼の太陽の下でも、深夜でも、また病気でも健康であっても、穏やかな天候のときにも嵐のなかでもこの巨大な馬の鞍《くら》に釘《くぎ》づけにされているかのごとくで、事実この馬の常軌を逸して剽悍《ひょうかん》な性格は彼自身の気性に全く合致しているようだった。

しかし、その他にも最近の出来事と結びついて、乗り手の偏執《へんしゅう》と馬の性能とに何かこの世のものとは思えない、無気味な性格を付与するに足る事情の数々があった。たとえばこの馬が一飛びに飛んだ距離を正確に測ることによって、それがもっとも大袈裟《おおげさ》な予想をはるかに越えていることが判明した。また男爵が持っていた他の馬にはみなそのめいめいの特徴にちなんだ名前がついていたが、彼はこの馬には名前というものを与えていなかった。そしてその厩はほかのから離れて設けられていて、馬の手入れその他の世話をするのも男爵自身であり、彼以外にはその馬がいる厩の部分にはいっていこうとするものさえなかった。またベルリフィッツィング城の火事のときに馬が逃げてきたのを三人の馬丁が鎖の轡《くつわ》と輪索を用いて取り押えることに成功したが――そのなかの一人でもその危険きわまる格闘の最中、あるいはその後においても馬の体に一度でも触れたと確実に言えるものはなかった。そして疳《かん》が強い良種の馬が人間に近い、特異な感情の動きを示すのはべつに珍しいことではないはずであるが、この馬には何か、もっとも冷静な、容易に迷信などを信じようとしないものまでが異様に思わざるをえないようなところがあって、馬の回りに阿《あ》呆面《ほうづら》をして立っている群衆がその何事か非常に意味ありげな足掻《あが》きに恐れをなして後ずさりしたり――メッツェンガアシュタインが馬のいかにも人間的な眼の鋭い眼差しに怯《ひる》んで顔色を変えたりすることがあると言われていた。

しかし男爵の数多い家来のなかで、かくのごとく烈しい性格を持った馬に対するこの若い貴族の異常な愛着を疑うものは一人もいなかったのであって、もし例外があったとすればそれは一人の傴僂《せむし》の小姓であり、その醜い体は他のものすべてに邪魔扱いにされていて、それが言うことなどは全然問題にならないのだった。とにかくこの小姓の主張によればもし彼のようなものの言葉を引き合いに出すのが無駄なことではないならば）彼の主人はなぜかわからない、そしてほとんどだれも気づかないほどの身震いをしてつねにその馬に跨《また》がり、男爵がそのいつもの遠乗りに出かけて帰ってくるときはある勝ち誇ったような意地悪な表情で彼の顔の筋肉が一つ残らずゆがめられているということだった。

ある嵐の晩にメッツェンガアシュタインは深い眠りから覚めて、気が違ったかのように寝室を飛び出し、急いで馬に跨って森の中にその姿を消した。そしてこのようなことはよくあるのでだれもべつに気にとめなかったが、何時間かたった後に、メッツェンガアシュタインの館の巨大な、壮麗な建築が手のつけようがない猛烈な勢いの火に包まれて崩壊しはじめるに及んで、男爵の召使たちは切実な気持でひとえに彼が帰ってくるのを待つことになったのだった。

火は最初に発見された時にすでに非常な烈しさで燃えていて、建物の一部分でも救おうとするのは明らかに無駄なことなので驚いて起きてきたそのあたり一帯の人々は、かならずしも悲しみをもってではなかったが、黙って彼らの眼前の光景に見惚《ほ》れているほかなかった。しかしやがてある恐るべき出来事が新たに起こって人々の注意をとらえ、物質を対象としたいかに凄惨《せいさん》な現象も、人間の苦悶《くもん》を目撃するのほどは烈しく群衆の感情をかきたてないことを明らかにした。

　森からメッツェンガアシュタインの館の正門まで槲《かしわ》の木の老樹がつづいている長い並木道を、帽子をなくして服装も乱れた乗り手を負っている一匹の馬が、風よりも早いと思われる猛烈な速力で駆けてきた。

　乗り手が馬をいかんともなしえなくなっていることは確実だった。彼の顔の苦痛に満ちた表情や、彼の体の狂乱したような動作から彼が馬を止めようと必死の努力をつづけていることは明瞭で、恐怖で噛《か》み裂《さ》かれた彼の唇は一声かすれた叫び声を上げたほかは音を発しなかった。そして一瞬間馬の蹄《ひづめ》が風と燃えさかる火とがたてる音の中で聞こえ――馬はたちまち門と濠《ほり》とを一飛びに飛び越えて、館の崩れかけはじめた階段を駆け上がり、乗り手とともに荒れ狂う火の旋風の中に消えた。

　そうすると嵐が突然にやんで、まったくの静寂がこれに代わった。そして白色の炎がまだ経帷子《きょうかたびら》のように建物を包み、風がないので空中に高く上昇して異様に輝く光を発し、さらに煙が雲のごとく建物の屋根におりてきて、それが巨大な馬の形を明確に取ったのだった。

＊1　マルティン・ルター（一四八三～一五四六）の言葉。原文はラテン語。

リジイア

そしてそのうちに意志が存在し、これは死ぬことがない。この意志の神秘とその活力をだれが知っているだろうか。すなわち神にしてもが一つの偉大な、そのみずからの集中によってすべてのものに浸透している意志なのであり、人間が天使たち、あるいは死に屈服するのは彼の意志の微力さ、また脆弱《ぜいじゃく》さに原因しているのである。

——ジョゼフ・グランヴィル

　私がいかにして、またいつ、そしてどこでリジイアに最初に会ったかはどうしても思い出すことができない。それは何年も前のことであって、私の記憶は病苦と苦悶《くもん》のために著しく損われている。もっともそれはむしろこの女の性格、すなわちその優《すぐ》れた学識とか、彼女の特異な、しかも静謐《せいひつ》な美しさとか、その低い、音楽的な声で伝えられる言葉の躍動とか眩惑《げんわく》とかが、きわめて徐々に、私が気づかないあいだにしだいに私の意識のうちに明確な形を取ったために、いまではもはやそのような場所や時間の記憶が失われたのかもしれないのである。しかしそれでも私が彼女に最初に会って、その後も私たちがもっとも多く顔を合わせたのはどこかライン河のそばの大きな、古い、朽敗《きゅうはい》した都会だったと思う。彼女の一家についてはーーたしかに彼女がその話をするのを聞いたことがあるようで、それが非常な旧家だったことは疑いの余地がない。リジイア！　私はその性質から言って外界の印象を当然消し去る種類の研究に没頭していて、このリジイアという美しい言葉のみがもはや死者の数にはいった彼女の影像を私の胸のうちに甦《よみがえ》らせるのである。そしていまこれを書いていて突然思い出したのであるが、私の友達であり、やがて私と婚約して私の研究を手伝い、ついに私の妻となった彼女の姓を私は最後まで知らなかったのだった。

それはリジイアがたわむれに私に課した条件だったのだろうか。それとも彼女は私の愛情を験《ため》すために、私がこの点について何ら知ろうとしないことを要求したのだろうか。それともまたそれは私自身の気紛《きまぐ》れ——すなわちもっとも熱情的な愛着の印に私が決定したきわめて浪漫的な行為だったのだろうか。私にはその事実さえもおぼろげにしか想起できないのであるから——その由来とかそのほかそれに関する事情が全然思い出せないのは不思議ではない。しかしもし浪漫的な精神というものが——あるいは別な言いかたをすれば、異教を奉じるエジプトで蒼白い顔をして霞の翼をつけた女神アシュトフェットが、そう伝えられているようにかつて不吉な結婚の司神を勤めたことがあったとすれば、私たちの結婚こそその実例だったのである。

　しかし私が現在でも確実に記憶しているのはリジイアの容姿である。彼女は痩《や》せ形で背が高く、後年はむしろ痩せ衰えた感じさえした。そして彼女の動作に示される気品や、その静粛《せいしゅく》や、彼女のほとんど不可解なほど軽くて弾力性がある足つきを私はいかなる言葉で表現していいかわからない。彼女は影のように近寄り、また立ち去った。私は彼女が私の肩にその大理石のような手を置いて、その低い、音楽的な声を聞くまでいつも彼女が私の閉めきった書斎にはいって来たのを知らずにいた。その顔の美しさにかけてはいかなる女も彼女には及ばなかった。それは阿片喫煙者の夢にも似て鮮麗で——デロスのアポロの巫女《みこ》たちが昏睡状態に陥ったときに訪れる幻想よりも神々《こうごう》しく、それを眺めるものの精神を覚醒して別な世界に誘うのだった。しかし彼女の顔は、古典時代の異教徒たちの労作がそのようなのを嘆賞すべきであるという誤った概念をわれわれに伝えた、いわゆる正規の型に属してはいなかった。ベイコンは、「すべて絶妙な美しさには必ずどこか奇異なところがある」と言っているが、それは美に関する一つの普遍的な事実を言い当てている。しかし私はリジイアの容貌が古典的な正規さを有せず――そしてその美しさが「絶妙」であってそれが多分に「奇異な」感じを与えることを認めても、私には彼女の顔が正規の型に適《かな》っていない点を見出して私がその顔を、奇異に思う原因を突きとめることがどうしてもできなかった。私は彼女の広い蒼白の額《ひたい》の輪郭や――それは完璧であって、そう言っただけではかかる気高さを表現するのに不充分な感じがした――その額の純白な象牙に似た皮膚や、その超然とした広さや静謐さ、また顳顬《こめかみ》の上のあたりが緩《ゆる》やかに盛りあがっているぐあいを眺めた。そして彼女の豊富な髪は真っ黒で光沢があり、自然に巻毛になっていて、ホメロスが言った hyacinthine「髪の見事な」ということが何を意味するかを理解させた。私は彼女の鼻の微妙な線を見たが――それに類するものはユダヤ民族が遺した典雅な記念碑でしか知らなかった。それはこれらの記念碑におけるのと同じ豊かでなめらかな表面と、わずかばかり鉤鼻《かぎばな》になろうとする傾向と、同じく闊達《かったつ》な性格を感じさせる、均整が取れた鼻翼を特徴としていた。また私は彼女の美しい口を見た。それは事実すべて妙なるものの極致であって――上のほうの短な唇の見事な持ち上がりかたや――下のほうのが描く柔軟な、艶《なまめか》しい曲線や――その周囲に漂う笑くぼやまた唇の、それ自体がものを言っているような色や――彼女がその穏やかな、しかもこのうえもなく明るい微笑を浮かべる時に光線を驚くほどの眩《まぶ》しさで反射するその歯などが彼女の口をなしていた。それから彼女の顎《あご》にしても――その顎にはギリシア人の顔の特色とも言うべき優雅な幅の広さや、柔軟さや、気高さや、充実、精神性が認められ――その輪郭はアポロがわずかに夢のなかでアテネ人の子クレオメネスに見ることを許したのと同じではないかと思われた。それから私はリジイアの大きな眼を注視した。

われわれは古代人がどのような眼をしていたかについて何も知っていない。そしてベイコンが指摘した美の秘訣《ひけつ》はあるいはリジイアの眼に求めることができたかもしれないのである。それは普通の人間の眼よりもはるかに大きかったと思われるのであり、ヌウルジャハッドの谷間に住む種族のなかでもっとも大きな眼をした女もその点ではリジイアに及ばないのだった。しかしこの特徴が人目を惹《ひ》くのはまれで――というのは彼女が極度に興奮したときに限られていた。そしてそのような場合――それはあるいは私自身の興奮状態が私にそう思わせたのかもしれないが――彼女の美しさは何かこの世のものとは思えない様相を呈し――それはトルコ人の宗教において天国に住むとされている美人たちを私に想像させた。リジイアの眼はそのために眼がいっそう輝く底の純黒で、その上に非常に長い、真っ黒な睫《まつげ》が生えていた。そして眉毛《まゆげ》はいささか不揃《ふぞろ》いだったが、やはり黒かった。しか

し私が彼女の眼に認めた「奇異さ」はその形とか色とか輝きとかとは関係がなく、結局その表情に存するのだった。しかしこれは何という無意味な言葉だろう。われわれはじつに多くの精神的な事象に関するわれわれの無知をこの茫漠とした言葉の陰に隠している。たとえばリジイアの眼の表情とは何を意味するのだろうか。私はその表情について考えることにどのくらい時間を費やしたことだろうか。また夏の一夜を徹してその意味を探ろうとどのくらい努力したことだろうか。彼女の瞳の奥にあって――デモクリトスの井戸よりももっと深い感じがするものは何だったのだろうか。それは何だったのだろうか。私はそれをとらえようとする情熱に憑《つ》かれた。あの眼、あの大きな、輝く眼！　それは私にとってはレダの双生児たるカストオルとポルックスの両星ともなり、私はその考究に一生を捧げた占星家にほかならなかった。

精神の研究において逢着《ほうちゃく》する多くの不可解な現象のなかで――専門家には全然問題にされていないようだが――われわれが何か長いあいだ忘れていたことを思い出そうとしているときに、もう少しでそれが思い出せそうになりながらしかもついにその記憶がもどってこない場合が起きるのほど興味がある事実はない。そしてリジイアの眼をそのように見つめていて、私はその意味についての完全な知識を獲得しそうになっているのを感じ――感じながらも――結局獲得するには至らず――やがてその感じも去っていったことが何度あったことだろう。しかも（それがもっとも不思議なことだったのであるが）私はもっとも平凡な物体にもリジイアの眼の表情に類似するものを見出したのである。というのは、リジイアの美しさが私の精神をとらえてそこにその殿堂におけるがごとく定住することになってからは、彼女の大きな、輝く眼に接するたびに私の周囲に、また私のうちに生じるように感じる何物かを外界に散在するいろいろな物体にも認めたのだった。しかしそれにしても私はその感情を定義することも、あるいは分析することも、それのみならずそれを確実に把握することさえもできなかった。たとえば私はそれと同じ印象を急速に生長する葡萄《ぶどう》の蔓《つる》や——蛾《が》や、蝶《ちょう》や、蛹《さなぎ》や、また小川の流れを見ていることから受けた。私はそれと同じものを海に——また流星に感じた。また非常に年取った人々の眼差しにもそれがあった。そして一、二の星を天体望遠鏡で観察しているときにも（ことに琴座のなかの大きな星のそばに見える変光性の六等星で、可変性の二重星が一つあったが）この感じに見舞われたことがある。また絃楽器が発するある種の音や、またしばしば私が読んでいる本の一節が私をこの感情で満たした。そしてそういう文章はいくらもあったが、そのなかでもジョゼフ・グランヴィルの著作の一つに出てくる言葉で、私に読むごとに必ずかかる印象を与えたのがあったことを私はいまでも記憶している（もっともそれが私にそのような感じを抱かせたのはこの文章の風変わりな味のためにすぎなかったかもしれず、それは何とも断定のしようがない）。それは次のようなものだった。「そしてそのうちに意志が存在し、これは死ぬことがない。この意志の神秘とその活力をだれが知っているだろうか。すなわち神にしてもが一つの偉大な、そのみずからの集中によってすべてのものに浸透している意志なのであり、人間が天使たち、あるいは死に屈服するのは彼の意志の微力さ、また脆弱さに原因しているのである」

しかしながら後になって長い年月が経過するうちに私が行なった考察の結果として、この英国の倫理家が書いたこととリジイアの性格の一部とのあいだに何らかの関係があることは私にも認めることができた。すなわち彼女の思想や言行に見られた一種の集中は、私たち二人の長い生活において他のもっと直接な形ではついに示されずに終わった。絶大な意志の力が彼女のうちに働いていたことの結果、あるいは少なくともその徴候だったのではないかと思われる。私が知っていた女のなかで、外形上はかつて落ち着きを失ったことがないリジイアほど内面的に激しい情熱の動揺に苦しまされていたのはなかった。そして私を歓喜させるとともに怯《おび》えさせずにはおかなかった彼女の眼の不思議な拡大や――その低い声のほとんど奇跡的な諧調《かいちょう》、抑揚、また分明さと穏やかさ――それから絶えず彼女の口に上る（それもそういう声との対照がいっそう引きたたせた）、奔放な言葉に籠《こ》められている狂暴な活力によって、私はわずかに彼女のうちにかかる情熱が働いていることを臆測するほかなかった。

私はリジイアの学識についてすでに言ったが、それは全く広範であって――私がかつて女にその類例を見たことがない底《てい》のものだった。彼女は古典時代の諸言語について造詣《ぞうけい》が深く、また私が知っている限りでは現代の欧州の諸言語に関しても彼女の知識は完全だった。またおよそ学問の世界において、単に難解であるが故に重要と考えられる何らかの問題について彼女の知識が欠けているのを私が発見したことがかつてあっただろうか。そして私の妻がかくまで豊富な学識を備えていたことは、今日に至ってはじめて何と特異なくあいに、また何と魅惑的に私の注意を領有することになったのだろう。私は彼女ほどに博識な実例を他の女に見たことがないと言ったが――男にしても精神、物理、ならびに数学に関する知識の諸領域のすべてに彼女のごとく通暁していたものがあるだろうか。私はリジイアの学識が全く膨大な、驚異的なものであることを当時は今日ほど確実に知ってはいなかったにしても、それでも私たちが結婚したころ私が没頭していた形而上学的な研究の混沌《こんとん》とした世界を開拓するのに、言わば幼児のごとき全幅的な信頼をもって彼女の嚮導《きょうどう》に一切を任せる程度には、その測り知られない実力に気づいていた。彼女が私のかたわらにあって教示するままに、ほとんど人間には顧みられない、またそれよりも人間にはほとんど知られていない研究をつづけながら、私は眼前にある絶佳《ぜっか》な眺望が徐々に開けていくのを見て、その長い、光栄ある、前人未踏の道を進むことによってあまりに貴重であるが故に禁断のものであることを免れない究極の知識についには到達することを、何という大きな誇り――また何という潑剌《はつらつ》たる歓喜――そしてまた何と清純な希望をもって感得したことだろう。

それ故に何年か後に私の充分に根拠ある期待が覆《くつがえ》されるに至ったとき、私がいかに悲痛な感情に襲われたかは説明する必要がない。リジイアがいなければ、私は夜道を手探りでさ迷う子供に等しかった。私たちが専念していた神秘主義的な研究は彼女の存在と彼女が下す解釈によってのみ生気と意義を帯びてくるのだった。彼女が私のかたわらでその眼を輝かせているのでなければ、それまで金色の光沢を放っていた文字は鉛色に変じた。そしていまや私が繙《ひもと》く書物のページの上に彼女が俯《うつむ》くことは次第に少なくなっていった。リジイアは病気にかかったのである。彼女の眼はあまりにも烈《はげ》しい光で輝き、その蒼白の指は死人に見られる底の透《す》きとおるような蠟色《ろういろ》を帯び、広い額に出ている静脈はわずかな感情の作用で膨《ふく》れ上がってはまた縮んだ。私は彼女が死ぬべきことを知って——絶望しながらもこの死の観念と格闘した。そして私の妻のさらに烈しい生への執着を見て私は驚愕《きょうがく》をおぼえざるをえなかった。それまでは彼女の峻厳《しゅんげん》な気性から判断して、私は彼女にとって死が恐怖の対象とはならないことを予想していたのであるが、私の見方は誤っていた。彼女がいかに烈しく死に対して抵抗したかは言葉では表わせない。私はこの悲惨な光景を前にして、その堪え難さに呻《うめ》かざるをえなかった。私はできることならば彼女を慰《なぐさ》め——またその理性に訴えることもしたのであるが、生きることに対するそのように強烈な欲望——生きること——ただ生きることへの執着は慰安や説得を無意味にした。しかし彼女の態度は外面的には、その精神のもっとも錯乱した顚倒《てんとう》にも堪えて、最後までその平静さを失わなかった。彼女の声はもっと優《やさ》しく――もっと低くなり――しかも私はそのように静かに発せられる言葉の異常な内容について、いまでも長くは考えていることができない。私は人間のものとは思えない旋律――かつて人間に知らされたことがない仮説や意欲に聞き入っているうちに陶酔とともに昏倒《こんとう》しそうになるのを感じた。

彼女が私を愛していることを疑う余地はなかったが、彼女のごとき性格が平凡な愛し方をしないことはもっと前に気づいていていいことだった。しかしながら彼女の死が近づいてはじめて私は彼女が私に対して抱いている愛情がいかに強いものであるかを感じた。彼女は何時間にもわたって私の手を握ったまま、熱情的な執心を通りこして盲目的な崇拝に近い彼女の心情を私に打ち明けた。私にどうしてかかる告白を聞かされるだけの価値があったろうか。――そしてまた、私が愛する女がかかる告白をなすに至ったそのときに彼女と別れなければならないというがごとき罰がなぜ私に加えられたのだろうか。しかし私はこのことについてこれ以上語る苦痛に堪えられない。それで単に、リジイアのこのあまりにも女らしい、しかもそれは不幸にして少しも価せず、誤って選ばれたというほかはない対象への献身的な愛に、いまや急速に彼女から離れつつある生への、かくまで狂暴な表現を取って示された彼女の執着の理由が認められることに私がようやくにして気づいたことを記しておくだけにする。私はこの狂気に似た渇望――生きること――ただ生きることへのかくまで強烈な欲望を言葉で表わす術《すべ》を知らない。

彼女が死んだ晩の夜半に、リジイアは急に私を彼女のかたわらに呼び寄せて、数日前に彼女が作った詩を私に暗誦《あんしょう》するように言った。私は彼女が言うとおりにした。そしてそれはつぎのような詩だった。

見よ、そは最近寂寥《せきりょう》なる晩年の
　祭りの夜にして、
顔をヴェイルに包み、泣き濡《ぬ》れて、
　翼《つばさ》をつけて着飾りたる天使の群れの
劇場に坐して見るものは
　希望と恐怖の劇、
またその間にも管弦楽は時折り
　天体の妙音を奏するなり。

天上なる神を象《かたど》りたる道化役者は
　低く呟《つぶや》き、口籠《ごも》りて
ここ、かしこと馳せ回り、
　これらは人形に過ぎずして形なき

巨大なるものらが欲するままに往き来し、
　これら形なきものは背景を揺すり、
その強き翼を羽搏《はばた》くによりて
　見えざる災を放つ。

この雑駁《ざっぱく》なる劇をついに
　人は忘れじ。
その示すところは幻影を絶え間なく
　追う群衆のついに幻影を捉えるに至らずして、

同一の箇所《かしょ》にもどるを定めとする
　円周を経廻《へめぐ》るなり。
ここに狂気あり、さらに罪障ありて、
　恐怖はこの劇の中心をなす。

しかも見よ、これら群衆のうちに
　匍匐《ほふく》する何物かの侵入するを。

そは背景に描かれたる荒野より
　匐《は》い出でたる赤き物、
その輾転《てんてん》するところ、道化役者たちは
　死の苦悶を味わいてその餌食《えじき》となり、
天使の群れは人間の血に
　彩《いろど》られたる牙《きば》を見て歔欷《すすりな》く。

燈火は悉《ことごと》く消えて、未だ
　震《ふる》えつつある形骸のいずれにも
幕は葬いの帳《とばり》となりて
　疾風を伴いて降り来り、——
蒼白の顔せる天使らは
　ヴェイルを取りて立ち上がりて言明するに
この劇は、「人間」と題せる悲劇、
　またその主人公たる勝利者は蛆《うじ》なり、と。

「神よ」とリジイアは、私がこの詩を暗誦し終わると、寝台から跳ね起きて床に立ち、痙《けい》攣《れん》的な動作で両手を高く差し上げて叫んだ、「神よ、われわれの父よ――これらのことはつねにかくのごとくであるほかないのでしょうか。――この勝利者に打ち克《か》つことはついにできないのでしょうか。われわれはあなたの一部をなしているのではなかったのでしょうか。だれが――意志の神秘とその活力をだれが知っているだろうか。人間が天使たち、あるいは死に屈服するのは彼の意志の微力さ、また脆弱さに原因している」

　そう言った後に彼女は烈しい感情に疲れ果てたかのごとくその白い腕をおろして、静かにその臨終の床にもどっていった。そしてその最後の溜息とともに何か呟くのが聞こえたので、私が彼女の唇に耳を持っていくと、グランヴィルの言葉がふたたび彼女の口から洩《も》れてきた、「人間が天使たち、あるいは死に屈服するのは彼の意志の微力さ、また脆弱さに原因している」

　かくして彼女は死に、私は極端な悲しみに沈んで、ライン河のそばの世間から忘れられた、朽敗した都会にある私の住居の荒涼としたありさまにもはや堪えられなくなった。私は財産の点では少しも不自由していなかった。リジイアは普通の人間が所有している程度の金額よりもはるかに多くを私にもたらしたのだった。それで何ヵ月かを何ら目的がない、退屈であるばかりの放浪に費やした後に、私は英国のもっとも人に知られていない、荒れ放題になっている片隅《かたすみ》に、ここでその名をあげる必要もないある僧院を手に入れて多少の修繕を施し、そこに住むことにした。そしてその建物の陰鬱な広壮さや、それに付属している地所の全く荒れ果てた状態や、土地と建物に付随する幾多の陰気な古い過去の記憶は、私をそのように人里を離れた場所に追いやった自暴自棄の気持に適合していなくはなかった。しかし蔦《つた》に蔽《おお》われた僧院の外観はほとんどそのままの形で残されたが、私は子供じみた気紛れと、また、あるいはそれによって悲しみを紛らそうとするかすかな希望から、僧院の内部には王者に相応《ふさわ》しい豪奢《ごうしゃ》な装飾を施した。私は子供のころにこの種類の愚行に凝《こ》ることをおぼえて、いまや悲しみのために私の老衰が早められたかのごとく、そのような幼年時代の趣味がもどってきたのだった。私は僧院の装飾に用いた華麗な、また奇異な意匠の帳や、エジプトの荘重な彫刻や、異様な蛇腹《じゃばら》や家具や、金の総《ふさ》をつけた絨毯《じゅうたん》の正気とは言えない模様について、それらには実際の狂気の徴候さえ認められたのではないかと今日悲しく反省するのである。私は当時阿片を欠かすことができなくなっていて、私が考えたことやそれに基づいて発した注文は阿片の作用で見る夢を反映せざるをえなかった。しかしながら私はかかる常軌を逸した事柄の詳細な記述を試みようとは思わない。そしてただ私には忘れることができないリジイアの後継者として、事実正気ではなかった際に金髪の、青い眼をしたトレメインのロウェナ・トレヴァニオンをその私との結婚式があげられた教会から連れてもどった、僧院の呪《のろ》われた一室についてだけ語ることにしたい。

この部屋の建築とか装飾とかのいずれの部分も今日なお私にはそのまま眼の前にあるような気がする。しかも金の魅惑で最愛の娘にかかる部屋にはいることを許した彼女の両親その他、旧い家柄を誇るその一家の人々には魂があったと言えるだろうか。私はこの部屋のいかなる部分も克明に記憶していると言ったが——それよりもはるかに重要な事柄はたちまち忘れるのであり、しかもこの部屋の異様な装飾には記憶の手掛りとなる一つの統一された様式というようなものは何もなかったのである。それはこの城郭風に作られた僧院のある高い塔の中にある部屋で、五角形をなし、相当に広い部屋だった。この五角形の南に面して一側全部が窓であってそのほかにはなく——ヴェニス製の巨大な硝子《ガラス》の一枚板を張り——この硝子は鉛色に着色されているので、日光あるいは月光はそのために気味悪い色を帯びて部屋の中の物体を照らし、またこの法外に大きな窓の上部は塔の厚い壁を匐い上がってきた一本の古い常春藤《きづた》の蔓で蔽われていた。この部屋の天井は陰気な感じがする樫《かし》材でできていて、非常に高くて穹窿《きゅうりゅう》をなし、半ばゴシック式で半ばケルト風の奇怪な、複雑な意匠の装飾が施されていた。そしてその中央の穹窿から長い鐶《わ》を用いた一本の金の鎖によって大きな、同じく金のサラセン風の香炉《こうろ》が吊《つ》られていて、これには無数の穴があり、その穴から各種の色をした炎が蛇が出入りするのを思わせるぐあいに絶えず燃え上がるようにくふうされていた。

部屋のここかしこにはいくつかの長椅子《ながいす》や金でできた燭台《しょくだい》のいずれも東洋風の様式のが置かれ、寝台は——ロウェナを迎えた寝台は——インド風の意匠で低く、黒檀《こくたん》でできていて彫刻が施され、寝台の上には棺を蔽うのに用いる布といった感じがする幕が張りめぐらされていた。また部屋のいずれの隅にも立て掛けられている、黒い花崗岩で作られた大きな石棺はルクソオルにあるエジプトの王たちの墓から運び出されたもので、これらの石棺の蓋《ふた》はその時代の彫刻で一面に蔽われていた。しかしながらこの部屋のもっとも幻想的な要素をなしているのは、その装飾に用いられている布だった。すなわちこの部屋の、いささか不調和な感じがするほど高い壁は厚い、重たそうな綴織《つづれおり》が幾重にも襞《ひだ》をなしているのに上から下まで隠され――同じ織物が床に敷かれ、また長椅子の被いや、寝台に掛かっている幕や、窓の一部に絢爛《けんらん》な渦《うず》を作って落ちてきている窓掛けに用いられていた。それは豪奢な金襴《きんらん》の地で、不規則な間隔をおいて直径一フィートばかりの唐草風の模様が真っ黒な糸で一面に刺繡《ししゅう》されていた。しかしながらこれらの模様はある一点から眺めたときにのみそういう形をしているのだった。すなわち今日ではありふれた趣向で、しかも非常に古くからあった方法によってそれらの形は始終変化して見え、部屋の入口に立っていれば単に何らかの異様な形態として眼に映じるが、部屋の中に進むにつれてしだいに初めの外観は失われ、一歩ごとに観点が変わればその昔迷信深いノルマン人を脅かしたような、あるいは僧侶が自分の悪徳に苦しまされて夢に見たような気味悪い怪物が相ついで形を取るのだった。そしてその幻想的な効果は壁に掛かっている帳の裏に強い風を絶えず人工的に起こして――全体に生きているかと思われる動揺を伝えることでさらに凄惨《せいさん》さを加えていた。

かかる建物とかくのごとき部屋で――私は結婚後の最初の一月《ひとつき》をロウェナと暮し――その汚濁した日々はそれでもべつに不安なこともなく過ぎた。私の妻が私の烈しい、気難しい性格を恐れ――私に馴染《なじ》まないでかえって私を避けていることに私は気づかずにはいられなかったが――私はむしろそれを喜んだ。私は人間よりも悪魔に近い感情で彼女を憎んでいた。私は絶えず（それももはや呼びもどしようがない過去のこととしていっそう抑え難い愛惜の念をもって）いまは葬られた、美しい、気高い私のリジイアのことを思い出していた。私は彼女の純潔さや、知力や、彼女の崇高な性格、また彼女の熱情的な、盲目的な愛の追憶にふけった。そしていまや私の精神は彼女のにも増して烈しい情熱に燃えた。私は阿片の影響の下に（私はもはや阿片なしではすまされなくなっていた）、夜の静寂のなかで、また昼間は谷間の奥の木陰で彼女の名前を大声で呼び、あたかも死者に対する私の憧憬《どうけい》の切実さ、誠実さ、また身を焦《こ》がすような熾烈《しれつ》さによって、彼女がいまは去った地上に――それは事実永遠に去ったのだろうか――彼女を甦らせることができると思っているかのごとくだった。

私たちが結婚してから一月ほどたつとロウェナはにわかに病気になり、容易に回復しなかった。そして熱に浮かされて夜眠ることができず、夢現《ゆめうつつ》の状態にあって部屋の中やその周囲に何か音がしたり、何かが動いたりすることを言ったが、私はそれが単に彼女の想像、あるいは部屋自体の幻想的な雰囲気《ふんいき》のせいにすぎないと思っていた。そのうちに彼女は快方に向かい――やがて平癒《へいゆ》した。しかししばらくすると病気は前よりもいっそう激烈な症状を伴って再発し、あまり丈夫な体ではなかった彼女はついにそのために蒙《こうむ》った打撃から立ちなおることがなかった。ロウェナの病気はその後頻繁《ひんぱん》に彼女を襲って、その症状も険悪さをまし、医者たちの知識も彼らが払った多大の努力をも無力にした。そして病気が悪くなり、人間の力ではもはやそれを彼女の体から除くことは不可能であると思われるに至って、私は彼女の神経の興奮、および些細《ささい》なことに恐怖を感じる傾向も増大したことを認めずにはいられなかった。ロウェナは前にも彼女が言ったことがある音――微《かす》かな音や――壁の帳の異様な動き方についてもっと執拗《しつよう》にたびたび語るようになった。

九月の終わりごろのある晩、彼女はそれまでよりもさらに真剣な調子でこのことに対して私の注意を促した。ロウェナは苦しげに眠りつづけていたのから覚《さ》めたばかりで、彼女が眠っているあいだ、私は心配なのと漠然とした恐怖とが混じった感情でその窶《やつ》れた顔にあらわれるいろいろな変化をながめていたのだった。私は彼女の寝台のかたわらで長椅子に腰かけていた。ロウェナは半ば起き上がって、そのとき彼女には聞こえて私には聞くことができなかった音――またそのとき彼女には見えたが私の眼にははいらなかった何らかの動揺について低い熱心な声で語った。私は帳の後ろでは風が絶え間なく吹いているので、彼女が言うほとんど聞き取ることができないほどの音や、帳の模様のわずかな変化が、いつもの風のせいにすぎないことを（しかも私自身それだけのことであるとは実際には信じられないでいながら）彼女に納得させようとした。しかし彼女の顔がしだいに血の気を失っていくのを見て、私はそのようにして彼女を元気づけることに努力するのが無益であることを知った。ロウェナはいまにも気絶しそうであって、しかもそのときかたわらには私のほかにだれもいなかった。私は医者たちが彼女のために処方した弱い酒を入れた罎《びん》がどこに置いてあるかを思い出して、それを取りに急いで部屋を横切った。しかし私が香炉の下を通るとき、二つの異様な出来事が私の注意を惹かずにはおかなかった。というのは、私は眼には見えないが、たしかにそこにある何物かが私のかたわらを掠《かす》めたのを感じ、つぎに金色の絨毯《じゅうたん》が香炉の明かりをきらびやかに反射している中央に、何かの影――微かで漠然としていて、天使の姿ではないかと思われるような影――それはたとえば影の影とも言うべきものがさしているのを認めた。しかし私はその晩適量以上の阿片を飲んでいて極度の興奮状態にあり、それらの出来事を気にもかけず、ロウェナにはそのことを言わなかった。そして酒を見つけて寝台のほうにもどり、盃《さかずき》に注いで気絶しかけているロウェナの唇にあてがった。しかしそのとき彼女はすでに正気づいていて盃を受け取り、私はかたわらの長椅子に体を横たえて彼女のほうを見つめていた。そうすると寝台のかたわらの絨毯に軽い足音がしたのを私はたしかに聞いて、つぎの瞬間に、あたかも部屋の空気のどこかに隠されている泉から湧き出たかのごとく、真紅に輝く液体が四、五滴ちょうどロウエナが口に持っていこうとしている盃の中に落ちるのを見たのか、それとも見たように思った。もし実際に見たのだとすれば――ロウェナはそれに気づかなかった。そして躊躇《ちゅうちょ》せずに盃から飲み、私はいまのことについてはロウェナの恐怖と、阿片と、深夜の静寂に刺激されて、それを想像したのにちがいないと考えなおしてロウェナには何も告げなかった。

しかしそれにしても盃の中に真紅の液体が落ちた直後にロウェナの状態が急激に悪化した事実を私には否定できないのであって、その結果それから三日目の晩に彼女の死体は召使たちの手によって入棺のために用意され、四日目の晩には彼女を妻として迎えたのと同じ奇怪な部屋に、経帷子《きょうかたびら》に包まれた彼女の死体のかたわらに私は一人でいるのだった。私の眼前には阿片の影響のもとに生じる奇妙な幻影が空中を過ぎていった。私は部屋の隅々《すみずみ》に置かれた石棺や、壁に掛かっている帳の始終変化する模様や、頭上の香炉から匐い出るさまざまな色をした炎を不安な気持でながめた。それから何日か前の出来事を思い出して、香炉の光が反射されているなかに微かな影がさした場所に眼をやった。しかし影はもはやそこにはなくて、私はいくぶん安心して寝台に横たわっている硬直した、蒼白の死体のほうを見た。そして私の胸にはリジイアをめぐる幾多の記憶が突然に湧き上がり――現在私の眼前にあると同じような姿と化したリジイアの死体をかつて眺めたときの言語を絶した悲しみが洪水のごとき勢いで甦ってきたのだった。夜は更《ふ》けていって、私は私が愛した唯一の女の痛切な記憶に満たされて、依然としてロウェナの死体を見つめていた。

私は時間の経過に注意していなかったので、真夜中だったかその前後か正確な時刻はわからないが、だれかが低く、優しく、しかも非常に明確に歔欷《すすりな》きする声が聞こえてきて私が耽っていた夢想から私を呼びさました。私はそれが寝台――死体が横たわっている寝台のほうから来たことを直感した。私は迷信的な恐怖にとらえられて、極力耳を澄ましたが――それはもう聞こえなかった。私は死体を凝視して――何ら異常がないことをたしかめた。しかしながら私はたしかにそういう音を聞いたのであって、いかに微かであってもその音は私の耳に直接に聞こえて私の精神に伝えられたのだった。私は決心して根気よく死体を見つめつづけた。そして何も起こらずに数分間たったが、やがて死体の頬と、瞼《まぶた》を通っている細い静脈とに微かに、ほとんど気づかないくらいにではあっても血の気がさしてきたことが明らかになった。そして何か名状し難い戦慄《せんりつ》と畏怖《いふ》をおぼえて、私は自分の心臓の鼓動がとまり、肢体が硬直するのを感じた。しかしながら義務の観念が私についに落ち着きを取りもどさせた。私はロウェナが死んだという判断が粗忽《そこつ》に下されたのであって――彼女がまだ生きているということをもはや疑うことができなかった。それでただちに何らかの処置を講じることが必要だったが、その塔は召使たちが住んでいる僧院の部分から全然隔離されていて――かたわらにはだれもいなく――部屋をしばらく留守にしないでは人を呼ぶことができず――そうしている余裕はなかった。それで私は一人でロウェナにわずかに残っている生命を繋《つな》ぎとめようとして努力した。しかしやがてその望みがもはやないことが確実になり、頬と瞼から血の気が去って大理石よりも褪《あ》せた色がこれに代わり、唇は以前よりもいっそう縮《ちぢ》んで死人の気味悪い表情を帯び、全身にいやらしい湿気と冷たさが急速に伝わっていって、死体に通常認められる硬直が即座に生じた。私は身震いしてそれまでいた椅子に体を投げかけ、ふたたびリジイアを熱情的に追憶しはじめた。

かくのごとくして一時間ほど経つと、ふたたび（――どうしてそのようなことが可能だったろうか――）、何か漠然とした音が寝台のほうから聞こえてきた。私は極度の恐怖をおぼえて耳を澄ました。そうするとその音がまた聞こえて――それはたしかに溜息だった。私は死体のほうに走り寄って――こんどは明確に――唇が震えるのを見た。そして間もなく唇は上下に開いて、真珠のように輝く歯並みが現われた。私はそれまで私を支配していた深い畏怖の感情といまや新たに起こった極度の驚愕の念とに精神を引き裂かれた。私は眼が霞《かす》み、頭は混乱して、ようやくのことで私が義務としてしなければならない仕事に着手した。いまや額と頬と喉《のど》は生気を取りもどし、全身に温かさが伝わり、心臓は微かに鼓動しはじめさえしていた。ロウェナはたしかに生きていて、私は前に倍した力を傾注してその蘇生に奔走した。私は彼女の額や手を摩擦し、またそれに濡れた布をあてがい、経験とかなりの医学的な知識が私に教えた手段のすべてを試みた。しかしそれは空しい努力だった。というのは顔は突然血の気を失い、心臓の鼓動はとまり、唇はふたたび死相を呈し、つぎの瞬間には体全体が氷のような冷たさと、蒼《あお》ざめた色と、極度の硬直と、収縮した大輪郭と、その他何日か墓にはいっていた死体のいまわしい特徴のすべてをたちまちのうちに取り返したのだった。

そして私はふたたびリジイアのことを追憶しはじめ――ふたたび（――私がいまなおこれを書きながら戦慄するのは当然のことではないだろうか――）、ふたたび寝台のほうから低い泣き声が聞こえてきた。しかしその晩の言語に絶した恐怖をくわしく語る必要があるだろうか。その晩から明け方近くまでいくどかこの蘇生の劇が繰り返され、それがそのたびごとに前よりもいっそう動かしがたい死の外観を生じることで終り、死の苦悶は何か眼に見えない敵との格闘が行なわれているかのごとき様相を呈し、そのような格闘が繰り返されるにしたがって死体の容貌に何か得体が知れない変化が起こってきたことなどについてはここでは何を言うことがあるだろうか。私は急いで結末に転じたい。

この恐るべき夜の大部分は過ぎて、またしても死んだ彼女はふたたび身動きし――前にも増して決定的な死相を呈していたのにそれまでよりもいっそう活気づいたのだった。私はその大分以前から一切の努力を放棄して、極度の畏怖の念がそのなかではあるいはもっとも堪えやすいものだったかもしれない幾多の激越な感情にとらわれて長椅子に硬直した姿勢で腰かけていた。その時、前にも言ったように、死体はそれまでよりもいっそう活気づいて身動きした。そして顔に生気がほとばしり――肢体は緩み――まだ眼が固く閉じられていて、繃帯や経帷子などの死装束《しにしょうぞく》がそれらに相応しい印象を与えていることを除けば、私はこんどはロウェナが確実に死の支配を脱しえたと考えてもいいくらいだった。しかも私がそれでもまだ完全にそう信じてはいなかったにしても、経帷子に包まれた彼女が寝台から起き上がり、眼を閉じたまま、弱々しい足取りで、夢のなかをさ迷っているもののような格好で部屋の中央に進んでいくのを見るに及んでもはや疑いの余地はなくなった。私は身震いすることもなく――身動きもせず――彼女のようすや、体格や、身振りに関連した途方もない幾多の妄想にとらえられてその場に釘づけになっていた。私は身動きもしないで――彼女を凝視した。私の考えは混乱を極めていて――私にはその整理のつけようがなかった。私の前に立っているのはたしかに生きているロウェナなのだっただろうか。それはロウェナ――金髪で青い眼をしたトレメインのロウェナ・トレヴァニオンだったのだろうか。ではなぜそれを疑わなければならなかったのだろうか。まだ口は繃帯で蔽《おお》われていたが――それでもそれはトレメインの娘の口であってもいいのではないだろうか。そして頰は――それは彼女が生きていたときの薔薇《ばら》色を呈していて――たしかにそれは生きているロウェナの頰だったかもしれなかった。また彼女が健康だったころと同様に笑くぼが見えているあの顎も彼女のものではないのだろうか。――しかし彼女は病気をしているあいだに背が高くなったのだろうか。私がそう考えた瞬間に、いかなる狂気じみた妄想が私をとらえたのか知らない。私は一躍して彼女の前に来た。そして彼女は私を避けようとして、頭の回りに巻きつけてあった布が緩んで床に落ち、部屋の中を吹きまわる風が彼女の長い乱れ髪を掬《すく》い上げたが、それは真夜中よりももっと濃い色をした黒髪だった。そしてそれとともに私の前に立っている女が徐々に眼を開けた。「もはや私には——私には疑うことができない」とそのとき私は絶叫した、「この大きな、黒い、異様な眼は——これは、私がかつて愛した女の——リジイアの眼にちがいないのだ！」

沈　黙
――ある寓話――

山嶺は眠り、谷間や岩や洞窟《どうくつ》も沈黙している。

——アルクマン

「私が話すことを聞け」と魔鬼は私の頭に手を載せて言った、「それはリビアの荒涼たる地域を流れているザイヤ河のあたりにあったことで、そこには静寂も沈黙もない。

「河の水は気味悪い鬱金《うこん》色をしていて、それは海に向かって流れるのではなく、赤い太陽の下でいつまでも騒々しく波打っているだけである。この河の底は泥で、河の両側には何マイルにもわたって巨大な水蓮が浮かぶ沼地が横たわっている。そして水蓮はそこの孤独のなかで溜息をつき、その長い、奇怪な頸《くび》を空に向かって差し伸べて絶えず頭を揺り動かしている。またそれらの水蓮のあたりからは何か地下水が烈《はげ》しい勢いで流れるのに似た不分明な囁《ささや》きが始終聞こえてくる。そして水蓮はたがいにうなずき合って溜息をついている。

「しかし水蓮の領分には限界があって——彼方《かなた》には暗い、身の毛がよだつような森が聳《そび》えている。この森の下生えはヘブリデス諸島の周囲に立つ波のごとく絶えずそよいでいる。そして空には全然風がないのにもかかわらず、高いかつて伐採されたことがない木は何かが崩れ落ちてくるのかと思われる凄《すさ》まじい音をたてて始終動揺している。またその頂からは露が地面に滴《したた》り、木の根元には毒を持った異様な花がその眠りを妨げられて身悶えしている。この森の上にかかっている空には灰色をした雲が騒音を生じて絶えず西に向かい、そのはるか果ての赤く燃えているかに見える地平線に至って滝の勢いで彼方に落ちて行く。しかし空には全然風がなくて、それにもかかわらずザイヤ河のあたりには静寂も沈黙もない。

「それは夜のことで、雨が降っていた。しかも降っている雨が地面に落ちると血になった。私は巨大な水蓮が生えている沼地のなかに立っていて、私の頭にも雨が降りかかり――水蓮はこの厳粛な孤独のなかで溜息をついていた。

「そのとき薄い、気味悪い靄《もや》のなかから月が突然にのぼってきて、それは真っ赤な色をしていた。そして月の明かりに河岸《かし》に巨大な、灰色をした岩が立っているのが私の眼にとまった。この岩は灰色をしていて奇怪で大きくて――この岩は灰色だった。またその表面には字が刻んであって、私はその字を読もうとして水蓮の沼を横切って岸の近くまで来た。しかし私にはそれが読めなかったので沼地にもどろうとしていると月が前よりも赤く輝き、私がまた岩のほうを見ると岩に刻んである字は「孤独」というのだった。

「そして岩の上のほうに眼を転じると岩の頂に一人の男が立っていたので、私はその男が何をするか見るために水蓮の陰に隠れた。それは背が高い、堂々とした体格の人間で、肩から足までローマ人が着るトオガで包まれていた。そして彼の体の輪郭は明瞭ではなかったが――夜と、靄と、月と、露は彼の顔を隠さず、それは神のごとき顔だった。彼の広い額《ひたい》には思索の影が射し、その眼は憂いのために狂気を帯び、彼の頬に刻まれた皺《しわ》は悲痛と、疲労と、人間に対する嫌悪と孤独への憧れを物語っていた。

「そしてその男は岩の上に腰をおろして、手で顔を支え、彼の前に横たわる荒涼たる光景を眺めた。彼は森の下生えがそよぐのを見つめ、またそこの大きな木や、もっと上のあわただしい空や真っ赤な月を見上げた。そして私は水蓮の陰に隠れて彼がすることを観察していた。彼は孤独のうちにあって身震いした。——しかし夜は更けてゆき、彼は立ち上がろうとしなかった。

「そして彼は空から眼を転じてザイヤ河の黄色をした気味悪い流れや、蒼白い水蓮の群れをながめた。彼は水蓮が溜息をつくのや、水蓮が生えているあたりから生じる囁きに耳を傾けた。そして私は水蓮の陰に隠れて彼がすることを観察していた。彼は孤独のうちにあって身震いした。——しかし夜は更けてゆき、彼はまだ岩の上に腰をおろしていた。

「それで私は沼の奥に行き、水蓮のなかを歩き回って沼の奥に住む河馬《かば》の群れを呼んだ。そして河馬は私の呼び声を聞いて、他の巨獣とともに岩のそばに来て月の下で恐ろしい声をあげて唸《うな》った。そして私は水蓮の陰にあって彼がすることを観察していた。彼は孤独のうちにあって身震いした。——しかし夜は更けてゆき、彼はまだ岩の上に腰をおろしていた。

「それで私は天地に動揺の呪いをかけて、いままで風がなかった空に烈しい嵐が起こった。そして空は嵐のために蒼白くなり——雨はその男の頭に降り注ぎ——河には水が氾濫《はんらん》し

――水は飛沫《ひまつ》を上げ――岩は震動した。そして水蓮は叫喚《きょうかん》し――森は風の前に慴伏《しゅうふく》し――雷が轟《とどろ》き渡り――稲妻が走り――私は水蓮の陰にあって彼がすることを観察していた。彼は孤独のうちにあって身震いした。――しかし夜は更けてゆき、彼はまだ岩の上に腰をおろしていた。私は怒って、河や、水蓮や、風や、森や、空や、雷や、水蓮の溜息に沈黙の呪いをかけたので、それらは呪われて沈黙した。そして月は空を上昇するのを停止し――雷は止み――稲妻は走らず――雲は静止し――水は引いてもとの水準に返り――木は動揺しなくなり――水蓮は溜息をつくのを止め――それが生えているあたりから起こる囁きも止まり、この広大な地域にもはやいかなる音も聞こえないのだった。そして私が岩に刻んである字を見ると、それは「沈黙」というのに変わっていた。「そして男の顔を見ると、それは恐怖で蒼ざめていた。彼はあわただしく顔を上げて、岩の上に立って耳を傾けた。しかしこの広大な地域にもはやいかなる音も聞こえず、岩に刻んである字は、「沈黙」というのだった。そして男は身震いして顔をそむけ、急いで逃げ去って、彼の姿は私がいるところから見えなくなった。

＊　＊　＊

ところでペルシアの道士たちの本――彼らが著したもので、鉄で装幀された陰気な幾冊かの本にはいろいろなおもしろい話が入っている。そこには天や地や偉大な海や、またその高い天や地や海を支配した妖魔たちに関する見事な話がある。またローマの巫女《みこ》たちの言葉からは多大の知識が得られたのであり、また昔ドドナのゼウスの神殿に近くそよいでいた木の陰では深遠なことを語る声が聞こえたのである。――しかし神の名にかけて、魔鬼が墓の前に私と並んで腰をおろして話してくれたこの寓話《ぐうわ》ほど素晴らしいのを私はまだ聞いたことがなかった。そして魔鬼は話を終えると墓穴の中に体を倒して笑った。しかし私は彼とともに笑うことができないので彼は私を罵《ののし》った。そして墓穴の中に永住している山猫が出てきて魔鬼の足下にうずくまり、彼の顔をしばらく瞬《まばた》きもしないで見上げていた。

アッシャア家の没落

彼の心は宙に吊られた琴線の如く
触れれば忽《たちま》ちに響く。
——ベランジェ

雲が低く空から下りていて、鬱陶《うっとう》しくて暗い、音一つ聞えない今年の秋の一日を、私はただ一人馬に乗って如何《いか》にも荒涼たる感じがする土地を通って来たのだったが、日が暮れる頃に、アッシャア家の陰気な住居が漸《ようや》く前方に見えた。私には、その建物が目に留ると同時に私が何か堪え難く陰鬱な感情に襲われたのはどういう訳なのか解《わか》らなかった。私は堪え難いと言ったが、それはこの感情が自然の如何に寂寞《せきばく》とした、或は凄惨《せいさん》な景色に我々が接した場合にも普通は与えられる、詩的であるが故に半ば快い印象を少しも伴っていないからだった。私は眼前の光景、——其処に単に立っていると言うだけの家と、（それに付属している）土地の別に変ったこともない相貌とを、——吹きざらしになっている（その家の荒れた）壁や、——空《うつ》ろの眼のような感じがする窓や、——朽ち掛けた菖蒲や、——枯れ果てて白くなった何本かの木の幹を眺めて、——他に類例を求めるならば、阿片喫煙者が眼を醒してからの、日常生活への悲惨な復帰、——それまで掛っていた蔽《おお》いの無《む》慚《ざん》な撤去にでも比較する他はない、精神の完全な沈滞を経験した。私は胸の奥に或る寒々しさと、頼りなさと、気色の悪さが忍び込むのを感じ、——如何に想像力を働かして見ても何等の感動を覚えることも出来ない、全く救いようがない思想の停滞が生じた。そしてアッシャア家の屋敷を眺めることが何故そのような結果を齎《もたら》したのだろうかと、それを私は考えたのだった。併《しか》しそれは解決することが出来ない謎であるばかりでなく、私がその為に努力するに従って起って来る得体が知れない幻想の群も私には遂にそれを見究めることが許されなかった。それで私は最後に、我々を斯くの如き状態に置くそれ自体としては何《いず》れも最も平凡な事象の組み合せがあって、併し斯かる組み合せが有する作用を分析することは我々の精神の能力を越えているという、極めて不完全な結論に帰着する他なかった。それで私は眼前の光景を構成している諸要素の配置を、即ち絵の構図を単に変更するだけでそういう光景が我々に斯かる悲しい印象を与える力を緩和するか、或は消滅させさえするのではないかと考えて、この推定に基いて家の傍に波一つ立たない水面を張っている、黒い、気味悪い沼の断崖になっている水際に馬を止めて、下を覗いて見たのであるが、——沼の水に映っている灰色の菖蒲や、亡霊に似た木の幹や、空ろな眼を思わせる家の窓の修正された、逆さになった像は以前にも増して尖鋭な印象を与えて私は思わず身震いした。

然《しか》も私はこの陰鬱な家に何週間か滞在する積りで来たのだった。その持主であるロデリック・アッシャアは私の幼年時代の最も親しい友達の一人だったが、最後に会ってから既に長い年月が経っていた。併しこの地方を遠く離れた場所で私は最近に彼から手紙を受け取ったのであって、彼がその中で彼を訪ねることを私に懇願している取り乱した調子は私にとってそれを承諾する以外のことを不可能にした。彼が精神的に不安な状態にあることはその手紙の文面から明らかだった。彼は肉体的にも重症に罹っていることと、精神上の錯乱に悩まされていることを訴え、彼の最も親しい、又事実彼にとっては唯一の友達である私が病気になった彼を見舞い、私がいることで彼を慰めることを切実に望んでいると書いていた。そしてこれ等のこと、又その他にも色々なことが書かれているその調子、――私が来ることを彼が如何に望んでいるかが解るその言い方が私に躊躇《ちゅうちょ》している余裕を与えなかったのであって、その為に私は何と言っても異常な感じがする彼の要請に即刻応じることにしたのである。

我々は少年時代には非常に親しくしていたが、私は実際には私の友達に就《つい》て何も詳しいことを知らなかった。それは彼が自分自身のことに就て語るのを常に過度に嫌っていたからだった。併し非常な旧家である彼の家の人々が多くは或る特異な気質の持主で、それがこの家の長い歴史に亘って幾多の優れた芸術作品の製作に於て示され、又近年に至っては各種の慈善事業に対しての、巨額の金額に上る、併し人目を惹《ひ》かず行われた寄付と、それから音楽が有するその正当な、容易に理解出来る美しさのみならず、或はそれよりも更にその複雑な技術の熱情的な追究とに現れたことは私も知っていた。又私はアッシャア家がそのような旧家でありながら恒久的に存続する支流を曽《かつ》て生じたことがなく、言い換えればこの一家がその直系に於てのみ伝えられ、僅かな、永続きしなかった例外を除いては常にそうだったという、最も注目に価する事実も聞き及んでいた。私は屋敷の外観とこの一家の人々が有していると言われている性格との完全な合致、及び幾世紀かが経過する間にこの屋敷が其処に住む人々に与えたかも知れない影響に就て考えながら、――或はこの支流がないということが、と言うのはその結果として父から子へとこの地所が家名とともに決って伝えられて来たことが遂に家名と地所とを同一視させるに至って、その為にこの地所が元来持っていた名称が「アッシャアの家」という変った、曖昧な呼び方に改められたのではないかと想像したのであって、――事実それは附近の農民によってこの一家の人々と彼等が住んでいる屋敷との両方の意味に用いられているようだった。

私は沼を覗き込むという私の聊《いささ》か大人気《おとなげ》ない試みの唯一の効果は私が屋敷を前にして最初に受けた印象を一層強くすることだったと言った。そして私の迷信、――何故ならそれは迷信と呼んでもいいことなのだから、――それが急激に強化されて行くことの意識はその作用を更に早める働きを持っていた。又これは恐怖に関聯《かんれん》した凡《すべ》ての種類の感情を支配する法則であることを私は経験によって知っていた。それで或は他に理由がないことだったかも知れないが、沼に映っている家の像から眼を転じて再び家自体を見上げると、或る奇妙な幻想が私の胸に浮んで、――それは実際に滑稽な幻想なので私がそれを茲《ここ》で言うのは全く私をその当時悩ましていた各種の感情が如何に強烈だったかを示す為に過ぎない。即ち私は想像力が昂じるのに従って、屋敷全体とそれに附属している土地とはそれ等独特の気体に包まれ、――それは普通の空気とは全く異っていて、枯れた木や、灰色の壁や、静まり返っている沼から発生し、――重い、揮発性が少い、鉛色をしていて微《かす》かに識別することが出来る、有害な、神秘的な一種の蒸気であることということを真面目に考えたのだった。

　私は妄想でなければならないことを振り払って、建物が実際に呈する外観をもっと気を付けて観察した。私にはこの建物の主要な特徴がそれが非常に古いということにあるように思われた。例えばその材料には時間の経過を示す極度の変色が認められ、又建物の表面全体が微細な菌類で蔽われ、それは軒下から細かな、複雑な網をなして下っていた。併しそれはそれとして建物自体が格別に破損しているようには見えなかった。即ち積み重ねた石材のどの部分も崩れたりしていなくて、それが未に整然としているのは石材の一つ一つが古くなって今にも砕けそうな状態にあるのと奇妙な対照を示していた。それは永い間開けられたことがない地下室の中で外気に当てられず朽ちつつあった古い木製品の、一見どうもなっていない外観を私に思わせた。併しそのように全体に亘って腐朽している徴候以外には、建物が特に危険な状態に置かれている様子もなかった。尤《もっと》も気を付けて観察すれば、そうでもしなければ目に留らない微かな亀裂が正面の屋根の下から始って壁を鋸歯状に伝い、沼の水面に没しているのが認められた。

　私はそういうことに注意しながら沼を横断する短い土手道に馬を進ませた。そして一人の召使いに馬を預けた後に玄関のゴチック式の拱門《きょうもん》を潜った。そうすると別な、忍び足で歩く召使いが幾多の暗い、入り組んだ廊下を通り過ぎて、黙って私を彼の主人の書斎に案内した。然もその途中で私が経験したことの多くは既に語った私の最初の漠然とした感情を、どういう訳か一層強くした。私の周囲に認められるもの、——例えば天井の彫刻や、壁に掛っている暗い感じの綴織《つづれおり》の帳《とばり》や、黒光りがする床や、私が歩いて行くとがたがた音を立てる奇怪な甲冑や武器はそれ等自体としては私も子供の時から馴らされていたものであり、——その事実を認めるのに私は少しも躊躇しなかったが、——それでも私はそのように見馴れた事物が今や私の胸の裡に如何に奇異な幻想を喚起しつつあるかを不思議に思わずにはいられなかった。私は途中の階段の一つでアッシャア家の侍医に会った。彼の顔は困惑と下劣な狡獪《こうかい》さとが混合している表情を帯びているように思われた。彼は私に臆病な態度で挨拶して去り、私を案内して来た召使いはそれから間もなく或る扉を開けて私を彼の主人の前に導いた。

私が入って行った部屋は非常に広くて天井も高かった。窓は長くて細く、上の方が尖った形をしていて、更にそれ等は黒光りがする樫材の床から余りに離れていて部屋の内部からは全然届かなかった。そして細かな窓格子に嵌《は》められた硝子を通して赤色の光線が差し込み、周囲にある物体が大体見分けられる程度に部屋を明るくしていたが、それでも遠くの方の隅々や、拱状をなしている格子造りの天井の蔭は完全な闇に閉されていた。壁には

黒ずんだ色をした帳が掛っていた。そして夥《おびただ》しい家具の大部分は冷い感じがして古く、又ぼろぼろになっていて、その他に多くの書籍や楽器が散在していたが、それは部屋に少しも活気を与えなかった。私はその部屋に悲哀の気分が漂っているのを感じた。そして或る厳しい、深い、救いようがない陰鬱さがその部屋にある凡てを包んでいた。

私がその部屋に入ると、アッシャアはそれまで横になっていた長椅子《ながいす》から起き上って、如何にも嬉しそうに私を迎え、それを最初に私は彼が無理に示そうとする親切、――と言うのは世間のことに倦《あ》き果てた社交人が自分の気持を隠そうとする努力の結果であると判断した。併し彼の顔を一目見ただけで私は彼が本気であることを了解した。我々は椅子に腰を下して、彼が暫く黙っている間に私は憐憫《れんびん》と畏怖《いふ》とが相半ばした感情を以て彼を凝視した。このように短かな期間に、彼程の変り方をしたものが曽てあっただろうか。私は自分の前にいるこの蒼ざめた男が少年時代の私の友達と同一の人間であることを認めるのに困難を感じた。併し彼は以前から極めて特徴がある顔の持主で、その顔色は死人のように蒼白く、眼は大きくて澄んでいて比類がない光を湛え、唇はどちらかと言えば薄くて血の気が殆どなかったが実に美しい曲線を呈し、鼻は猶太《ユダヤ》型の纖細さを有するとともにこういう種類には珍しく鼻孔の幅が広く、顎は花車《きやしや》で、それが充分に突き出ていないことはその持主に意志的な性格がないことを示し、髪の毛の軟さと薄さは蜘蛛の糸に似ていて、――これ等の特色は額の法外な広さとともに彼の顔を容易に忘れることが出来ないものにしていた。そしてそういう特徴、並にそれ等が曾て彼の顔に取らせていた表情が単に誇張されたことだけで、今や私が誰と向い合っているのか解らなくする程の変化が彼に加えられたのだった。彼の顔色は全く気味が悪くなる程蒼ざめていて、又何よりも彼の眼の異常な輝きが私を驚かせ、恐れさせさえもした。そして彼の絹のような髪の毛も伸び放対《ほうだい》になっていて、それは彼の顔の廻りに落ちて来るというよりも漂っている感じがする為に、私はその奇異な効果を普通の人間と言ったものの観念と如何にしても結び付けることが出来なかった。

私の友達の態度に就ては、私はそれが何か連絡を欠いていること、――其処に何等かの論理上の齟齬《そご》があることに直ちに気付いて、その原因は彼を絶えず脅かしている一種の不安、――又は神経の過度の興奮を彼が何とかして克服しようと空しい努力を続けていることにあるのを間もなく理解した。私は何かこの種類のことを、彼の手紙のみならず、少年時代に彼が示した性行の思い出と、彼の特異な体質と性格に就て得た結論から察していたのだった。彼は代る代る陽気だったり、気難しくなったりした。彼の声は如何にも弱々しい響きを伴った震え声と（それは彼が全く気力を失ったかに見える時だった）、それからアルコオルや阿片の常用者が極度の興奮状態にある場合に発するのと同様の、力が籠った一種の明確な口調、――途切れ勝ちで、重みがある、落ち付いた胴間声《どうまごえ》の発音、――と言うのは感情的な所が少しもなくて、平衡を保ち、完全に調節されている喉音《こうおん》性の語調との間を絶えず往復していた。

　彼はこの後の方に属する声で私を彼の所に来させた事情と、彼が私に会うことを切望していたことと、私によって彼が与えられることを期待している慰安とに就て語った。彼は自分の病状に就て彼が持っている考えをかなりの永さに亘って説明した。彼によれば、それは体質的な、そして又彼の家の人々を悩ます遺伝性の病気であって、彼はそれを治療する方法はないものと諦めているということだった。――そして彼はその直ぐ後で、彼の病気は単なる神経系統の疾患であり、間もなく治るに違いないと附け加えた。それは色々な異常な感覚によって患者を苦めるのだった。彼がその或るものに就て行った詳しい説明は私にとって興味があるとともに全く不可解に思われたが、それは或は彼がその為に用いた言葉と彼の話し振りによることかも知れなかった。兎《と》に角《かく》彼は感覚が病的に鋭敏になることで悩まされ、例えば殆ど味が付いていない食物しか取ることが出来ず、或る種類の生地で作った着物でなければ着られず、花の匂いは彼にとって堪え難く、彼の眼は非常に弱い光線にも苦痛を覚え、音で彼に恐怖を感じさせないのは或る特殊なもの、それも絃楽器が発するのに限られていた。

　彼は又或る種類の名の付けようがない恐怖感に憑《つ》かれていた。「私はきっと死ぬだろう、」と彼は言った、「私はこの憐れむべき錯乱によって死ぬとしか思えない。私はそういう死に方をする他ないのだ。私は未来の出来事を、それ自体に於てではなく、その結果の為に恐れている。私はその中で最もつまらない事件でも、それが私のこの堪え難い精神的な不安に何等かの作用を及ぼすかも知れないと思っただけで身震いする。事実私は危険に襲われるのを恐れているのではなくて、その絶対的な効果、――即ちそれが齎す恐怖だけが私には堪え難いのだ。私はこのように混乱した、哀れな状態に置かれて、早かれ遅かれ恐怖の凄絶《せいぜつ》な幻影との格闘に於て私の理性も生命も失う時が来なければならないのを感じている。」

又私は漸次《ぜんじ》に、それも彼が時折与える曖昧な暗示から、彼の精神状態に関する或る別な、極めて興味ある事実を知った。それは彼が住んでいる家に就て彼が或る種類の迷信的な印象を抱いていたことであって、彼は長年の間にこの家から外に出たことがなく、――彼の考えは或る種の作用の如きものに関聯していたが、その性質は茲で改めてそれを述べるのには余りにも捉え所がない言い方で私に伝えられたのであり、――何れにせよ、それは彼の家の単なる形状や素材に認められる何等かの特殊な事情が、それに就て長い間少しも処置を講じないで放任して置いた結果、彼の精神に対して持つことになった影響力で、――それは其処の灰色の壁とか塔とか、又それ等が映っている暗い沼とかの物力が彼の生活と精神に遂に及ぼすに至った効果に他ならないというのだった。

併し彼は、尤もそれを言うのに相当な躊躇を示したが、彼が陥っているこの特異な状態が主としてもっと自然な、具体的な、原因から来ていることも認めたのであって、それは彼の血縁で生き残っているただ一人のもので長年に亘って彼の唯一の伴侶だった、彼が非常に可愛がっていた妹が既に長い間前から重病に罹っていて、事実余命が幾許《いくばく》もないことが明白になっていたということなのである。「あれが死ねば、」と彼は今でも私には忘れられない悲痛な調子で言った、「私はアッシャア家という古い歴史を持った一族の最後の一人になるのだ。」然もその彼は希望というものを全く失った、このように病弱な体の人間だったのである。そして彼がそう言っている時にマデリンが（それが彼女の名前だった）、私達がいた部屋の奥の方を通って、私がいるのに気付かず部屋から出て行った。私は幾分の恐怖を交えた驚愕《きょうがく》を以て彼女を眺めたが、何故そのような感情を抱いたかは自分にもどうしても解らなかった。私は彼女の後姿を見送っているうちに或る呆然《ぼうぜん》とした気分に襲われた。そして戸が遂に締ると、私は本能的に、又性急にアッシャアの方を振り返ったが、彼は自分の顔を両手で蔽っていて、私はただ彼の痩せこけた指が何時《いつ》もよりも一層蒼白になっていてその間から涙が溢れ出ているのを認めただけだった。

マデリンの病気は彼女を診察した医者達を当惑させるばかりの性質のものだった。それは完全な無気力と、漸次に顕著になって行く肉体的な衰弱と、癲癇《てんかん》に似た性格を有する頻繁な、併し一時的な発作という、珍しい症状を呈していた。そして彼女は今までは病勢が募るのに屈せずに平生通りにしていたのだったが、私が着いた日の晩に遂に起きていられなくなったということで（夜になってから彼女の兄は何とも形容し難い不安そうな様子でそのことを私に告げた）、それで私が見た彼女の姿はそれが最後であり、少くとも彼女が生きている間は再び彼女を見ることは出来ないことを知った。

その後数日間はアッシャアも私も彼女の名を口にせず、又その間私は彼の憂鬱を慰める為に真剣に努力した。我々は一緒に本を読んだり、画を描いたりし、或は彼が即興的に作曲しながらギタアを弾くのに私は夢心地で聞き入った。又斯《か》くして彼と益々親密な関係に置かれてその精神の奥底を次第に腹蔵なく明かされるに従って、私は、それが何か彼の精神に内在する活潑な性質でもあるかの如く、暗さというものが不断の波となって精神的な、及び物質的な事象の凡てを蔽うべく放射されているとも見える彼を力付けようとすることの空しさを一層切実に感じさせられる他なかった。

私はアッシャアの主人とそうして二人切りで過した長い時間のことを一生覚えているに違いない。併し彼が私とともにした、或は私を導いて行った研究とか仕事とかの性質を正確に伝えることは私には出来ない。それ等凡ては彼の興奮した、又極めて病的な抽象能力によって何か最も非現実的な特異さを附与されていた。彼が即興的に作曲して聞かせて呉《く》れた哀愁に満ちた幾つかの曲は今でも私の耳に響いていて、その中でも彼がウェエバアの凄惨な調子を有する最後のワルツに倣って試みたその奇妙な歪曲と敷衍《ふえん》は殊に痛切な印象を伴って私の記憶に残っている。又彼の想像力の複雑な働きによって徐々に構想され、一筆一筆と、私にはその理由が解らない為にそれだけ尚尖鋭な畏怖感を私に覚えさせて幾多の異様な形が描かれて行った彼の画の仕事に就ては、――それ等の画の克明な影像が今日猶《なお》私の眼を去らないにしても、その中で言葉の対象となり得るのは僅かしかなく、従ってその他のものに就て語ろうとしても無駄である。彼の画はその構図の徹底した単純さと簡潔さで注意を惹き、又それを圧倒した。若《も》し観念を画に描くことに成功した人間が曽てあったとしたら、それはロデリック・アッシャアでなければならない。少くとも当時そのような環境にあった私としては、この憂鬱症患者が画布の上に実現する純粋に抽象的な形態から、例えば私がフゼリの確に迫力はあるが余りにも具体的な構想にその片鱗も見出したことがないような、畏怖の念をその極点まで駆り立てて堪え難くする底《てい》の印象を受け取ったのだった。

私の友達の斯かる幻想的な作品の一つで、それ程抽象的な性格を持たない或る画の輪廓ならば、極めて不完全にではあるが、茲で言葉で指示することが不可能ではないかも知れない。それは小さな画で、白くて滑かな、そして何の飾りもない低い壁が続いている、或る極めて長い、長方形の穴倉、或は隧道の内部を描いたものだった。又画に示された幾つかの点によってその場所が地下であり、地面から非常な距離にあることが明かにされていた。そしてこの巨大な構築物には外部への通路が何処にもなく、又燈明とか、その他人工的な光源は何も認められなかったが、それにも拘らず其処には強烈な光が溢れていて、気味悪い不自然さでその場所全体を荘厳にしていた。

私は絃楽器が発する或る種類の音以外には凡ての音楽が堪え難い苦痛に感じられる彼の聴神経の異常な状態に就て既に語った。又その為に彼がギタアを弾くのにも相当な制限が加えられていたことが、彼の演奏が帯びた幻想的な性格の主要な原因をなしていたかも知れない。併し彼が即興的に作曲するその熱情が籠った容易さはそれによって説明されなかった。寧《むし》ろこれ等の奇異な幻想曲はその譜に於ても、又言葉に於ても（と言うのは彼は時折押韻する韻文の即興詩を同時に朗誦することがあったが）私が前に人工的な方法による興奮がその頂点に達した或る瞬間に於てのみ認められると言った、精神の極度の集中と統一の結果でなければならず、又事実そうだった。そういう即興詩の一篇の言葉を私は容易に覚えることが出来た。私がそれを聞いた時に殊に強い印象を受けたのは、アッシャアが彼の卓越した理性が崩壊しようとしていることを明確に意識しているのをその詩の隠された、と言うのか、神秘的な意味を通して、それもその時始めて私が認めたと思ったからだった。それは、「憑かれた宮殿」と題する詩で、正確ではないにしても、その言葉は大体次の通りだった。

I

我が国の最も濃い緑の谷間に、
　よき天使達の住居として

或る時美しい、荘厳な宮殿が、——
　見事な宮殿が、——聳《そび》えていた。
「思想」の王の領土に、——
　それは立っていた！
何れの熾天使《してんし》も曽《かつ》てその翼を
　その半ばも美しい建物の上に拡げたことはなかった。

Ⅱ

目を射る黄色の、黄金の幟《のぼり》が
　宮殿の屋根に漂い、流れて
(これは、——凡てこれ等のことは、——遠い昔の出来事
　だった)、
麗《うらら》かな日に戯れる微風であれば
　その何れにしても、
前立を付けた白色の冑の如き城壁の上を
　香りと化して吹いて行った。

Ⅲ

その幸福な谷間をさまようものは
二つの明るい窓の彼方《かなた》に、
精達が琵琶の冴えた音に連れて
緩かに動いているのを見た。
又彼等の群が取り巻く玉座には
（その父も同じく帝位にあったのだ！）
この国の君主の姿が見えた。

Ⅳ

そして宮殿の美しい扉は
真珠と紅玉を鏤《ちりば》めて輝き、
群なして外に出て行くのは、
又何時までも煌《かがや》いているのは
一団の山彦達で、その役目は
他でもなく、
ただその優れた声で国王の

才智と叡智を讃えることにあった。

V

併し悲みの衣裳を着けた悪しきもの達が
　王の貴い身分を襲い、
（ああ、哀れな王に再び朝の
　光が差すことはないだろう！）
その住居を廻って開花し、
　又輝いた栄華は
既に遠く過ぎ去った時代の
　忘れられ掛けた話になった。

今この谷間を旅するものは
　赤く輝く窓を越して、
調子外れの音楽に連れて怪しげに
　巨大なもの達の姿が動いているのを見る。
又その間気味悪い急流をなして

色は褪《あ》せた戸の外に、
醜いもの達が絶えず走り出て、
笑いはするが、——最早微笑することがない。

この詩が契機となって我々が各種の問題に就て論じ合っているうちに、私はアッシャアが或る意見を表明したことを記憶しているが、それを私が茲で言おうと思うのはそれが何も思想的に新しい為ではなく（と言うのは、他にもそういう考えを持っていた人々はあった。[†1]）彼がその意見を非常に頑強に主張したからなのである。それはその一般的な形では、植物にも他の生物と同様に意識があるということだった。併し彼の病的な想像力はこの考えにもっと大胆な性格を附与して、或る条件の下には無機物の世界にも斯かる事態が存在し得ることを彼は認めようとした。私には彼が信じていたことの全貌、或はその異常さを充分に言葉で言い表すことは出来ない。併し要するにそれは（このことに私は前にも一度触れたが）、彼がその祖先から受け継いだ家の灰色の石材と関係があることだった。彼の考えでは、この場合には石材が置かれている状態が必要な条件に適合したのであり、——例えばその積まれ方とか、それ等を蔽うに至った各種の菌類とか、その周囲の枯れた木だとか、——それから殊に、石材が斯かる形の儘《まま》で長い年月に亘って放置されていたことと、それが沼の静かな水にその通りに映されていたことなどが所要の結果を来した有力な素因となっていた。そしてこの証拠に、——と言うのは石材に意識がある証拠に、——沼の水や家の周囲には（私はそれを聞いて緊張せざるを得なかったが）、或る特殊な気体が凝集しているのが認められると彼は述べた。又何世紀かに亘って彼の一族の運命を密《ひそか》に支配し続けて、その末に彼を現在のようなみじめな状態に陥らせた不吉な、恐るべき力の背後にこれ等の石材の意識を見ることが出来ると彼は附け加えた。そして斯かる意見を我々が取り上げる必要はなく、それ故に私はこれ以上何も言わないことにする。

我々が読んだ本は、——そしてこれ等の本は長い間私の友達の精神的な生活に於て相当に大きな役割りを果して来たのだったが、——やはり多分に幻想的な性格を帯びていた。我々が一緒に読んだものの中には、グレッセの「ヴェルヴェエルとシャルトルウズ」、マキアヴェリの「ベルフェゴオル」、スウェエデンボルグの「天国と地獄」、ホルベルグの「ニコラス・クリムの地下旅行」、ロベエル・フルッド・ジャン・ダンダジネ及びラ・シャンプルの「手相術」、ティイクの「青く霞む遠方への旅行」、及びカンパネラの「太陽の都市」などがあった。それから我々が度々読んだのはドミニコ教団の僧侶エイムリック・ド・ジロンヌが著した「異端審問指南」の小さな八つ折版で、又アッシャアはポムポニウス・メラの著書で昔のアフリカのサチロス神やパン神を扱った箇所を読んでは、何時間も夢想に耽っていた。併し彼が最も喜んだのは或る非常に珍しい、ゴチック活字で印刷された四つ折版の本で、今日では最早存在しない或る宗派で使用されたた「マイエンスの教会に於て行われたる通夜の儀式」を読むことだった。

　私はこの本に書いてある儀式の異様さと、斯かる読書が彼に与えたに違いない影響に就て考えざるを得なかったが、そのうちに或る晩のこと、彼はマデリンが死んで、その屍体を（最終的に葬儀を執行する前に）、屋敷の厚い壁の中に作られている多くの穴倉の一つに二週間置く積りであると語った。併し彼がそのような変ったことをするのに就て与えた表面の理由は、私には反駁出来ない性質のものだった。即ち彼が私に言った所によれば、彼がそういう処置を取る決心をしたのは死んだマデリンが罹っていた病気の珍しい性質と、医者達がその屍体の処理に就て或る種の差し出がましい関心を示したことと、アッシャア家の墓地が屋敷から遠くて、又充分に保護されていないことを考えての上でのことだった。私はこの家に着いた日に階段の所で逢った人間の陰険な顔付きを思い出して、アッシャアの別に害がある訳ではない、又彼として当然のことに思われる措置に反対する気にはならなかった。

　アッシャアの依頼によって、私はこの暫定的な葬送に私自身手伝った。そしてマデリンの体を棺に納めた後、運んで行った。我々がそれを安置した穴倉は（そして其処は余りにも長い間開けられたことがなかったので、我々が持っていた松明《たいまつ》は其処に籠っていた空気の中で消えそうになり、穴倉の中をよく見ることが出来なかった）狭くて湿っていて、外部に対して密閉され、私の寝室に当てられた部屋がある建物の部分の、地下非常に深い所に位置していた。それは封建時代には城内のそういう場所として想像されるような用途に供されていたらしく、又その後は火薬か、或はその他の引火し易い物質を貯蔵する為に使用されたものの如く、床の一部と、穴倉に達する長い拱道の全部に銅板が張ってあり、頑丈な鉄の扉も同じく銅板で蔽われていた。又この扉は非常に重いので、その開閉で蝶番《ちょうつがい》は奇妙に鋭い音を立てて軋《きし》った。

我々はこの陰惨な穴倉で棺を台の上に置いてから、まだ捩子《ねじ》で留めない蓋を半ば開けて中のマデリンの顔を眺めた。その時二人の兄弟の顔が酷似していることが始めて私の注意を惹いたのであるが、アッシャアは或は私が考えていることに気付いたのか、説明の言葉を二、三呟《つぶや》いたので私は彼等が双子であり、二人の間には尋常には理由が付けられないような性質の共感が常に存在していたことを知った。併し我々は死人の顔を永くは見ていなかったのであって、それは畏怖の念を抱かずにそうしていることが出来なかったからである。即ち凡て癲癇性の疾患の場合には通例となっている現象として、その成年期に達したばかりの女の胸や顔の辺りにはまだ仄かに血の気が残り、唇には、死人の顔にそれを認める時は如何にも恐ろしい感じがする。生きているような微笑が浮んでいた。それで我々は蓋を締めて捩子で留め、鉄の扉に鍵を掛けた後に、其処と余り変らない程陰気な屋敷の上層部にかなりの苦労をして戻って来た。

そして何日かが悲嘆の裡に過されると、私の友達の精神的な疾患の症状に或る変化が起ったことが認められた。彼の態度はそれまでのようではなくなり、彼の日課だった色々なことは放棄されるか、或は忘れられた。彼は当てもなく部屋から部屋へと忙しい、不規則な足取りでさまよい歩いた。彼の顔色は、仮りにそのようなことがあり得たとして、以前よりも更に蒼白になったかに見えたが、――彼の眼は全然輝きを失った。そして時折嗄《しやが》れ声《ごえ》になることがあったのが最早それが決して聞かれず、以後彼は極度の恐怖によるかの如き震え声でしか話さなかった。事実私は時には彼がそのように絶えず不安そうにしているのが何等かの秘密に彼が悩まされている為で、それを打ち明けるだけの勇気を出そうとしているのではないかとも思うことがあった。又時には彼の行動の凡てが精神の錯乱から生じる説明のしようがない気紛れに過ぎないとしか思えないこともあり、それは時折彼が何かの音を聞いてでもいるかの如く、何事かに一心に注意している様子で長時間に亘って空を見詰めていることがあるからだった。それ故に彼の状態が私に恐怖を抱かせ、――私にも伝染するに至ったのは不思議ではなかった。私は彼の奇妙な、併し人を打たずには置かない迷信が少しずつ私自身を捉え始めたのを感じた。

　マデリンを穴倉に葬ってから七日目か八日目の夜、私は斯かる感情の作用を全面的に経験したのだった。私は眠ることが出来なくて、――時間は徒《いたずら》に経って行った。私は私が感じている不安を理性によって何とか克服しようとした。そしてその不安の全部ではなくてもその大部分が、私がいる部屋の陰気な家具や、黒ずんだ色のぼろぼろになった帳や、それがその頃始った嵐のせいで壁を離れて吹き捲《まく》られたり、寝台に吹き付けられたりしているることから来ているに過ぎないと自分自身に言って聞かせた。併し私の努力は凡て空しかった。或る抑え切れない戦慄《せんりつ》が次第に体中に伝り、遂に何か全く理由がない恐怖が私を釘付けにした。私はその感情を吐息とともに漸くのことで払い除けて、寝台の上に起き上り、部屋の暗闇を見詰めながら、——どうしてかは解らずに、ただ本能的な衝動によって、——何等かの低い、不分明な音が何処からか嵐の合間に、長い間隔を置いて伝って来るのに耳を欹《そばだ》てた。私は理由がない、然も堪え難い恐怖に襲われて、大急ぎで着物を着込み(と言うのはその晩はもう眠れないことを覚悟したのだった)、部屋の中を行ったり来たりすることによって自分が陥った哀れな状態を脱却しようと努めた。

私がそのようにして二・三回部屋の中を往復した頃、私の部屋に続いている階段に微かな足音が聞えて、軈《やが》てそれがアッシャアであることが解った。そしてその次の瞬間に彼は戸を軽く叩いて、ランプを手に持って部屋に入って来た。彼の顔は何時もの通り死人の如く蒼ざめていたが、——彼の眼は何か気違い染みた陽気さで輝き、——彼の態度全体に抑制されたヒステリイの症状が明らかに認められた。事実彼は恐しい形相をしていた。——併しどのようなことであっても私がそれまで堪えていた孤独よりは望ましいので、私は寧ろ彼が来たことを喜んだ程だった。

「君はまだ見ないのか、」と彼は暫く黙って辺りを眺めていてから不意に言った、——

「まだ見ないのか。――それならば見せて上げよう。」そしてそう言いながら、彼はランプが吹き消されないように注意しつつ窓の方に急いで行き、その一つを開け放した。

その結果部屋に吹き込んで来た風の烈《はげ》しさで我々は殆ど宙に持ち上げられそうになった。それは事実峻厳《しゅんげん》な美しさに満ちた嵐の晩で、その美しさと恐しさには何か名状し難い特異さが認められた。そして何処か我々がいる場所の附近に旋風が起っているらしく、風の方向は頻繁に、又急激に変更され、雲が非常に厚いのにも拘らず（そしてそれは屋敷の塔を隠す程低く下りて来ていたが）、それ等の雲が生きているような烈しさで八方から吹き寄せられて、互に衝突しているのが見えた。私は雲の厚さにも拘らずと言ったが、――我々は月や星の明りでそれを見たのではなく、又稲妻が光っているのでもなかった。併し動揺するこれ等の巨大な水蒸気の塊の下部、及び我々の周囲の地上にある物体の凡ては、屋敷を包んでいる何か微かに光を発する、そして明確にそれと解る気体の発散が原因である不自然な明りを反射して輝いているのだった。

「君はあれを見てはならない。――私が君に見せない、」と私は身震いして、アッシャアを静に、併し力を籠めて窓から引き離して椅子に腰掛けさせながら言った、「君には不思議に思われるこの現象は何か別に珍しくはない電気の作用か、――或は沼の腐敗した水から生じる瓦斯《ガス》の為に起るのかも知れない。兎に角窓を締めよう。――夜の冷い空気が君の体に障るようなことがあってはならない。茲に君が好きな物語の一つがある。私が読むから君はそれを聞いて、――我々はこの恐しい一夜をそうして一緒に過すことにしよう。」

　私が取り上げた古ぼけた本はサア・ロオンセロット・カンニングの「狂気の出会い」で、私は寧ろ冗談にそれがアッシャアの気に入りの物語であるように言ったのであり、私の友達が有するが如き観念的に高度に発達した精神にとってこの本に見られる種類の野暮な、想像力が足りない冗漫さに大して興味を感じ得る筈はなかった。併しその時手許にはその本だけしかなく、又私はこの憂鬱症患者が陥っていた興奮状態に於ては（精神病にはそういう変則的な現象が幾らも認められるので）、私がこれから読もうとする本の下らなさ自体が一種の慰安を齎すかも知れないということに漠然とした希望を繋《つな》いでいたのだった。そして彼が何か狂気染みた、異常に緊張した様子で物語の朗読を聞いているのでなければ、そのように装っているのから判断して、私は私の計画が成功したのを喜んでもよかった筈なのである。

　私はこの物語の有名な箇所で、その主人公たるエセルレッドが隠者の住居に尋常の方法で入って行くことを許されず、腕力で入ろうとする一節に来た。茲は次のように書かれていることをこの物語を読んだものは記憶しているに違いない。

「それでエセルレッドは生れ付き勇敢な男であり、又彼が飲んだ酒の為に一層力付けられていたので、隠者と談判するのをそれ以上延引させず、又事実その隠者は頑固な、意地悪な人物だったのであるが、エセルレッドは肩に雨が落ちるのを感じて嵐が起るのを恐れ、鎚矛《つちほこ》を振り上げて幾度か打ち下し、籠手《こて》を嵌めた手が入れられるだけの穴を忽ち戸に開けた。そして手を差し込んで戸を弾《はじ》き返し、引き破り、引き裂いたので、乾いた木が折れる音は森中に響き渡った。」

私が其処までで読むのを一時止めたのは、その時（尤も私は直ぐにそれが興奮している私の神経の為だと思い直したが）、――何処か屋敷の遠方から（確に距離によって消されてもっと鈍くはあったが）、カンニングが細かに説明しているのと同じ種類の、木が弾かれたり、引き裂かれたりする音が微かに聞えて来たように感じたからだった。そして恐らく私の注意が惹かれることになったのは、私が読んでいることとその音との合致のみに原因していたのであり、嵐が次第に勢を増して来て、窓が窓枠に烈しく打ち付けられるのやその他の雑音の中でこの一つ音だけが私にとって何等かの意味を持っている筈はなかった。私は読み続けた。

併し我がエセルレッドが戸を破って入ると、意地悪な隠者は何処にも見えないので怒りもし、驚きもしたが、その代りに全身が鱗で蔽われていて凄《すさま》じい様子をした、炎のような舌をした龍がいて、金で作られていて床は銀の宮殿の番をしてその前に蹲《うずくま》り、壁には磨き立てられた真鍮《しんちゅう》の楯《たて》が掛っていて、それに次のような言葉が記してあった。――

茲に入って来たものは勝利者であり、
龍を殺したものは楯を得る。

それでエセルレッドが鎚矛を振り翳《かざ》して龍の頭の上に打ち下すと、龍は彼の前に倒れて臭い息を吐いて死に、その時余りにも気味悪い、荒々しい、張り裂けるような悲鳴をあげたので、それまで誰も聞いたことがないその恐しい音に対してエセルレッドは両手で耳を塞ぎたい思いだった。

私は茲で又、そして今度は言いようがない驚愕を覚えて読むのを止めた。——そしてそれはその時確に(それが何処からであるかは解らなかったが)、或る低い、遠くの方で起ったような、併し荒々しい長く引き伸された、尋常なことでは決してない、何物かが引き裂かれるか、軋っているかする音が聞えたからであって、——その音は物語の作者が言っている龍の恐しい悲鳴に就て私が想像したのと少しも異っていなかった。

私はこの二度目の、全く驚くべき照応と、疑惑や極度の恐怖がその主要な部分を占めている複雑な感情に圧倒されながらも、興奮状態にある私の友達の神経を不用意な言葉で刺戟するのを避けるだけの冷静さはまだ保っていた。私には彼がやはりその音を聞いたのかどうか確実には解らなかったが、最後の数分間に彼の態度に著しい変化が起ったことは事実だった。彼は私と相対していたそれまでの位置から入り口の方を向く様に漸次《ぜんじ》に椅子の向きを変えるに至ったので、私には彼の顔が最早部分的にしか眺められなくなったにしても、彼が何か呟いているかの如くその唇を震わせているのは見えた。彼は俯《うつむ》いていたが、――眠っているのではなくて、私の方からは横顔になっているその眼は大きく見開かれていた。又彼の体の動きも彼が眠っていないことを示していて、――彼は静に体を絶えず左右に揺すっていた。私はそういうことを手早く観察してからカンニングの物語を読むのを続けた。

そして今やエセルレッドは恐しい龍を退治して、真鍮の楯と、それが受けている呪いを解くことを考えて彼の前に横たわっている龍の屍体を除け、城の銀の床を踏みしめて壁に掛っている楯の方に勇敢に進んで行ったが、それは彼が其処まで行く前に、銀の床の上で大きな、辺りに響き渡る音を立てて彼の足下に落ちて来た。

私が其処まで読んだ瞬間に、――丁度真鍮の楯が実際に銀の床の上に落ちて来たかのように、――或る空ろな、金属性の、そして何かに包まれているかの如く弱くはなっていても聞き違えようがない音響が伝えられて来た。私は完全に精神の平衡を失って飛び上ったが、アッシャアはもとの通り体を揺するのを続けていた。そして彼の方に私が駈け寄ると、彼の眼は前方に注がれた儘で、彼の顔全体が硬直していた。併し私が彼の肩に手を掛けると、彼は烈しく身を震して漸く微笑し、私は彼が、其処に私がいるのを知らないでいるかのように低い声でせわしげに何か呟いているのに気が付いた。私は彼と擦れ擦れに顔を近寄せて、漸く彼が言っていることが解って戦慄した。

「聞えるかと言うのか。――それは聞える。そして前から聞いていたのだ。長い、長い、長い時間、何日も、何日も聞いていた。――併し私には、――そういう私を憐んで呉れ、――私にはそれを言うだけの勇気がなかったのだ。私には全くなかったのだ。我々はあれを生きている儘葬ったのだ。私の感覚が鋭敏であることは言ったが、私はあれが棺の中で最初に微かに動き始めたのを聞いた。私はそれを何日も、何日も前に聞いて、――それでも、それを言うことが出来なかったのだ。――そして今晩のエセルレッド、――隠者の家の戸を破ったり、龍が断末魔の声をあげたり、楯が落ちる音は、――あははは、あれは寧ろあれが棺を打ち壊し、鉄の扉の蝶番が軋り銅張りの入り口であれが踠《もが》いている音と言った方が正確なのだ。ああ、私は何処に逃げよう。あれは茲に来るのではないだろうか。今既にあれは私を責めに急いで茲に上って来る途中なのではないだろうか。あれが階段を上って来る足音が聞えはしなかっただろうか。私はあれの心臓が重い音を立てて打っているのが聞える。気違い奴！」と彼はこの時飛び上って、彼がその為に死ぬかと思われるような鋭い声で叫んだ、――「気違い奴！　あれは今その戸の外に立っているのだ！」

そして彼がそう叫ぶのに籠めた力が呪文の働きをなしたかの如く、彼が指差した巨大な、年を経て真黒になった扉がその瞬間に重たげに両側に開いた。それは風のせいだったが、――戸の外にはマデリンの背が高い、経帷子《きょうかたびら》に包まれた姿が実際に立っていた。又その経帷子には血が付いていて、彼女はその痩せた体で何か異常な努力をして来た様子をしていた。そして彼女はその震える体で閾《しきい》の所に立って僅かばかりの間よろめいていたが、――次の瞬間に低い呻《うめ》き声とともにアッシャアの上に倒れ掛り、彼女を襲い始めたその臨終の烈しい苦悶《くもん》で彼を床に組み伏せ、彼が予期していた恐怖の為にアッシャアはその時既に屍体となっていた。

私はその部屋、及びその屋敷から夢中で逃げ出した。外は嵐がまだ荒れ狂っていて、その中を私は家の前の土手道を渡って行った。その時道に得体が知れない光が俄《にわか》に差して、私の後には巨大な屋敷が立っているので私はそのような光が何処から来るのか振り返って見た。それは今や没しようとしている血色をした満月の明りで、前に言った、建物の屋根から鋸歯状に下に向って走っている、曽ては殆んど気が付かない程の亀裂の間からその月が輝いているのだった。そして私が見ている間にその亀裂は急速に拡大され、軈て旋風が烈しく吹いて来て、――月の光を遮《さえぎ》るものは最早何もなく、――私は眼前の宏大な建物が左右に裂けて崩れ落ちるのを見て眩《めま》いがした。又この時幾千という滝が立てるような騒音が起って暫く止まず、家の前の深い、陰鬱な沼の水の中にアッシャアの家の砕片が没して、沼の水面は再び静かになった。

†1　原註。ワットリン、パアシウァル博士、スパランザニ、それから殊にランダフ僧正。
――「化学論文集」第四巻参照。

群衆の人

ただ一人でいるのに堪えられないという大きな不幸。

——ラ・ブリュイエエル

　あるドイツの本について、それを読むことをその本自体が許さない、“es lässt sich nicht lesen”と言われたのはうまい言い方である。ある種の秘密はそれを語ることが許されていない。それでいろいろな人間が夜中に、そこにいるように想像する懺悔《ざんげ》聴問僧《ちょうもんそう》の手にすがり、その顔を見上げて――打ち明けることがとうていできない秘密のあまりの醜悪さに絶望し、そのために喉《のど》を痙攣《けいれん》させて死ぬのである。すなわち人間の良心は時にはあまりに忌《いま》わしい行為の重荷を負わされて、それを墓穴に下すほかはないという場合が生じるのであり、かくしてすべての罪悪におけるその本質的な部分はついに他言されるということがない。

　いつだったかそれほど前のことではないが、私はある秋の日の夕暮れにロンドンのD――コーヒー店の大きな弓張窓のところに腰かけていた。私は数ヵ月間病気をしていて、それもようやく快方に向かい、体に力がもどってくるのとともに倦怠《けんたい》とはちょうど反対の幸福な状態――われわれの精神の視野からおおいが取り払われて、一切の事物に対する意欲が極度に活発になり―― aglus he prin epnen すべてはその初期の輝きを取りもどし――知性は最大限度に刺激されて、ライプニッツの溌剌《はつらつ》としていてしかも整然たる推論がゴルギアスの気違いじみた、軽薄な詭弁《きべん》にまさっているのと同じくらいに知性の日常の性格を脱しているといった、そういう状態に私はおかれていた。ただ呼吸していることがすでに楽しいことであって、私は普通ならば苦痛になるはずのことにさえも喜びを感じた。私はすべての事物に対して静かな、しかし好奇心に満ちた興味をおぼえていた。それで私は葉巻をくわえて新聞を一枚膝の上に広げ、その日の午後を広告を読んだり、店の中のいろいろな客を観察したり、窓の煤《すす》けたガラスを通して街を眺めたりすることですこしも退屈しないで過ごしていたのだった。この街はロンドンの主要な通りの一つで、その日一日非常な雑沓《ざっとう》を示していた。そして日が暮れると人出がますます多くなり、街燈がつくころにはそれが隙間もなく、絶え間もない二つの流れに分かれて店の入口の前を通り過ぎていった。私はこの時間にそのようにしていたことがそれまでかつてなかったので、私の眼前に起伏する人の顔の海はまったく新しい経験がわれわれにおぼえさせる喜びで私を満たした。そして私はそのうちに店のなかのことに注意するのをやめて、外を眺めるのに夢中になった。

私の観察は初めのうちは抽象的な、総合的な形式を取った。私は通り過ぎてゆく人々をいくつかの塊《かたまり》として眺めて、それらの塊が相互に有する関係において彼らを考察した。しかし間もなく私は細部にも注意しはじめて、姿態とか、服装とか、風采《ふうさい》とか、歩き方とか、あるいは容貌、表情などに認められるきわまりない変化を非常な興味で点検するようになった。

私の前を通る人々の大部分は満足した、忙しそうなようすをしていて、ただ人込みのなかを前に進むことだけしか考えていないようだった。彼らは顰《しか》め面をして眼をすばしこく動かし、他のものが自分に突きあたっても怒らないで、服装をなおしてそのまま急いで行った。また彼らよりもさらに多い一群の人々は動作がすこしも落ち着いていなくて、顔は上気し、まわりにあまり大勢の人間がいるのでかえって一人でいる気がするかのごとく、何か言ったり、身振りをしたりしていた。そして前に進むのをはばまれると彼らは呟《つぶや》くのを急にやめてさらに烈《はげ》しく身振りをし彼らの前を通っている人々の行列が過ぎ去るのを意味がない、無理な微笑を浮かべて待っていた。――また大多数のものがそのいずれかに属しているこの二種類の通行人については、すでに述べたこと以外にはべつに特徴が認められなかった。彼らの服装は身なりが整っていると言われる底《てい》のものだった。彼らは疑いもなく貴族や、実業家や、弁護士や、小売商人や、株式の仲買人で――社会の上中層部を形成し、余裕がある人間、またいめいの仕事に積極的にたずさわり、各自の責任において事業を経営している人々だった。それで彼らは私にとってあまり興味がなかった。

事務員はすぐにそれとわかり、これには二つの明確に区別できる種類が認められた。そしてその一つは羽振りがいい会社に勤めている若い事務員たちで、彼らは体によく合うように仕立てられた上衣を着てよく光る靴をはき、髪を油で撫《な》でつけて横柄な顔をしていた。

また「机上的」とでも形容するほかはない、一種の体のはしこさを別とすれば、これらの人々は一年か一年半前には流行の先端として通った格好をしていた。すなわち彼らは上流社会の風俗の二番煎《せん》じを身につけていて――それがこの種類の人々のもっとも的確な定義であるように思われる。

堅実な基礎を有する会社に勤めている上級な事務員、いわゆる「間違いがない人たち」も容易に見分けることができた。彼らは黒か茶色の、椅子《いす》に楽に腰かけられるように作られた上衣やズボンに白い胴着とネクタイを着けて、丈夫そうな、大きな半靴と泥よけ脚絆《きゃはん》か、あるいは厚い靴下をはいていた。彼らは皆いくぶんか頭が禿《は》げていて、長いあいだペンをそこにはさんできたために右の耳が奇妙なぐあいに突き出ていた。私は彼らが両手で帽子を取ったりかぶったりして、古い型の、頑丈な金鎖の先に時計を下げているのに気づいた。彼らは、もしそういう立派な態度について衒《てら》いというような言葉が用いられるならば、いい身分の人間であることを衒っていた。

このほかに、大きな都会には必ずいる高級な掏摸《すり》であることが容易に察せられる、派手な格好をした人々がいた。私は彼らを詳細に観察して、なぜ紳士たち自身が彼らを紳士と間違えるのか理解することができなかった。彼らの衣服の袖口が非常に広いのと、彼らが努めて正直な人間のようなようすをしていることだけでもその正体は見破れるはずだった。賭博《とばく》の詐欺《さぎ》で暮していることがわかる人間の数も決して少なくなかったが、彼らを見分けることはさらに容易だった。彼らは天鵞絨《ビロード》の胴着や色模様の首巻きを着けて、金鍍金《めっき》の鎖や針金細工《ざいく》のボタンを飾りにしている豆隠し手品専門の遊び人から、いかがわしい人間にはとうてい思えない、すこしでも飾り気を見せることを慎重に避けた僧侶風にいたるまでの、じつにいろいろな種類の服装をしていた。しかしどこか汚れた感じがする浅黒い顔色と、かすんだ眼と、血の気がない、固く結ばれた唇とが彼らに例外なく認められる特色だった。しかもそのほかに彼らをつねに見分けることができる二つの特徴があって、それは彼らが人と話すときに用心深く声を低くすることと、親指が他の指に対して直角に異常な伸び方をしていることだった。また私はしばしばこの手合いのなかに、その習性はいささか異なっていても要するに同じ穴の狢《むじな》であるある種類の人間が混じっているのを見た。彼らはめいめいの頭を働かして、というのはやはり各種の詐欺で生活している人々であり、二手に分かれて獲物を漁《あさ》るようであって——その一隊はお洒落《しゃれ》な紳士、また別な一隊は軍人を装っている。そして前者の特徴は長く伸ばした髪と笑顔で、後者は飾りボタンをつけた上衣と顔をつねにしかめていることで見分けられる。

　もっと社会層を下ってゆくにしたがって、私はさらに暗くて複雑な推量の材料を見出した。たとえばユダヤ人の行商人が卑しい屈従でしかないかのごとき顔から眼だけは隼《はやぶさ》のように光らせ、また頑丈な体つきをした本職の乞食が、彼らほどはすさんでいなくて、夜が来てまったく絶望に追われて物乞いに出た人々をにがにがしげに見やり、死が確実に迫っていていまにも倒れそうな、蒼ざめた病人が何か偶然の慰めか、すでに失われた希望を求めてでもいるかのごとく、哀願するような眼つきで通行人の顔を次々に覗きこみながら人群れのなかをよろめいてゆき、おとなしい娘たちが夜遅くまで働いていた仕事場から寒々とした家に帰って来る途中で、無頼漢にじろじろ見られて怒るよりも泣きそうになってよけようとしても、人込みのなかでは体が直接に触れるのを避けることもできないのだった。またすべての種類と年齢の娼婦《しょうふ》も出ていて――女盛りの、紛れもない美人はルキアノスが言っている、内部は汚物で満たされたパロス島産の大理石の彫刻を思わせ――襤《ぼ》褸《ろ》を着て、救済の見込みはもはや全然ないほど堕落した、忌わしい代物もいれば――宝石を着飾り、顔を塗りたてて、若く見えるための最後の努力を試みている皺《しわ》が寄った女や――まだ体も成熟していない子供で、しかも長い習慣から職業上の醜悪な嬌態《きょうたい》の秘訣《ひけつ》に通暁《つうぎょう》していてその道における自分の先輩たちと同格に扱われようという野心に燃えているのもいた。それから無数の酔っ払いがいてこれはとうてい描写しきれず――ある者はぼろぼろの、つぎだらけの着物を着て、顔に傷をつけてどんよりした眼でもはや口も満足にきけずによろめき回り――ある者はつぎはないが不潔きわまる服装をして、元気がいい赫《あか》ら顔で厚い、肉感的な唇を見せ、不安定な足取りで肩を怒らせて歩き――またある者はかつては上等な生地だった服にいまでも丹念に手入れをして着ていて――そういう人たちは不自然にしっかりした、活発な歩調で歩いてはいても、その顔色は蒼白で、充血した眼は狂暴な表情を帯び、群衆のなかを進みながら彼らは手が届く範囲にあるものは何であるにせよ震える指でつかんでみるのだった。またそのほかにパイ売りや、荷運びの人夫や、石炭を運搬しているのや、煙突掃除や、また手風琴弾きや、猿回しや、歌をうたうのとその歌を書いたものを売るのとが組んでいる艶歌師《えんかし》や、そのほか襤褸を着た芸人と疲れきった労働者とのおよそいろいろな種類がそこを通り、またこれらの人々はみな騒々しい、異常な活気に満ちていて、その調子はずれな雑音は耳を圧し、眼は眺めているうちに痛くなってきた。

夜が更けるのにしたがって、この光景に対して私がおぼえる興味も深まっていった。そしてそれは窓の前を通る群衆の性格が実質的に変わってきたからだけではなく（それは群衆のなかでそのより良質な要素を代表する真面目な人々が次第に姿を消し、遅くなるにつれてすべての種類の悪質な分子がその巣窟《そうくつ》を抜け出してきて群衆により険悪な様相を呈させたためであるが）、初めのうちはこれから没しようとする太陽の光線に負かされて弱かったガス燈の光がいまやようやくその明るさを増して、すべてを間歇的《かんけつてき》に、けばけばしく照らしだすようになったからだった。あたりは暗くてしかも壮麗であって――かつてテルトゥリアヌスの文体がそのようであると言われた黒檀《こくたん》に似ていた。

光線の奇異な効果が私に個々の通行人の顔に注意させ、この明るい世界が窓の前を通過する速度はどの顔も一目見るだけの余裕しか私にあたえなかったが、そのとき私がおかれていた特殊な精神状態においては、その一目だけでしばしばそれらの人々の長い年月にわたる閲歴を読み取ることができるように思われた。

私がそのようにして窓ガラスに額《ひたい》を寄せて群衆を点検していると、突然ある顔が目にとまって（それは六十五歳か七十歳くらいのよぼよぼした老人の顔だったが）――その全く独自な表情が私の注意をとらえてもはや離さなかった。私はそれにすこしでも似ていると言える表情をかつて見たことがなかった。そしてそれに気づいたときに最初に私が考えたことが、もしレッチュがそれを眺めたならばそのほうが彼が書いたいくつかの悪魔の画よりもはるかに実物に近いと思っただろうということだったのを私はいまでも記憶している。私がその顔を見ていたわずかな時間にその印象をなんとか分析しようとすると、広大な知力とか、それから用心深さとか、貧困とか、吝嗇《りんしょく》とか、冷静さとか、悪意とか、残忍さとか、得意とか、陽気さとか、極度の恐怖とか、烈しい――完全な絶望とかの観念が奇妙なぐあいに混ざり合って私の胸に浮かんできた。私は不思議な興奮と衝動と魅力をおぼえた。「何という奇態な物語があの胸のうちに刻みつけられていることだろう」と私は思った。そして次にはその男を見失いたくない――彼についてもっとくわしい知識を得たいという抑えがたい欲望が起こってきた。それで私は急いで外套《がいとう》を着て帽子と杖《つえ》をつかんで往来に出てから、そのとき老人はすでにいなかったので、彼が立ち去った方向に人込みを押し分けていった。そしてしばらくして彼を見つけてその後に迫り、彼におぼえられないように用心しながら彼から眼を離さずに後を追った。

　私はこんどは彼のようすを細かく観察することができた。彼は背が低くて非常にやせていて、またいかにも衰弱しているように見えた。彼が着ている衣類はぼろぼろで不潔を極めていたが、ときおり彼が街燈の強い光線の下を通るので、私は彼のシャツが汚れてはいても極上の生地で作られていることに気づいた。またもし見間違ったのでなければ、彼の体を厳重に包んでいる、あきらかに古着屋で手に入れた夜会用の外套の裂け目から金剛石と、さらに一本の短刀が私の目にとまった。そしてこれらの事柄は私の好奇心をいっそう刺激して、私はどこまでも彼の後をつけていくことに決めた。

　すでに完全に夜であって、深い、湿っぽい霧が町の上にかかり、それがやがて本降りの雨に変わった。この気候の変化は群衆に奇妙な効果を及ぼして、その全体が新たな動揺を生じて傘《かさ》の世界の下に隠蔽《いんぺい》された。そして騒音と人の動きと雑沓は十倍も烈しくなった。私としては雨はあまり気にならなかったのであって――それは病気が治った私の体にまだ熱がいくらか残っていて濡《ぬ》れることに私はいささか危険な快感を味わっていたからだった。それで私はただ口のまわりにハンカチを結びつけただけで、そのまま歩くのをつづけた。その老人は三十分ばかり大通りの人出に揉《も》まれてゆき、そのあいだ私は彼を見失うことを恐れて彼の脇を離れずにいた。彼は一度も後ろのほうを振り返らなかったので、私がいることに気づかずにいた。そのうちに彼は角を曲がって別な通りにはいり、そこも人出が多かったが、彼がいままで歩いていた大通りほどではなかった。そしてこのとき彼の態度にある変化が起こった。彼は前よりも歩くのが遅くなり、その目的も以前ほど明確ではなくなったようで、躊躇《ちゅうちょ》しているのが感じられた。彼はどういうつもりなのか何度も通りを横切っては引き返してきて、まだ大変な人出なので私はそのたびごとに彼から離れないように努力しなければならなかった。それは狭くて長い通りで、彼は一時間近くをそのなかで費やし、その間に通行人の数はいつも正午に公園付近のブロオドウェイで見られるくらいに減少し——というのは、いかに繁華な米国の都会でも人出の点でロンドンと比較すればそれほど大きな相違が認められるのである。やがてふたたび角を曲がると、われわれは街燈その他が一面についていて、人で雑沓している広場に出た。そうすると老人の態度も以前のごとくになった。彼は顎を胸の上に落として、眉をしかめ、眼は大きく見開かれて彼の周囲の人々に絶えずせわしげに注がれていた。彼は根気よく、そして確固とした歩調でそれらの人々のなかを押し分けていった。ところがその広場を一回りすると、彼が向きなおってそれまで取ってきた経路を逆にたどりはじめたので私は少なからず驚かされた。しかも私がさらに驚いたのはそれを彼が何度か繰り返したことであって——一度は彼が急に向きを変えたので私はもうすこしで彼に感づかれそうになった。

彼はそのようにしてさらに一時間を過ごし、そのうちにわれわれが行き会う人間の数は初めのころと比較してははるかに少なくなった。雨はますます烈しく降り、空気は冷えてきて、街に出ている人たちはめいめいの家に帰りはじめていた。そうすると老人は不満を示す身振りをして、あまり人通りがない横丁にはいっていった。彼はこの四分の一マイルほどもある道路を、彼ぐらい年取った人間に可能であるとは想像もしなかった速度で通過し、私は彼の後を追うのに相当骨が折れた。しかしわれわれは数分間後には大勢の人々が集まっている大きな市場に着いて、老人はそこの出入りをよく心得ているようであり、彼は初めの態度を取りもどして売り買いする人々のなかに割りこみ、べつに目的があるとも見えずに行ったり来たりするのだった。

われわれはそこで一時間半ばかりを過ごしたが、私は彼から離れずにいるとともに彼に気づかれないようにするために極力用心しなければならなかった。しかし幸いに私はゴム製の上靴をはいていたので、全然音をたてずに歩くことができた。彼は私が彼を監視していることを少しも知らないでいた。彼は市場に並んでいる店に次々にはいっていって、しかも商品に値段をつけようともせず、ひと言も口をきかないで、ただ店に陳列された品物を空《うつ》ろな、狂気じみた眼つきでながめるだけだった。いまや彼の行動は私にとって完全に不可解なものとなり、彼という人物について多少とも納得することができるまでは、私は彼から決して離れまいと固く決心をした。

やがて市場の時計が大きな音をたてて十一時を打ち、まだ残っている人々の数は見る間に減っていった。ある店の主人が戸を閉めはじめて老人に突きあたり、その瞬間に彼の全身が烈しく震えるのを私は認めた。彼は急いで通りに出て、あたりを不安そうに見回してから、幾多の曲がりくねった、人気がない横丁をほとんど信じられない速さで駆け抜けてわれわれの出発点だった——ホテルの前の大通りにわれわれはふたたび出てきたのである。しかしそれはもはや前のような場所ではなかった。たしかにガス燈はまだあたりを明るく照らしてはいたが、雨は烈しく降っていて、人はほとんど通らなかった。これを見て老人は顔色を変えた。彼は先刻までにぎやかだった往来を二、三歩不機嫌そうに進みかけて、深い溜息をつき、河の方角に向きを変えて多くの通りを曲がってゆき、最後にロンドンの主要な劇場の一つの前に着いた。それはちょうどそこが閉まるころで、入口からは観衆が群れをなして街に出てきたところだった。そして老人はようやく息がつけたかのようにその人群れのなかにはいっていったが、彼の顔にあらわれていた極度の苦痛の表情はある程度まで緩和されたかに見えた。彼はふたたび頭を胸の上に垂れて、彼が最初に私の目にとまったときの態度にもどった。私は彼がこんどは劇場から帰る観衆の大部分が進んでゆく方向に歩きだしたことに気づいたが——要するに彼の気紛れな行動をまだ理解するにいたらなかった。

しかしそのうちに人の数が次第に減り、それとともにいままでの彼の不安と躊躇がもどって来た。彼はしばらく十何人かの陽気な一団が帰ってゆくのを彼らのすぐ後から追っていたが、この人数もだんだんに脱落者を出して、ある狭くて暗い、人がほとんど通らない横丁にさしかかったころには残っているのは三人だけになった。そうすると老人は立ちどまって、一瞬考えこんでいるように見えた後に、極度の動揺をおぼえているようすで急ぎ足である道筋を辿って出てきたのは町はずれの、それまでわれわれが通過したのとはおよそ趣《おもむき》を異にした区画だった。それはロンドンのなかでももっとも忌わしい地区で、すべては凄惨《せいさん》な貧困と、凶悪な犯罪との戦慄《せんりつ》すべき刻印を押されていた。そしてどうかするとついている街燈の明かりで貧民窟の高い、古ぼけた、虫に食われた木造の建築が倒れかけたまま立っているのが見え、それがあまりにも多くの方角に気紛れにそびえているのでその間に道が通っているのがほとんど識別できなかった。その道の鋪石《ほせき》もあったりなかったりして、生《は》え放題《ほうだい》に生《お》い繁っている草のためにそのもとの位置から押し除けられ、もはや水が流れなくなった溝《どぶ》には名状しがたい汚物がたまっていた。なにか荒廃しきった感じがそのあたり一帯の空気を支配していた。しかしわれわれが進むにしたがって人間の生活から起こる雑音がふたたび聞こえ、やがてロンドンの人口のうちもっとも堕落した部分を構成している人々の群れがよろけ回っているのが見えてきた。そうすると老人の精神は油がつきかけたランプの炎のようにもう一度甦《よみがえ》ったかのごとくだった。彼はふたたび活発な足取りで進んでいった。われわれが曲がり角を一つ曲がると、眼前に光明の海があらわれ、われわれは郊外の巨大な酒乱の殿堂――ジンを売る大規模な居酒屋の一つの前に立っているのだった。

そのときはすでに明け方に近かったが、まだ一群の哀れむべき酔漢が酒場のけばけばしく飾りたてられた入口を出たり入ったりしていた。老人は歓喜の叫び声をあげて酒場にはいってゆき、たちまち以前の態度にもどって、べつにあてもなく、そこに群がっている人たちのなかを行ったり来たりしはじめた。しかし間もなく人々は入口のほうに争って去ってゆき、酒場の主人が店を閉めようとしていることが明らかになった。そのとき私がかくまで執拗《しつよう》に監視しつづけたこの特異な人物の顔にあらわれたのは絶望を通り越したある感情だった。しかし彼は躊躇することなく、ふたたびロンドンの都心をさして歩きだした。彼は長いあいだ非常な速さで歩行をつづけ、私はまったく呆然《ぼうぜん》として、いまや私の関心のすべてを領有するに至ったこの探索をいかなることがあっても放棄しない決心で彼の後からついていった。そうしているうちに夜が明けて、われわれがふたたびこの繁華な都会でもっとも人の往来が激しい場所、すなわち——ホテルの前の大通りに来たときは、そこは前の晩とほとんど変わらないほどの賑かさを示していた。そして私は長いあいだこの通りで、だんだん増してゆく混雑のなかを老人の後を追いつづけた。しかし彼は例によって行ったり来たりするだけで、その日一日そこの大通りの雑沓を去らずにいた。そしてまたしても日が暮れはじめたころ私は疲れ果てて、老人の目の前に立ちどまり、彼の顔を正面から見つめた。しかし彼は私がそこにいることに気づかず、ふたたび厳粛《げんしゅく》な足取りで歩きだし、私は後を追うのをやめて長いあいだ考えていた。そしてしばらくしてから、「この老人は悪質な犯罪の天才であり、そういう犯罪者の典型である。彼は一人でいることができないのだ。彼は群衆の人なのだ。彼の後を追うのは無駄なことで、そうすることによって彼の人物とか過去の行為とかについて何も知ることはできないだろう。事実世界でもっとも凶悪な人間の胸の奥は"Hortulus Animae"[†1]よりももっと淫《みだ》らな内容の書物で、それを読むことが許されないのは神の大なる慈悲によることなのかもしれない」と私は自分に言って聞かせたのだった。

†1（原注）グリュニンガア著"Hortulus Animae cum Oratiunculis Aliquibus Superadditis"（訳注『心の園、ならびに若干の付言』という意味であるが、かかる書物が実在しているかどうか疑わしい）

赤い死の舞踏会

「赤い死」はすでに長い間前から国を荒らしていた。このように猛烈で悲惨な疫病は未だかつてなく、それは血に具現され、紅斑《こうはん》と血が――その極印だった。この病気にかかると烈《はげ》しい痛みをおぼえ、にわかに眩《めま》いがして次に毛孔からおびただしく出血して死ぬのだった。そして体、ことに顔にあらわれる紅斑が罹病《りびょう》の徴候で、それがあらわれたものを救助する方法はなく、彼はただちに他のものから見放された。しかも発病してから病勢が進展して死ぬまでに三十分とかからなかった。

しかしプロスペロ公爵は幸福で大胆で賢明だった。彼の領地の人口が半減するに及んで彼はその宮廷にいる騎士や貴婦人のなかから千人の健康な、陽気な友達を選んで、城郭の形をなしている公爵の僧院の一つに彼らとともに避難した。それは広大な、壮麗な建物で、公爵自身の偏屈な、しかし高尚な趣味に従って設計されたのだった。その周囲には高い、頑丈な壁がめぐらされていた。この壁にはいくつかの鉄の門がついていて、宮廷人たちは僧院にはいった後に炉《ろ》や重い金槌《かなづち》を持ち出してきて戸の閂《かんぬき》を熔接《ようせつ》した。彼らは内部に起こりうる絶望や狂乱の突然の衝動に対して出入口を塞《ふさ》ぐ決心をしたのだった。この僧院には充分な食糧が貯えられていた。それでかかる準備がなされたうえは、彼らは疫病を無視することができた。そして外界のことは成行きにまかせておけばいいのであり、さしあたり悲しんだり、考えたりすることは意味がなかった。公爵は逸楽《いつらく》のすべての手段を用意していて、道化者や即興詩人や踊り子や音楽家が集められ、美人もいて酒もあった。これらすべてと安全とが僧院の内部にあり、外には「赤い死」があった。

この隠遁《いんとん》生活が始まってから五ヵ月か六ヵ月目で、外では疫病が猖獗《しょうけつ》をきわめているころに、プロスペロ公爵は彼の千人の友達をことのほかに壮麗な仮装舞踏会に招待した。

この舞踏会は事実豪奢《ごうしゃ》な光景を展開した。しかしその前にそれが催された場所について語らなければならない。このとき会場に選ばれた広間は七つあって――見事なひとつづきの部屋をなしていた。しかしながら多くの宮殿ではこの種類の連続した広間はまっすぐにつながっていて、その間を仕切っている折戸は両側の壁近くまで押し返され、全体の展望を妨げるものはほとんどないようにできている。ところがこの場合は、変わったことが好きな公爵の性格にふさわしく、事情はいちじるしく異なっていた。すなわちそのいくつかの部屋はきわめて不規則に配列されていて、ながめはほとんど一つの部屋だけに限られていた。そして二十ヤードか三十ヤードごとに急角度の曲折があり、それを曲がるたびに新しい趣向が眼にはいった。また左右の壁の中央には縦に非常に長くて幅が狭いゴシック風の窓がついていて、その外は連続した部屋の屈折に従って迂回《うかい》する、外部に対して閉ざされた廊下になっていた。これらの窓には色板ガラスが嵌《は》めてあって、その色は窓が開いて

いる部屋の色調に従って異なっていた。たとえば東の端の部屋には青い装飾が施《ほどこ》されていて――窓の色も鮮明な青だった。その次の部屋は帳《とばり》やその他の装飾が紫色で、窓ガラスの色も紫だった。第三の部屋はすべてが緑色で窓ガラスも緑色をしていた。それから第四の部屋は装飾も窓ガラスも橙色《だいだい》で――第五の部屋は白く――第六の部屋は菫《すみれ》色だった。そして第七の部屋は天井から床まで黒い天鵞絨《ビロード》の帳でおおわれ、それは同じ地で同じ色をした絨毯《じゅうたん》の上に重そうな襞《ひだ》を作って落ちてきた。しかしこの部屋だけは窓ガラスの色が部屋の装飾の色とは異なっていて、それは真紅――というのは血の色をしていた。ところで床に散在したり、天井から下がったりしているおびただしい黄金の装飾品のなかに、どの部屋にもランプや燭台《しょくだい》は一つも見当たらなかった。これらの部屋にはランプや蠟燭《ろうそく》による照明が全然使用されていなかった。しかしながらそれらの部屋に並行する廊下には、一つ一つの窓の外に大きな三脚台が置かれ、それが支えている火入れに火が燃えていて、その明かりは窓ガラスを通して部屋の中に射しこみ、このど強い光線にすべてが照らされていた。かかる照明は各種のけばけばしい、奇異な効果を生じた。しかしこれらの部屋の中でその西の端に当たる黒色の部屋の場合は、血の色をした窓ガラスを通して黒い帳に射す明かりの効果が凄惨《せいさん》を極めていて、その部屋にはいったものの顔もそういう光線のぐあいでいかにも奇怪に見えたために、その部屋の閾《しきい》をまたいで奥に進むほど大胆なものはあまりいなかった。

またこの部屋にはその西の壁を背にして大きな黒檀《こくたん》の時計が置いてあった。この時計の振り子は鈍い、重苦しい、単調な響きをたてて往復し、分針が時計の面を一周して時間を打つ時になると、時計の真鍮《しんちゅう》製の装置は朗々として響き渡る、しかもいかにも異様な音色をした音を発して、そのために一時間たつごとに楽手たちはしばらく楽器を奏するのをやめてその音に耳を傾けざるをえず、したがって踊っている人々も立ちどまり、そこに集まっている派手な群衆全体に狼狽《ろうばい》の色が見えて、時計が鳴っているあいだは若い、陽気な男女の顔も蒼《あお》ざめ、もっと年取った、思慮あるものは何か漠然とした考えを追っているかのごとく額《ひたい》に手を当てるのが認められた。しかし時計が鳴り終わると快活な空気がふたたび一同を支配し、楽手はたがいに顔を見合わせて、自分たちの愚かさと臆病を嘲っているように微笑し、このつぎ時計が鳴っても平気でいることを小声で誓い合っていたが、六十分たつと（そして六十分は三千六百秒の過ぎゆく時間をふくんでいる）、時計がまた時間を打って、人々はふたたび狼狽と恐怖と反省の気分に陥った。

しかしそれにしても派手でにぎやかな舞踏会だった。公爵の趣味は変わっていた。彼は色彩その他によって得られる各種の効果については洗練された感覚の持主で、単に流行を追ったりすることを好まず、その大胆な、野心的な趣向には野蛮な絢爛《けんらん》さがあった。それはあるものには彼が正気であることを疑わせるに足りたが、彼の周囲にいる人々はそうは思っていなかった。しかし彼が気が違っていないことについて確信を得るためには彼を見て彼が言うことを聞き、彼に手で触れてみることが必要だった。

この舞踏会のときも彼は七つの部屋に施された装飾の大部分を監督し、彼の趣味がその晩呼ばれた人々の仮装の性格を決定したのだった。それゆえにそれらの仮装は奇怪を極めていた。それはけばけばしくて味があって幻想的で——その後ユウゴオの『エルナニ』において見られた種類の要素を多分にふくんでいた。そういう仮装人物のなかには東洋風の衣裳《いしょう》を着けて不釣合《ふつりあ》いな肢体《したい》や装具をしたのがあった。また錯乱した精神の産物ではないかと思われるような趣向のものがあった。それらの仮装は美しくもあり、淫《みだ》らでもあり、奇異でもあって、何か恐怖を感じさせる性質のものであると同時に、人を気持を悪くさせるような要素も多分に持っていた。かくして七つの部屋に夢にでも出てきそうな姿をした人々が群がり、これらの——夢かと怪《あやし》まれるような姿をした人々が——部屋ごとに異なっている明かりに彩られて体をくねらせながら往来し、楽隊が奏する狂気じみた音楽は彼らの足音の反響かと思われるのだった。そうすると黒い天鵞絨の帳を張りめぐらした部屋の黒檀の時計が時間を打ちはじめ、その間はあたりが静まり返って聞こえるのは時計の音だけであり、夢のような姿をした人々はその場に釘《くぎ》づけにされる。しかし時計が鳴るのがやんで——それはわずかなあいだのことだったのである——ほうぼうから明るい忍び笑いが代わりに聞こえてくる。そして音楽がふたたび起こり、人々は生き返って、色ガラスを張った窓から射しこむ三脚台の明かりに彩られて前よりももっと陽気に調子を取りながら踊りはじめる。しかし奥の西の端にある部屋にはもはやだれも行くものがなく、それは夜が更けてきて、血の色をした窓ガラスを通して射す明かりはさらに赤みを帯び、黒い帳はいっそう凄惨な感じをあたえ、また黒い絨毯を敷いたその部屋の床に立っていると近くの黒檀の時計が打つ音が、他の部屋で逸楽に耽っているものの耳に達するのよりももっと陰にこもった響きを伴って聞こえるためなのである。

しかしその他の部屋では人が押し合っていて、熱気を帯びたにぎやかさのうちに乱舞がつづけられていたが、やがて時計が十二時を打ちはじめた。そして音楽がやみ、舞踏は中止されて、ふたたび不安に満ちた沈黙が生じた。しかし今度は時計が十二打つので、そこにいた人々のなかで考えこむものはそれまでよりも時間があるだけになおさら我に返って考える機会を得たのかもしれなかった。そしてあるいはそのために、時計が打った最後の音がまったく消え去ったときに、いままでだれも気づかずにいた一人の仮装した人物が多くのものの注意を惹《ひ》いたのだった。しかもそのことが次から次へと囁《ささや》かれて、初めのうちは非難と驚愕《きょうがく》――それからやがて狼狽と恐怖と嫌悪を示すざわめきが起こった。

すでに言ったような奇怪な様子をした人々の集まりでは、大概のことではかかる騒ぎを起こすことはできなかった。事実それらの人々の仮装にはほとんど無制限の放縦《ほうしょう》さが認められたのだったが、この人物の趣向はそれにしても大胆すぎて、公爵が指示した極めて曖昧《あいまい》な限度をさえ越えていた。いかに向こう見ずな人間にもそこを突かれて平気ではいられない弱点があり、生も死も同じく諧謔《かいぎゃく》の材料でしかないような悪党でさえもみずからさし控える種類の悪戯《いたずら》がある。そしていまやそこに集まった人々の全部がその人物の出で立ちや態度はいかなる立場からも許さるべきではないことを感じているかに見えた。というのは、その背が高くて痩せた人物は頭から足の先まで経帷子《きょうかたびら》に包まれていて、彼の顔を隠している仮面は硬直した死体の顔にあまりにも巧みに似せて作られているが故に、それが仮面であることはいかに近くから見てもわからないだろうと思われた。しかもそれだけならばまだ周囲の酔狂な人々に、喜ばれないまでも堪《た》えられたかもしれなかったのであるが、その人物は赤い死で倒れたものの死体に仮装しているのだった。すなわち彼を包んでいる布は血塗《ちまみ》れになっていて——彼の広い額や、その他彼の顔全体に紅斑があらわれていた。

この墓場からあらわれたと思われる人物がプロスペロ公爵の眼にとまると（そしてその人物は己《おの》が選んだ役をなるべく忠実に勤めようとしているかのごとく、踊っている人たちのなかを徐々に、厳粛《げんしゅく》な足取りで歩き回っていた）、公爵は最初恐怖のためか、あるいは不愉快な感じがしてか烈しく身震いしたが、次の瞬間に激怒で彼の顔が赤くなった。

「あのような憎むべきふざけかたをして」——と彼はかすれた声で彼の周囲の人々に言った——「われわれを侮辱しているのは何者か。あれを捕えて仮面をはぎ取って、明け方に城壁で絞刑に処されるのはだれであるか見せろ」

公爵はそのとき東の端の青い部屋に立っていた。そして彼は頑丈な体をした大胆な人間であり、また彼が手を振って音楽がやんだので、彼の声は七つの部屋の隅々まで響き渡った。

彼は青い部屋にいたのであって、彼の周囲には何人かの人々が蒼ざめた顔をして立っていた。そして初め彼の言葉に応じてこれらの人々がその人物をめがけて駆け寄ろうとし、そのときその人物も公爵がいる場所の近くにいて、いまやおもむろな、荘重な足取りで彼はさらに公爵の方に接近してきた。しかしその異様な出で立ちがそこに集まっている人々全体に何か名状しがたい恐怖を感じさせて、だれも彼に手をかけようとするものはなく、かくして彼はだれにも遮《さえぎ》られずに公爵から一ヤードくらいしか離れていないところを通り過ぎ、舞踏会に来ていたそれらの大勢の人々全部が同じ衝動に駆られて、どの部屋の中央部からも壁の方に退くあいだに、その人物は同じ落ち着いた、厳粛な足取りで青い部屋から紫色の部屋に――それから紫色の部屋を横切って緑色の部屋に――さらに緑色の部屋を通って橙色のに――またそれを通って白い部屋に――そしてそこから菫色の部屋へと進んでゆき、彼を止めようとするそこに居合わせた人々の積極的な動きはそのあいだじゅう少しも見られなかった。しかしそのときプロスペロ公爵は彼自身の一時的な気後れに対する羞恥《しゅうち》感と怒りにいきり立ち、六つの部屋を急いで通り過ぎていって、しかもその他の人々は恐怖に釘づけにされていてだれも彼の後からつづこうとしなかった。公爵は手に抜き身の短剣をかざして、彼が追っている人物の三フィートか四フィートくらい後にたちまち迫ったが、その人物は天鵞絨の帳がかかっている部屋の奥まで来て急に向きなおり、公爵の前に立ちふさがった。そのとき鋭い叫び声が聞こえて――短剣が光って黒い絨毯の上に落ち、つぎの瞬間にプロスペロ公爵も絶命してその場に倒れた。かくして絶望から勇気を得た一群の来会者はただちにその黒い部屋に駆け入り、黒檀の時計が投げている影のなかに静かに立っているその人物につかみかかって、彼らのそのように荒々しい振舞いの対象となった経帷子と死人の仮面の内部が空であることを発見して言葉の限界を越えた恐怖の叫び声を上げた。

そして赤い死が到来したことをいまやだれもが理解した。彼はそこに泥棒のように夜間に忍びこんだのだった。かくしてそこに集まった人々は一人一人あたりを血に染めて倒れ、いずれもその瞬間の絶望した格好のまま死んだ。またその最後の一人が死ぬのと同時に黒檀の時計が止まった。そしてやがて三脚台の火も消えて暗黒と腐敗と赤い死がすべてを支配するに至った。

アモンティラドの樽

フォルテュナトが私に対して犯した数々の不都合は、なんとか我慢してきたが、彼があえて私を侮辱するに及んで私は復讐を誓ったのだった。しかし私の性格を知っているものは私がそのような意向をもらさなかったことを理解するにちがいない。私はいつかは復讐するのだった。これは確定的なことであって――それだけに失敗の余地が残っていてはならなかった。すなわち私は彼を罰するのみならず、安全に彼を罰することが必要だった。なぜなら復讐したものがその結果報復されるようなことがあれば復讐は失敗したことになるからである。また同様に、もし復讐した場合に自分がそれを行なったことを相手に知らすことができなければ、その復讐はやはり失敗に帰するのである。

それゆえに私はフォルテュナトに彼に対する私の好意を疑わせるようなことはいっさいしなかった。そして以前と同様に彼を笑顔で迎え、彼は私がいまでは、彼の来たるべき消滅のことを思って微笑していることに気づかなかった。

彼は――このフォルテュナトは――いろいろな意味で馬鹿にすることができない、人に恐れられてさえいい人物だったが、ただ一つ弱点があった。彼は酒の鑑識家をもって自任していた。いったいにイタリア人には本当の好事家の精神がなく、彼らの情熱は大概の場合時と機会に応じて――英国やオーストリアの金持を瞞《だま》すことに費やされている。そしてフォルテュナトも絵画や宝石については他のイタリア人と変わらない香具師《やし》だったが――古い酒のことになると真剣だった。またその点では私も彼と同様で、イタリアの酒についてはいささか知識があり、機会があるごとに相当に買いこんでいた。

謝肉祭の狂乱がその絶頂に達したころのある日の夕方、私は彼に出会った。彼は飲んでいて、上機嫌で私のほうに寄ってきた。彼は道化役者の装束をしていて、体の格好どおりに作られた、派手な縞《しま》の服を着て鈴をつけた円錐形の帽子を冠《かむ》っていた。私は彼に会ったのがうれしくていつまでも彼の手を握って振っていた。

「フォルテュナトじゃないか。これはいいとき会った。おまえは今日はたいへん顔色がいいじゃないか。じつは私はその、アモンティラドを一樽《たる》買ったのだが、本物かどうかいささか怪しいと思っているんだ」と私は彼に言った。

「なに」と彼が言った、「アモンティラド？　一樽？　そんなことがあるものか。それもこの謝肉祭の最中に」

「だから怪しいと思っているのだ」と私は答えた、「それに私はそれをおまえに相談もしないで本物の値段で買い取ったのだ。おまえは見つからなかったし、本物を逃したら惜しいと思ったもので」

「アモンティラド！」

「だからいささか怪しいと思っている」

「アモンティラド！」

「それで私は本物かどうか確かめたいのだ」

「アモンティラド！」

「おまえは用事があるようだし、私はこれからルケシのところに行く途中なんだ。あれは酒のことは本当によくわかるのだから、あいつに聞けば――」

「ルケシにはアモンティラドとシェリイの違いだってわかりゃしない」

「でも馬鹿なやつがいて、あいつは酒のことならおまえと同じくらいよく知っていると言うから」

「行こう」

「どこへ？」

「おまえの酒蔵に」

「いや、フォルテュナト、それはおまえに悪い。おまえは用事があるのだし、ルケシ――」

「用事なんかないよ。行こう」

「いや、それはいけない。私が心配なのは、おまえはひどい風邪《かぜ》を引いているようじゃないか。私のところの酒蔵はしけていて壁一面に硝石がついているんだ」

「それはかまわない。この風邪は何でもないんだ。アモンティラド！　おまえは瞞されたのだ。それにルケシときたらシェリイとアモンティラドの違いだってわかりゃしない」

フォルテュナトはそう言って私と腕を組んだ。私は黒い絹の仮面を着けて、外套で体を包み、彼にせきたてられて屋敷に帰ってきた。

家にはだれもいなかった。家にいたものはみなお祭に出かけた後で、私は彼らに私が朝まで帰らず、それまでだれも家から外に出てはいけないと言っておいたのである。そうすれば私が出かけるや否やみないなくなるに決まっていることを私は知っていた。

私は壁の松明《たいまつ》受けから二本の松明をはずして、その一つをフォルテュナトに渡し、いくつかの部屋を通って地下室の入口に彼を案内した。私は彼に気をつけるように注意しながら、長い、曲がりくねった階段を降りていった。そしてついに階段の終わりに来て、私たちはモントレゾル家の納骨所になっている湿った地下室に着いた。

フォルテュナトは千鳥足で、彼が歩くのにつれて帽子につけた鈴が鳴った。

「樽は」と彼が言った。

「もうすこし先だ」と私は言った、「あの壁に光っている白い網のようなものを見てくれ」

彼は私のほうを振り向いて、酔いで霞《かす》んで涙がたまっている眼で私の顔をのぞきこんだ。

「硝石か」と彼はしばらくして聞いた。

「硝石だ」と私は答えた、「おまえはいつからそんな咳《せき》をしているのだ」

「ごほ、ごほ、ごほ。——ごほ、ごほ、ごほ。——ごほ、ごほ、ごほ。——ごほ、ごほ、ごほ。――ごほ、ごほ、ごほ」

　かわいそうに、フォルテュナトは何分間か私の質問に答えられずにいた。

「なんでもないんだ」と彼はしまいに答えた。

「もどろう」と私は決心したように言った、「もどろう。おまえは体を大事にしなければいけない。おまえは財産もあり、人に尊敬され、羨しがられ、愛されていて、私がかつてそうだったように仕合わせな人間なのだ。おまえに何かのことがあってはならない。もどろう。私のためにおまえの病気が悪くなったりしてはいけない。それにルケシならば――」

「いい、いい」と彼は言った、「咳なんか何でもないよ。咳をしたからってどうってことはないじゃないか。私は咳のために死んだりはしない」

「それはそうだ――たしかにそうだ」と私は答えた、「私は何もおまえを脅かそうとしてるんじゃないんだ。ただ気をつけなければいけないと言っているのだ。このメドックを湿気に対する用心に飲もう」

　私はそう言って地面に横になっている葡萄酒《ぶどうしゅ》の壜《びん》の長い列から一本取って、その頸《くび》のところを割った。

「飲みなさい」と私は言って、彼に壜を渡した。

　彼は私を横目で見ながら壜を口に持っていった。そしてすぐには飲まないで私のほうになれなれしく会釈し、それとともに帽子につけた鈴が鳴った。

「私は」と彼は言った、「われわれの回りに埋っている人々のために乾杯する」

「私はおまえの長命のために」

彼はふたたび私の腕を取って、私たちはまた歩きだした。

「この地下室はずいぶん広い」と彼が言った。

「モントレゾル家は」と私は答えた、「名家で人数も多いのだ」

「おまえの家の紋章はどんなのだっけ」

「青い地に大きな人間の足が金で出ていて、その足は匍《は》っている蛇を踏みつけていて蛇はその踵《かかと》に歯をたてている」

「そして題銘《モットオ》は」

「Nemo me impune lacessit」*1

「なるほど」と彼が言った。

彼の眼は酒気を帯びて輝き、帽子につけた鈴が鳴った。私も酒のせいで想像力が働きはじめた。私たちは骨が壁の形に積み上げられていてところどころに樽が置いてあるのを通り越して、地下室のもっとも奥の部分に来ていた。私はまた立ちどまって、こんどはフォルテュナトの二の腕をとらえた。

「硝石がこんなに多くなっている」と私は言った、「まるで壁から苔《こけ》のように下がっている。ここは河床の下になっているのだ。それで天井から湿気が滴《しずく》になって骨の上に落ちてくる。さあ、取り返しがつかないことになる前にもどろう。おまえのその咳は――」

「なんでもないよ」と彼が言った、「さあ、行こう。しかし先にメドックをもう一本飲もう」

　私はグラアヴを一本取って頸を割って彼に渡した。彼はそれを一息《ひといき》で空《あ》けた。彼の眼は異様に輝いていた。彼は笑って、私には何の意味か解《わか》らない身振りをしてその壜を投げ上げた。

　私は驚いて彼を見た。彼はもう一度それを繰り返して見せたが――それは不思議な動作だった。

「解らないか」と彼は言った。

「解らない」

「おまえは会員じゃないのか」

「何の」

「フリーメーソンじゃないのか」

「そうだ、そうだ」と私は答えた、「たしかにそうだ」

「おまえが？　そんなはずはない。フリーメーソンか、おまえは」

「石工《メーソン》だ」と私は答えた。

「では何か合図を」

「これだ」と私は答えて、外套の下から石工が使う鏝《こて》を一つ出して見せた。

「おまえは冗談を言っているのだ」と彼は二、三歩後退《あとしざ》りしながら言った、「とにかくそのアモンティラドがあるところに行こうじゃないか」

「そうしよう」と私は言って、鏝をまた外套の下にしまいこんで彼と腕を組んだ。彼はまったく私に寄り掛かって歩いていた。私たちはアモンティラドがあるほうに前進しつづけていくつかの低い拱門《アーチ》を潜り、階段を降りてしばらく行ってからまた階段を降りて、地上からはるかに下になっている穴倉に来たが、そこは空気が籠《こも》っていて私たちが持っている松明はわずかに発光する程度にしか燃えなくなった。

この穴倉の奥に別の、それほど広くないのがつづいていた。そしてこの小さなほうの穴倉は、かつてはパリの地下納骨所におけるように天井まで積み重ねた人間の骨で壁が隠されていたのであって、今でも三方の壁はそのままになっていた。しかし残りの一方の壁からは骨が取り除けられて、その骨は地面に一面に散らばり、ある箇所ではかなり大きな山を作っていた。またそのようにして剝《む》き出しになった壁には奥行き四フィート、幅三フィート、高さ六、七フィートくらいの窪《くぼ》みができていた。これは何らかの目的に使用するためにとくに作られたものではないらしく、地下室の天井を支えている巨大な柱がそこに二本並んでいて、その二本のあいだの単なる空間をなし、窪みの奥は地下室をめぐる花崗岩《かこうがん》の壁で閉ざされていた。

フォルテュナトはよく燃えない松明を上げて窪みの中をのぞきこんだが、光が弱くて奥までとどかなかった。

「そこだ」と私は言った、「アモンティラドがあるのはそこだ。ルケシは――」

「馬鹿だ」とフォルテュナトは私の言葉を遮《さえぎ》って、よろめく足取りで窪みの中に入り、私も彼のすぐ後につづいた。彼はたちまち窪みの奥まで来て、先が岩になっているのでどうしたらいいのか解らなくて呆然《ぼうぜん》としていた。私は瞬《また》く間に彼を鎖で岩に繋《つな》いだ。というのは、岩の表面には二本の鉄の鎹《かすがい》が横に二フィートほどの間隔をおいて打ちこんであって、その一つからは短い鎖が下がり、もう一つには錠前がついていたのである。彼の胸に鎖を渡して鎖の端に錠を下ろすのには何秒もかからなかった。フォルテュナトは不意の出来事に驚かされてすこしも抵抗しようとしなかった。私は錠前から鍵を抜き取って窪みの外に出た。

「壁にさわってみなさい」と私は言った、「掌《てのひら》に硝石が感じられるから。実際ここはひどくしけている。本当にもうもどることにしようじゃないか。いやか。それじゃ私は先に行く。しかしその前におまえのためにできるだけのことはしなければならない」

「アモンティラドはどうしたのだ」とフォルテュナトはまだ事情がよく呑《の》みこめないで叫んだ。

「そうだ」と私は答えた、「そのアモンティラドだ」

私はそう言って、前にも一度述べた骨の山のほうに行った。そして骨をかき分けると、下から石材ともるたるが出てきた。私はこれらの材料と持ってきた鏝とで迅速にその窪みの入口を塞《ふさ》ぎはじめた。

私が石材の初めの一繋ぎを終わったか終わらないうちにフォルテュナトは酔いが大部分醒《さ》めたようだった。私がそれに最初に気づいたのは窪みの奥から低い呻《うめ》き声が聞こえてきたときだった。それは酔っている人間の声ではもはやなかった。それから長いあいだ沈黙がつづいた。私は第二、第三、および第四の繋ぎを終えて、そのときに鎖が烈《はげ》しく揺すられる音が起こった。これは何分間かつづき、私はそれをもっとよく聞いて楽しむためにそのあいだ仕事をやめて骨の上に腰かけていた。そして音がやむとまた仕事に取りかかって、無事に第五、第六、および第七の繋ぎをすませた。今や私が築いている壁はほとんど私の胸のところまでできた。私はふたたび仕事をやめて、壁の上から松明をかざしてその微《かす》かな明かりで中のフォルテュナトの姿を照らしてみた。

そのとき鎖で繋がれている彼の喉《のど》から高い、鋭い叫び声が連続して発せられて私はそのために烈しく押し返されるような感じがした。私はわずかのあいだ躊躇《ちゅうちょ》し、――恐怖に襲われた。私は剣を抜いて、その切先《きっさき》で窪みの奥を探りはじめたが、そのような心配をする必要はないことにすぐに気づいた。私は地下室の厚い壁にさわってみて安心した。私は私が築きかけている壁にふたたび近づいていった。私は彼の叫び声に私も叫び声をあげて答えた。私は彼の叫び声を木霊《こだま》して返し——それに加勢し——それよりももっと大きな声を上げて叫んだ。そうすると彼は静かになった。

もう真夜中で、私の仕事も終わりに近かった。私はすでに第八、第九およびその次の繋ぎを終えていた。そして最後の、十一番目の繋ぎも一部できていて、あと一つ石を置いてもるたるを塗りこめばいいのだった。私はようやくのことで石を持ち上げ、その位置に置きかけた。そうすると窪みの奥から低い笑い声が聞こえてきて、私は髪の毛が逆立つような思いをした。そしてそれにつづいて哀れな声が私の耳に達し、私にはそれがフォルテュナトの声であることがすぐには解らなかった。その声は言った。——

「ははは。——いひひひ。——たしかにこれはたいした冗談だ。——全く上出来だった。家に帰ったらこのことで大笑いしようじゃないか。——いひひ。——酒を飲みながら。——いひひひ」

「アモンティラドは」と私は言った。

「いひひひ。——いひひひ。——そうだ、アモンティラドのことがあった。しかしもう大分遅いようじゃないか。家で家内や他の者が待っていはしないだろうか。もうもどることにしよう」

「そうだ」と私は言った、「もどろう」

「神の愛を思って、モントレゾル！」

「そう」と私は言った、「神の愛を思って」

しかしこれに対しては何の答えも聞こえてこなかった。私は待ちきれなくなって、

「フォルテュナト」と呼んだ。

それでも返事がなかった。私は、

「フォルテュナト」とまた呼んでみた。

しかしやはり返事はなかった。私は石の隙間から松明を一本差し入れて中に落とした。そうするとそれに答えてただ鈴が鳴るのが聞こえてきただけだった。私は――地下室のしけた空気のために――気持が悪くなった。私は急いで仕事を終えることにして、最後の石をその位置にすえてもるたるを塗りこんだ。そしてこの新しい壁の前に骨を前のように積み上げた。それからもう五十年になる。In pace requiescat.[*2]

＊1 「だれも私に触れてそのままですますことはできない」。スコットランド王国の紋章の題銘。

＊2 「平和に眠れ」というほどの意味。葬式に際してのローマ教会の用語。

シンガム・ボッブ氏の文学と生涯

『グースゼラムフードル』誌元編輯長の自叙伝

私も年を取って、——シェークスピアやエモンス氏でさえも死んだということであるから、——私もそのうちに死ぬということが兎《と》に角《かく》、考えられる。それでこの辺で文学界から引退し、そこで得た名声の余光に浴して残余の年月を送ろうという気になったのであるが、その記念に何か一つ後世に残したくて、それには、私の生涯の前半に就《つ》いて書くのが或いは一番適当であるかも知れない。私の名は実に長い間、そして又、絶えず人々の注目の的になっていて、私はそれがどこでも誰でもの関心を惹《ひ》くのが無理もないことであるのを認めるのみならず、私というものに寄せられたこの強烈な好奇心をこれから満足させようと思うのである。それに、偉大であることを得たものにとっては、その途次、他のものにも偉大であることを得させる為の手掛りを残して置くのが一つの義務でさえあると言える。それで私はこの一篇の文章で（これを私は『アメリカ文学史に資する目的で書かれた覚書』と題することも考えたのであるが）、私が名声の絶頂に向っている大道を見付けるまでの、重大ではあっても、まだ力が入っていなくてふらつく初期の足取りに就いて詳しく語ろうと思う。

余り昔の先祖のことに就いて言う必要はない。私の父のトーマス・ボッブはスマッグ市で長年の間、床屋をやり、その道での第一人者の地位にあった。その店には同市の主立った人達の全部、殊《こと》に編輯者《へんしゅうしゃ》の中での一流が集り、編輯者というのは誰にも深い尊敬の念を起させずにはいない一団の人々である。私自身としてはこの人達を神と崇《あが》め、この人達が髭を剃る前に石鹼を塗られている間、その口から洩《も》れて来る機智に富んだ名言を幾ら聞いても聞き飽きなかった。私が最初にはっきり霊感を受けたのは、『ギャッドフライ』誌の卓越した才能の持主である編輯長が丁度そうして石鹼を塗られている合間に、店の職人達を相手に『正真正銘のボッブ髪油』という、それを発明した私の偉大な父の名を付けた髪油を讃えて作った不朽の詩を朗吟して聞かせた時で、この詩によって編輯長はトーマス・ボッブ理髪株式会社から莫大な報酬を得たのだった。

それで、今言ったように、この詩の各節に認められる天才の閃《ひらめ》きから私は最初に霊感というものを受けた。私は大人物になる決心をして、その手始めに大詩人になることを思い立ち、その晩、父の前に跪《ひざまず》いて言った。

「お父さん、許して下さい。私には石鹼で満足出来ない魂があります。私は床屋にはならない決心をしたのです。私は編輯長になりたいんです。――詩人にもなりたいんです。――そして『ボッブ髪油』を讃える詩が書きたいんです。許して下さい、お父さん。そして私が偉い人間になるのを助けて下さい。」

「シンガムよ」と父が言った（私は或る金持の親戚の苗字に因んで、そう名付けられたのだった)。「シンガムよ」と父は私の耳を摑んで引っ張り起して言った。「シンガムよ、お前は偉い奴で、魂があるというのも父親似だ。お前は頭もひどく大きくて、脳味噌も随分入っているに違いない。私は前からそのことに気が付いていて、一時はお前を弁護士にしようかとも思ったんだが、弁護士は今ではもう上品な職業じゃなくなっていて、政治家は儲からない。それでお前が考えた通り、編輯長になるのが或いは一番いいかも知れない。そして序《つい》でに詩人にもなれれば、又事実、この頃の編輯長は大概、詩人でもあるんだから、そうなれば一挙両得というものだよ。それでその為に私はお前に詩人というものが住むことになっている屋根裏の一間と、ペンとインクと紙と、韻語辞典と、『ギャッドフライ』を一冊上げることにしよう。それならば文句はないだろう。」

「文句なんか言ったら罰が当ります」と私は大喜びで答えた。「この御恩はお父さんを天才の父親にすることでお返しします。」

こんな風に話が決って、私は早速、詩を書く仕事に取り掛った。私はそれを編輯長の椅《い》子《す》に納まるのに一番いい方法と考えていたのである。

そうすると、『ボップ髪油』の詩が却《かえ》って邪魔になって仕方がなかった。その美しさは私を励ましてくれる代りに私に眼を廻させて、この詩の素晴しい出来栄えに感じ入れば感じ入る程、それと比べて私が書くものが一層、出来損いに思われて来て、長い間、何を書いてもものにならなかった。所が、そのうちに天才ならば時折、見舞われずにはいない全く絶妙に独創的な考えの一つが私の頭に浮んだ。それがどういう考えかと言うと、或いは寧《むし》ろ、私がその結果どうしたか説明すると、私は町のずっと場末の古本屋に積んであったぞっき本の中から幾冊かの誰も知らないか、或いはもう誰にも忘れられてしまった古本を選んで、それをただも同様の値段でその店の主人に売って貰った。そのうちの一冊はダンテとかいう人間の『地獄篇』という詩を訳したものだということで、その中から私は何人かの子供の父親であるウゴリノという人間のことを扱った長い部分を非常に注意して写した。又もう一冊の本には今ではもう名前を覚えていない人間が昔書いた芝居が沢山入っていて、そこからも同様に入念に、「天使」だとか、「食前の祈禱《きとう》をする牧師」だとか、「地獄に送られた妖精」だとかいう言葉が出て来る台詞《せりふ》を何十行も写した。三冊目のは誰か盲の人間が書いたもので、それがギリシア人だったのか、アメリカ・インド人だったのか、そんな細かなことをそういつまでも覚えてはいられないが、私はこの本からも、「アキレスの怒り」とか、「ギリシア」とか、「脂」とかいう言葉で始まる詩を五十行ばかり取った。四冊目のもやはり盲の人間が書いたもので、私はその本からは「おお」とか、「神聖な光」とかいうことが書いてある部分を二ページばかり写した。そんな盲の人間が光に就いて書いた所でどうにもなるものではないが、兎に角、それはそれなりにそう悪い詩ではなかった。

私はこれを全部、清書して、どの詩にも「オッポデルドック」と署名し（その音が気に入ったのである)、別々の封筒に入れて、これをアメリカの四つの主な文芸雑誌に、直《す》ぐに掲載して原稿料を払って貰いたいという手紙を添えて送った。併《しか》しこの名案は失敗に終って(それが旨く行っていたならば後になって随分、手間が省けたのであるが)、私は雑誌の編輯長というものがなかなか瞞《だま》し難いものであることを思い知らされ、折角、期待していたのがおじゃんになった。

というのは、どの雑誌もその「投書家に対する答え」欄でオッポデルドック氏を滅茶苦茶に叩いたのであって、『ハムドラム』誌にはそれがこう書いてあった。

「オッポデルドックは(というのは、誰なのか解らないが)、何かウゴリノとかいう気違いに就いての長談義を送って寄越して、このウゴリノには子供が多勢いたということであるが、そんなのは皆ぶっ叩いて晩の食事なしで寝かせればよかったのである。初めから終りまで何ともつまらない代物で、なっていないと言ってもいい。オッポデルドックは(誰か解《わか》らないが)、全く想像力というものを欠いていて、我々の考えでは、想像力は詩の魂であるのみならず、その本質をなすものなのである。オッポデルドックは(というのが誰なのか解らないが)、その駄作を直ぐに掲載して原稿料を払って欲しいと言って寄越した。我々はこういうものを掲載する気もなければ、買おうとも思わない。併し『ラウディーダウ』だとか、『ロリポップ』だとか、『グースゼラムフードル』だとかいう雑誌の発行所に行けば、オッポデルドックがこれから書く駄作の全部が買って貰えるに違いない。」

これは相当な酷評で、殊にその中で詩という言葉が大文字になっていたのは如何《いか》にもひどかった。そこに無限の嘲笑が感じ取られたのである。

併し『ラウディーダウ』誌でもオッポデルドック氏に対する風当りは強くて、それにはこう書いてあった。

「オッポデルドックとかいう（それが誰なのか解らないが）、そういう名前の人間から凡《およ》そ奇妙で失礼千万な手紙を受け取った。これは同じ名前だった偉大なローマ皇帝を冒瀆《ぼうとく》するものである。その手紙と一緒にこのオッポデルドックは（それが誰だろうと）、『天使、並びに恩寵の使者達』に就いて語った何行かのどうにも不愉快で無意味な譫言《たわごと》を送って寄越した。ナット・リーか、オッポデルドックでなければ書けない代物で、この屑同様のものに対してオッポデルドックは直ぐに原稿料を払って欲しいと言っている。そんなことが出来ますか。我々はこんなものに金を払うようなことはしないのである。オッポデルドックは『ハムドラム』、『ロリポップ』、或いは『グースゼラムフードル』辺りに当って見るといい。そういう刊行物ならどんな屑でも引き取るだろうし、金を払うと約束もするに違いない。」

オッポデルドック氏に対して全くひどい言い方をしたものであるが、ここでは『ハムドラム』、『ロリポップ』、及び、『グースゼラムフードル』の方がもっと皮肉られていて、わざと「刊行物」と呼ばれ、それも傍点付きで、これはこの三つの雑誌にとって何とも痛かったに違いない。

『ロリポップ』の論調もこれに劣らなくて、それにはこう書いてあった。

「オッポデルドックという名前の人間が（過去の偉大な人間の名前が何とひどいことに使われることになるものだろう）、

「ギリシアにとって数知れない不幸のもとになった

「アキレスの怒り……

「という風に始る五、六十行のものを手紙と一緒に同封して寄越した。

「オッポデルドックは（それが誰なのか解らないが）、我々の事務所にいるどんな下っ端でも、これよりはましなものを始終書いていることを知るべきである。オッポデルドックが書いたものは調子外れで、オッポデルドックは少くとも字数を数えることを覚えなければならない。併し何故この人間がその読むに堪えない世迷い言を我々が（我々がである）掲載して我々の雑誌を汚すと思ったかは全く理解し難い。この笑うべき駄作は、古い子守り歌を新作の詩と称して平気で載せる『ハムドラム』、『ラウディーダウ』、或いは『グースゼラムフードル』でも取るかどうか解らない。その上にオッポデルドックは（それが誰なのか知らないが）、この寝言に対して我々が原稿料を払うことを要求している。我々は金を貰っても、こんなものを載せる訳に行かないのである。」

私はこれを読むに従って自分の体が段々小さくなって行くのを感じて、この雑誌の編輯長が私が送った詩を「五、六十行のもの」とけなしている所に来た時には、私の体はほんの僅《わず》かしか残っていなかった。私はオッポデルドック氏が可哀そうになって来たが、『グースゼラムフードル』に至っては、氏をそんな目に会わせた『ロリポップ』よりも更に辛《しん》辣《らつ》で、これにはこういう風に書いてあった。

「誰かオッポデルドックという名前のへっぽこ詩人から、

「おお、神聖な光、天の最初の子、

「という実に解り易い句で始る文法も何も無視した妙なものを送って来て、我々にそれを掲載して原稿料を払うようにと言っている。

「解り易いと書いたが、オッポデルドックに（それが誰なのか解らないが）、どうして『おお』が『神聖な光』なのか説明して貰いたい。普通、我々は霰《あられ》が急に降り出したりした時に、『おお』と言う。それから、何故その『おお』が『神聖な光』である他に（その光が何なのかは解らないが）、『最初の子』でもあるのだろうか。幾つ位の子なのか。併しこんな詮索をするのさえ馬鹿げている。それでいてオッポデルドックは（それが誰なのか解らないが）、我々がこれを掲載するのみならず、その為に原稿料を払うことを期待している。

「全く大した心臓である。我々は見せしめにこの若造が書いたものを一字も直さずに実際に掲載してやろうかとも考えて、それ以上にひどい刑罰を課することは出来ない訳であるし、又それを課してやってもいいのであるが、この雑誌の読者に対してそんなことをしては悪いと思い直した次第である。

「オッポデルドックに（それが誰なのか解らないが）、これからはこういうものを『ハムドラム』とか、『ロリポップ』とか、『ラウディーダウ』とかに送ることを勧める。この三つなら毎月こういうものが載っているから、丁度いい。我々は御免蒙《ごめんこうむ》る。」

これで私は完全に息の根を止められて、『ハムドラム』や『ラウディーダウ』や『ロリポップ』に至っては、どうしてこれに堪えることが出来たのか解らない。この三つはその題名がここでは一番小さな活字で組んであって、それを一号活字になっている「我々」という言葉が悠然と見降しているのだった。全くやり切れなかったに違いなくて、私だったら『グースゼラムフードル』を告訴する為にどんなことでもしただろうと思う。そして動物愛護法によってならば、『グースゼラムフードル』が有罪の判決を受けるということも考えられた。オッポデルドックに対しては（それが誰だったのだろうと）、私はもうすっかりいや気が差していて、可哀そうとも思わなかった。これは（それが誰だろうと）、大馬鹿に違いなくて、何と言われても仕方ないのだった。

古本を使っての実験のこうした結果は、第一に私に正直であることが最上の政策であることを痛感させ、次に、仮に私がダンテ氏や二人の盲だった人間その他、そういう昔の連中よりも旨く書くことが出来なくても、少くともこの人達よりももっとひどいものを書くということは先ずないと考えさせるに至った。それで私は気を取り直して、どんな苦労をしてでも自分だけの力で何か書く決心をし、その手本に再び『ギャッドフライ』の編輯長が「ボップ髪油」に就いて書いた卓抜な詩を選んだ。私はこれに対抗して、自分もそれと同じ高遠な題材を扱った詩を書くことを思い立ったのである。

その第一行は直ぐに出来て、それは、

「『ボップ髪油』に就いて詩を書く」

というのだった。

併し「書く」と正確に押韻する言葉に適当なのがなくて、私は行き詰った。それで父の助けを借りることにして、父と私は何時間か思案した後に、次のようにこの詩を完成した。

「『ボップ髪油』に就いて詩を書く

「のは大変な仕事である。

「作者　スノブ」

確かに、余り長い詩ではなかったが、作品の長さがその価値と関係があるというのは、『エディンバラ・レヴュー』誌の言い方をここでするならば、首肯《しゅこう》し難いことなのである。又この雑誌で始終、主張されている「弛《たゆ》まない努力」ということに至っては、それがどういうことなのか解らない。それで大体の所は、私はこの処女作に満足して、問題はただ、それをどこに送るかということだけになった。私の父は『ギャッドフライ』がいいのではないかと言ったが、それには二つの反対すべき理由があって、一つは私が『ギャッドフライ』では、その編輯長に嫉妬《しっと》心を起させるのを恐れたこと、もう一つは私がこの雑誌の編輯長が注文原稿に対してしか原稿料を払わないことを知っていたからだった。それで更に思案した挙句に、詩を『ギャッドフライ』よりも格が上の『ロリポップ』に送って、心配しながらも半ば諦めた気持でその結果を待った。

併しその次の号を見ると、私の詩の全文が巻頭に載っていて、その前に次のような記事がイタリック活字で括弧して出ていた。

（ここに掲げる「ボップ髪油」に就いての殊《こと》の外《ほか》見事な数行に対して特に読者の注意を促したい。その荘厳、及びその哀愁に就いて多くを言う必要はなくて、これを涙なしに読むことは出来ない。以前に『ギャッドフライ』の編輯長がこの同じ素晴しい題材を扱い損ねた結果を読まされて胸を悪くしたものは、それと今度の詩を読み比べて見るといい。

——我々は明らかに筆名であるこの「スノブ」という名前で書いている詩人が誰であるかに就いて頭を悩ましている。直接にお目に掛ることが出来るならば幸甚である。）

これは別に不当な褒め方とは思えなかったが、私がこの程度のことも期待していなかったことは事実で、私がその位の期待もしていなかったというのは我が国、及び人類全体にとって決して名誉なことではない。併し兎に角、私は直ぐに『ロリポップ』の編輯長の家まで出掛けて行って、幸い、編輯長は在宅していた。彼は深甚な敬意を表す態度で私に挨拶し、それに幾らか、先輩の後輩に対する讃嘆の念が混じっているのが感じられたのは、私が彼の眼に如何にも若くて未熟に見えたからに違いない。彼は私に椅子を勧めて、早速、私の詩の話を始めた。併し幾ら何でも、彼がその時私に浴《あび》せ掛けた数限りない讃辞をここで繰り返す訳には行かない。併しクラブ氏が言うことは（それがこの編輯長の名前だった）、決してのべつ幕なしのお世辞ではなくて、彼は私の作品を自由自在に分析して見せ、幾つかの小さな欠点も遠慮せずに指摘して、それで私は一層その人物に敬服した。『ギャッドフライ』の編輯長が書いた詩も勿論、話題に上って、この不出来の作品にその時、加えられたような批判や非難に私が会うことを私は絶対に望まないのである。私はそれまで『ギャッドフライ』の編輯長を何か一種の超人的な存在に考えていたのだったが、クラブ氏は直ぐにその間違いを訂正してくれた。彼はフライ公の人物とその作品の性格を非常に正確に描いてくれて（フライ公というのは彼が相手の編輯長に付けた名前だった）、このフライ公はしようがない人物であり、ひどいものを書き、三文の値打ちもない文士で人の笑い草で、悪ものでもあった。フライ公は嘗《かつ》てアメリカの全人口をげらげら笑い出させた悲劇を書いたことがあり、宇宙を涙に暮れさせた喜劇も書いていた。その上に、フライ公はクラブ氏を攻撃している積りの文章を書いて、クラブ氏を「馬鹿」と呼ぶ無礼まで働いていた。それで、もし私がフライ公に就いて何か意見が述べたい時は、『ロリポップ』の紙面を幾らでも提供して貰えるということで、それに「ボップ髪油」に就いてフライ公に対抗して詩を書いたことで私が『ギャッドフライ』で攻撃されることは確実だったから、クラブ氏は私を全面的に支持する決心を固めていて、私はクラブ氏の援助を得て直ぐにも一人前の詩人に仕立てられることを期待していいという話だった。

そこまで来てクラブ氏が言葉を切ったので（氏が言ったことの後半の意味は私には何のことなのか解らなかったが）、私は原稿料のことを申し出て見た。『ロリポップ』の表紙には、この雑誌が「掲載を決定した原稿に対しては莫大な原稿料を払う仕来りであって、『ハムドラム』、『ラウディーダウ』、及び『グースゼラムフードル』の年間の経費を全部合せても及ばない金額を短い詩一篇に就いて支出することも珍しくない」という社告が出ていたので、私は原稿料に就いては相当に期待していたのである。

所が、私が「原稿料」と言った途端に、クラブ氏は先《ま》ず眼を大きくし、次に口を大きく開けて、何かのことに興奮してこれから鳴き出そうと構えた一羽の年取った家鴨《あひる》のような顔付きになり、どうしたらいいか解らないという具合に時折、両手を額《ひたい》に押し付けて、私が言い終るまでその状態でいた。

私が言うだけのことを言ってしまうと、彼は完全に打ちのめされた様子で椅子に体を沈め、両手をだらりと下げて、それでもまだ口はこれから鳴き出す家鴨と同じ恰好《かっこう》に開けたままだった。そして私があっ気に取られて口も利けなくなっている間に、彼は急に飛び起きてベルを鳴らす紐の方に走って行ったが、そこまで行ってどうする積りだったのか、兎に角、急に考えが変ったらしくて、今度は卓子の下に潜り、棍棒を片手に握って卓子の下から出て来た。それを振り上げ掛けて（ではあっても、それが何の目的でだったのか、今でも私には解らない）、次には突然、優しい笑顔になり、何もなかった様子で又椅子に腰を降した。

「ボッブさん」と彼は言った（というのは、私は彼の家に着いた時に名刺を出したのだった）。「ボッブさん、貴方はまだ若いんじゃないんですか。本当に若いんでしょう。」

私はそれを認めて、まだ満十五歳になっていないと答えた。

「そうでしょう」と彼は言った。「それで解りました。よく解りました。貴方が原稿料のことをおっしゃるのは、これは確かに当然なんです。全く貴方がおっしゃる通りです。併しそれが、――ですね、我が雑誌の方針としては、最初の寄稿に対しては金を払わないんです。――解って下さいますね。本当のことを言うと、大概の場合は我々の方が金を払って貰うんで（とそこの所でクラブ氏は温い笑顔になった）、最初の寄稿は、殊にそれが詩ならば、我々の方で金を受け取って掲載するのが普通なんです。次にですね、ボッブさん、我が雑誌の方針で現金はどんな場合にも払わないことになっているんですよ。――解って下さいますね。例えば、原稿が掲載されてから六ヵ月かそこら、或いは一年か二年後ならば、九ヵ月払いの手形を出すことに異存はないんです。それには尤《もっと》も、こっちが六ヵ月後には破産することが確実でなければならないんですがね。つまり、そういう訳なんだということを、ボッブさん、解って戴けるでしょうか。」そこまで言うと、クラブ氏は眼に涙を浮べて私の方を見た。

私は知らずにしたことながら、クラブ氏のように著名で、そして又、感じ易い人間に少しでも苦痛を与えたことを残念に思い、直ぐに謝って、私もクラブ氏と全く同意見であることを明らかにすることで彼を慰めた。それから私は帰った。

このことがあってから間もなくして或る朝、私は目を覚して自分が有名になっていることを知った。どの位、有名になったかは、当時の新聞や雑誌の論調を見れば一番よく解って、そのどれにも私の詩が載った号の『ロリポップ』の批評が出ていたのであり、どれもその論旨が非常にはっきりしていて、言うべきことを尽している。

『アウル』は軽々しく判断しないことで知られていて聡明な態度を堅持している新聞で、それにはこう書いてあった。

「全く『ロリポップ』である。この素晴しい雑誌の十月号はこれまで出たどの号よりも更によくて、他の雑誌を遠く引き離している。その印刷と用紙の美しさ、挿絵の質と数、及びその記事の文学的な価値に掛けて、この雑誌は他の刊行物と比べて鶴がごみ溜めに立っている図を思わせる。『ハムドラム』や、『ラウディーダウ』や、『グースゼラムフードル』が法螺《ほら》を吹くのが得意であることは事実であるが、その他の点では『ロリポップ』に到底及ぶものではない。この一流中の一流たる雑誌がどうしてその莫大な経費が負担出来るのか我々には解らなくて、その発行部数が十万であり、先月中にその月極め購読者の数が全体の四分の一も殖《ふ》えたということはあっても、この雑誌がいつも払っている原稿料の総額は容易には信じ難い金高に達している。ステイアス氏はその『豚』と題する秀抜な論文で三十七セント半の大金を支給されたということで、クラブ氏の編輯の下にスノブやスライアスのような人達が寄稿している限り、『ロリポップ』の字引きに『失敗』という言葉は出て来ない訳である。皆さんに是非とも講読なさることをお勧めする。」

私は『アウル』という定評ある新聞にこういう格調の高い記事が出ているのを見て喜んだと言わなければならない。私の名前、或いは筆名を偉大なスライアスの前に置いたことは、それが当然ではありながら、やはりこれは認めてやっていい一つの趣向だった。

次に、『トード』に出ていた次の数節が私の眼に留った。これは不正を嫌って常に独立の立場を守り、晩の食事の会で大盤振舞をする人達に決して頭を下げないことで知られている新聞である。

「『ロリポップ』の十月号が他のどの雑誌よりも先に出て、勿論、その外観が立派であることとともに内容が豊富なことで全然、群を抜いている。『ハムドラム』や、『ラウディーダウ』や、『グースゼラムフードル』が法螺を吹くのが得意であることは事実であるが、その他の点では『ロリポップ』に到底及ぶものではない。この一流中の一流たる雑誌がどうしてその莫大な経費が負担出来るのか我々には解らなくて、その発行部数が二十万であり、この二週間にその月極め講読者の数が全体の三分の一も殖えたということはあっても、この雑誌が月々払う原稿料は巨額に達していて、マンブルサム氏は氏が前に書いた『水溜りでの挽歌』で五十セントの大金を支給されたということである。

「今度の号に寄稿している人達の中には（この雑誌の優秀な編輯長であるクラブ氏の他に）、スノブ、スライアス、マンブルサムなどの諸氏がいることが目を惹《ひ》く。併しクラブ氏の欄は別とすれば、今度の号で我々に最も大きな収穫と思えるのはスノブ氏の『ボッブ髪油』という宝石に喩《たと》えてもいい詩であって、この無類の傑作に付いている題からこれがここでは名を挙げるにも及ばない下らない人間が嘗て同じ題で書いた譫言と少しでも似ていると思ってはならない。今度の『ボッブ髪油に就いて』という詩は、明らかに筆名であるスノブというのが本当は誰なのか、世間一般の関心と好奇心を惹くことになったが、幸に、我々はこの謎を解くことが出来る。スノブというのはこの地の住人であるシンガム・ボッブ氏の筆名で、これは氏の名付け親である大シンガム氏の血を引き、ボッブ氏の父のトーマス・ボッブ氏もこのスマッグ市の裕福な実業家である。」

この言うべきことを恐れずに言う態度で書かれた讃辞は私に心暖る思いをさせてくれて、それが『トード』のように誰にも信用されている新聞に出ていたのであるから、なお更だった。フライ公の『ボッブ髪油』のことを「譫言」と言っているのは殊の外、当を得ている感じがして、これに対して私の詩が「宝石に喩えてもいい」とか、「無類の傑作」とかいうことになっているのは、これは併しどことなく迫力を欠いた書き方だった。もう少しはっきりした言葉遣いをしてもいいように私には思われたのである。

私が『トード』を読み終るか読み終らないうちに、今度は友達が『モール』を一部持って来て見せてくれた。これは何に就いても非常に鋭い観察をして社説で直言することで知られている新聞で、その『モール』では『ロリポップ』に就いてこう書いてあった。

「『ロリポップ』の十月号が今届いた所で、我々はこの号に就いて嘗て一冊の雑誌でこれ程満足させられたことはないと言わなければならない。我々はいい加減なことを書いているのではないので、『ハムドラム』や、『ラウディーダウ』や『グースゼラムフードル』は大に反省する必要がある。この種の刊行物は言うことだけは立派であるが、その他の点では『ロリポップ』に到底及ぶものではない。この一流中の一流たる雑誌がどうしてその莫大な経費が負担出来るのか我々には解らなくて、その発行部数が三十万であり、この一週間にその月極め講読者の数が一倍半になったということはあっても、この雑誌が月々払う原稿料は驚くべき額に達していて、ファットクアック氏は氏が前に書いた家庭小説、『布巾』で六十二セント半の大金を支給されたということである。

「今度の号で書いているのはこの雑誌の優秀な編輯長であるクラブ氏、及びスノブ氏、マンブルサム氏、ファットクアック氏などで、編輯長の見事な文章の次には、スノブの筆名で書いている新進詩人の金剛石に喩えてもいい作品を挙げなければならない。――このスノブという筆名は何《いず》れはディッケンスの筆名だったボズよりも知られるようになることが予想される。このスノブという筆名で書いているのは当地の裕福な実業家、トーマス・ボッブ氏の後継ぎで、有名なシンガム氏の近親のシンガム・ボッブ氏であるということである。ボッブ氏の傑作は『ボッブ髪油』という題で、これが或る意味では残念なことに思われるのは、前に或る碌《ろく》でもない人間が同じ題でひどい代物をつまらない雑誌に書いて、このスマッグ市の人々に胸を悪くさせたことがあるからである。併しこの二つを読者が間違える心配はない。」

『モール』のように見識ある新聞がこういう、言うべきことを恐れずに言う態度で書いてくれたことは私を喜びで満した。ただ一つ、私が不服に思ったのは、「碌でもない人間」は寧ろ「いやらしくて碌でもない下劣な悪漢」とすべきだったということで、その方が優雅な感じを与えた筈である。又、「金剛石に喩えてもいい作品」というのも、『モール』の記者が実際に、『ボッブ髪油』から受けたに違いない印象の半分も言い表していなかった。

私が『アウル』、『トード』、及び『モール』のこういう記事を読んだ同じ日の午後、『ダディーロングレッグス』に次のような評が出ているのを見付けた、これは非常に見識があることで知られている雑誌である。

「全く『ロリポップ』である。この豪華な雑誌の十月号がもう出ていて、これで勝負ははっきりし、以後、『ハムドラム』だとか、『ラウディーダウ』だとか、『グースゼラムフードル』だとかが、偶《たまたま》にでもこの雑誌と競争する気を起すなどということは止《や》めた方がいい。こういう刊行物は何かと騒ぎ立てることにかけては相当なものであっても、その他の点では『ロリポップ』に到底及ぶものではない。この一流中の一流たる雑誌がどうしてその莫大な経費が負担出来るのか我々には解らなくて、その発行部数が五十万であり、この一日か二日のうちだけでもその月極め購読者の数が全体の四分の三も殖えたということはあっても、この雑誌が月々払う原稿料は全く信じ難い額に達していて、クリバリットル嬢は独立戦争時代を扱ったその貴重な小説、『ヨークタウンのきりぎりすとバンカーヒルのがちゃがちゃ』に対して八十七セント半の大金を支給されたということである。

「今度の号で最も読むに足るのは勿論、この雑誌の優秀な編輯長であるクラブ氏の記事であるが、他にもスノブ、クリバリットル嬢、スライアス、フィバリットル夫人、マンブルサム、スクイバリットル夫人、ファットクアックなどのような人達の見事な作品が載っている。これだけの天才の競演を仰ぐことが出来たというのは全く大したものである。

「スノブという筆名を用いている詩人の作品が至る所で讃辞を呈せられていて、我々の考えでは、これはなお一層、喝采されていいものである。この傑作の題は『ポップ髪油』というのであって、読者の中にはこれと同じ題のものが嘗て書かれたことがあったのを僅かに覚えていて今でもそのことを思い出す毎に胸が悪くなる方々があるかも知れないが、あれはこの町のどこか場末で出ている碌でもない雑誌の走り使いをしているへっぽこ文士で乞食で悪漢が書いたもので、これを今度の傑作と間違えなどしないように願いたい。この傑作を書いたのはシンガム・ボッブ氏であるということで、これは天才であり、紳士で学者であって、スノブというのはその筆名に過ぎない。」

私はこの罵言《ばげん》の終りに出て来る数行を読んで、怒らずにはいられなかった。『ダディーロングレッグス』がかの豚である『ギャッドフライ』の編輯長に対して取っている煮え切らない態度、であるよりも、その優しさ、或いは言うべきことの半分もわざと言わずにいるその控え目な調子は明らかにフライ公の贔屓《ひいき》をしている結果であって、『ダディーロングレッグス』が私をだしに使ってフライ公を褒めようとしていることは、これも隠せるものではなかった。もし『ダディーロングレッグス』が本当にフライ公を非難する積《つも》りだったのならば、もっとはっきりした言葉遣いをする筈で、「へっぽこ文士」とか、「走り使い」とか、「乞食」とか、「悪漢」とかいうのは余りにも曖昧な表現で迫力を欠いていて、人間が嘗て書いた最も劣悪な詩の作者に全く当て嵌《はま》らなかった。「少ししか褒めないことでくさす」という言葉があるが、ダディ公がやっているのが僅かしか責めないことで褒めることであるのは余りにも明らかだった。

ダディ公がフライ公に就いて何と言おうと、私が知ったことではなかったが、ダディ公が私に就いて言っていることは知らん顔をしている訳に行かなかった。『アウル』や『トード』や『モール』が私の才能に就いてあれ程見事な讃辞を書いてくれた後で、『ダディーロングレッグス』のようなものに「天才であり、紳士で学者で」という種類のことを言われるのは腹に据え兼ねた。紳士とは何ということであるか。私は『ダディーロングレッグス』に謝罪状を書かせるか、でなければ、こっちから挑戦状を突き付ける決心をした。私はこれを実行に移す為に、ダディ公に私の意向を伝える役を誰に頼もうかと考え、『ロリポップ』の編輯長が私のことを非常によく思ってくれているらしいので、この人に頼むことにした。

私がクラブ氏に会ってその話をした時の同氏の如何にも奇妙な態度を私は今でもまだ理解することが出来ない。彼は初めに私が会った際のベルを鳴らす紐と棍棒の狂言をもう一度繰り返し、家鴨の真似をすることも抜かさなくて、私は一時は彼が今度こそは本当に家鴨のように鳴き出すのではないかと思った。併しこれも前の場合と同様に、彼はやがて落ち着きを取り戻して、普通の調子で話を始めた。併し彼は私の抗議を『ダディーロングレッグス』に伝達することを断り、抗議すること自体を私に諦めさせた。尤も、彼も『ダディーロングレッグス』の仕打ちが余りにもひどいことは認めて、殊に「紳士で学者で」というような表現は論外であると言ってくれた。

この会見の終り頃に、私のことを本当に考えてくれているらしいクラブ氏は私に、『ロリポップ』の為にトーマス・ホークをやることで収入を得ると同時に、私の評判をよくすることにしたらどうかと勧めてくれもした。

私はクラブ氏にトーマス・ホークというのは誰なのか、又私がその真似をするというのはどういうことなのか聞いた。

クラブ氏は又しても眼を円《まる》くしたが、そのうちにそれが納って、トーマスの略称のトムは下品だからトーマスと言ったのだが、実際はトム・ホーク、或いはトマホーク、というのは、アメリカ・インド人の武器である斧のことが言いたいので、トマホークをやるというのは哀れな文士どもを紙上で滅茶苦茶にやっつけることなのだと説明した。

それで私が、ただそれだけのことならば、トーマス・ホークをやるのに就いて何の異存もないと答えると、クラブ氏はそれでは早速、私にどの程度にそれが出来るかということの見本に、『ギャッドフライ』の編輯長をやっつけてくれと注文した。私にその場でフライ公の『ボッブ髪油』の批評を書き、これは後に『ロリポップ』の三十六ページ分を占めて掲載された。私はトーマス・ホークをやる方が詩を書くのよりもずっと骨が折れないことを発見して、それは私が組織的にこの仕事に掛り、その為にみっちり相手を料理することが出来たからである。私が採用したやり方というのはこういうので、先ず『ブローアム卿演説集』、『コベット全集』、『俗語辞典』、『やり込める技術』、『丁稚小僧用語《でっち》』、及びルイス氏、クラークの『減らずに』などの本を安く手に入れ、馬の毛を梳《す》く金属製の櫛で本の中身を細く引き裂き、これを篩《ふるい》に掛けて人の感情を傷けないような言葉を一つ残らず取り去った（それは全体のほんの一部に過ぎなかった）。そして後の、人聞きが悪い言葉を大きな錫《すず》製の胡椒《こしょう》入れに入れて、これに開いている穴は長方形をしているので一句がまるごと、その中から飛び出して来ることもあった。これで道具立てが出来て、トーマス・ホークをやる時には、先ず紙を拡げてその上に鵞鳥《がちょう》の卵の白味を塗り付け、次に、これから批評する記事を前に本を引き裂いた時よりももっと念入りにちぎって一言ずつ別々になるようにし、これも胡椒入れに入れてよく振り、中身を卵の白味を塗った紙の上に振り出した。その結果は全く見事なもので、読み出せば止められず、私がこの簡単な方法でやってのけた批評は全世界の驚異の的になった。初めのうちは、私もまだ馴れなかったものだから、出来上った文章にどこか妙な所があるのが気になった。その中の言葉が旨く繋《つな》がらない場合もあり、すっかり歪《ゆが》んでしまっているのもあって、全然ひっくり返っているのさえあり、これが言葉の意味に影響しないではいなくて、ただルイス・クラーク氏の文章だけはひっくり返っていようと何だろうと、どんな位置にあってもその迫力を失わなかった。

私が『ギャッドフライ』の編輯長の『ボップ髪油』に就いて書いた批評が発表された後、この男がどうなったかは解らない。恐らく、泣きに泣いた揚句に死んでしまったので、兎に角、その直後にこの男が地上から姿を消し、誰もその幽霊さえも見たものがないことは確実である。

この問題がこうして片付いて復讐がすむと、私は忽《たちま》ちクラブ氏の信用を得て、何かに付けて相談を受けるようになり、『ロリポップ』でトーマス・ホークを始終やることになって、クラブ氏は金はくれない代りに、色々と私に助言してくれた。

「シンガムよ」と彼は或る日、晩の食事の後で私に言った。「私は貴方の才能を認めているし、息子のように思っているんだ。それだから私は貴方を私の後継ぎにする。私が死んだら貴方が『ロリポップ』をやればいいんで、それまでに私は貴方を一人前の人間に仕立てて上げる。必ずそうする。併しそれは貴方が私が言う通りにすればで、第一に、貴方はあの困りものを片付けなけりゃいけない。」

「困りものっていうのは」と私は聞いた。「誰です、それは。どこにいるんです。」

「貴方のお父さんだ。」と彼は言った。

「あ、あれですか」と私は答えた。「あの豚ですね。」

「貴方はこれから出世するんだからね、シンガム」とクラブ氏は言った。「あの貴方のお父さんは邪魔になるばかりですよ。直ぐにも切り捨てなけりゃ」（私は早速ナイフを出して見せた。）「今直ぐに、決定的に切り捨てる必要がある。あれは駄目ですよ、駄目。そうだな、あれを蹴り付けるとか、笞《むち》で打つとか、何かそういうことをするんだな。」

「どうでしょう」と私は言った。「先ず蹴り付けて、その次に笞で打ってから、最後に鼻を摘《つま》んで引っ張ってやったら。」

クラブ氏は暫《しばら》く私を見詰めて何か考えていてから、こう答えた。

「ボップさん、貴方が言う通りにすれば、それでいいと思う。いや、非常にいい。少くとも、その限りではね。併し床屋というのは恐しく縁切りにし難いもので、それでだ、貴方が言う通りの目にトーマス・ボップを会わせてから、念の為に、拳骨《げんこつ》でトーマス・ボップの両方の眼が真黒になるまで殴り続けたらどうだろうね。そうすれば貴方が一流の人達と一緒にいる時に寄って来たり出来ないから。それだけすれば充分だ。尤も、その上にどぶにほうり込んで転がしてやってから警察に引き渡してやるということも考えられる。そうしてから翌朝、警察署に寄って傷害罪で告訴すればいい。」

私はこのクラブ氏の非常に有益な助言に氏の私に対する好意を感じて深く動かされ、その通り実行した。その結果、私は床屋の困りものと縁を切ることが出来て、少しは紳士のような気分がして来た。尤も、それから何週間かは金がないので幾分、不便だったが、そのうちに私は二つの眼を目先のことに向けることで、どうすればいいかが解って来た。Quocunque modo、どんな風にしてでもとかいうラテン語の格言か何かがあったのではないだろうか。

私が考え付いたことは至って簡単で、『スナッピングタートル』の株をその十六分の一ばかり、殆《ほと》んどただのような値段で買ったのである。それだけのことで、そうすると金が入り始めた。株を買ってから、更に何かしたことは事実であるが、それは私の計画の一部をなすものであるよりもその結果で、例えば私はペンとインクと紙を買い、これをやたらに使い出した。そして雑誌に載せる原稿を一つ書き上げ、これに「フォル・ロル」という題を付け、「『ボッブ髪油』の作者による」として、これを『グースゼラムフードル』に送った。併しこの雑誌がその「投書家に対する答え」欄でその原稿を「譫言」と評したので、私は同じものに今度は『ヘイ・ディドル・ディドル』という題を付け、「『ボッブ髪油』の作者、又『スナッピングタートル』編輯長による」として、それを再び『グースゼラムフードル』に送り、その結果が解るまで毎日、『スナッピングタートル』に『グースゼラムフードル』という雑誌の文学上の価値、及びその編輯長の個人的な性格に就いての哲学的な分析とも呼ぶべきものを六段に亙《わた》って掲載し続けた。そうすると、それから一週間ばかりして、『グースゼラムフードル』が何かの間違いで誰かつまらない人間が書いた『ヘイ・ディドル・ディドル』という原稿を『ボッブ髪油』の作者として知られているシンガム・ボッブ氏の、同じ『ヘイ・ディドル・ディドル』という題の傑作と混同したことを発見し、この不可抗力による事故に就いて遺憾の意を表明して、次の号にその傑作を掲載することを約束した。

私は今でもそう思っているが、その時も『グースゼラムフードル』が本当にそういう間違いをしたのだと思った。『グースゼラムフードル』は実によくそういう間違いをする雑誌で、それで私は『グースゼラムフードル』が好きになり、その結果、私はこの雑誌の価値を理解するに至って、機会がある毎に『スナッピングタートル』でそのことに就いて書くようになった。そしてこれは如何にも不思議なことであるが、それと同じ種類のことが私と『ラウディーダウ』、及び『ハムドラム』の間にも非常に短い期間のうちに起ったのである。こういうことがあると、人間は偶然の一致ということに就いて考えざるを得なくなる。

併し兎に角、私はこうした天才的な操作によって金を儲け、私がシャトーブリヤンとともに、「私は歴史を作った」と言える所以《ゆえん》の、私の栄光に満ちた生涯がこの時から始った。

私は確かに歴史を作った。この時期から後の私の行動、又その行動の結果である私の作品は全人類のものになっている。誰もが知っているのであるから、私が今更ここでその後、私が瞬《また》く間に出世し、先ずクラブ氏の後を受けて『ロリポップ』の編輯長になり、この雑誌を『ハムドラム』と合併し、次に『ラウディーダウ』を買い、最後に『グースゼラムフードル』を買い取る交渉にも成功して、四つの雑誌を『ラウディーダウ、ロリポップ、ハムドラム、及びグースゼラムフードル』というただ一つの素晴しい雑誌に吸収したことに就いて多くを言う必要はない。確かに、私は歴史を作った。私の名声は全世界に轟《とどろ》いていて、どんなつまらない新聞を取り上げても、そのどこかに偉大なシンガム・ボッブ氏がこう言ったとか、ああ言ったとかいうことが書いてないことはない。併し私は謙遜な人間であって、そういう人間として死んで行くのである。人が天才と呼んでいるものは、結局はビュッフォン、或いはホガースが考えた通り、勤勉であることの別名ではないだろうか。

私を御覧なさい。私はどんなに仕事をしたことだろうか。どんなに書いたことだろうか。

私は本当に書いた。私は安楽というのがどういうことなのか知らなくて、昼間は机に向い、夜は夜で机に向い続けた。その私の姿が見せたかった。私は右を向くこともあれば、左を向くこともあり、俯《うつむ》いていることもあったが、その間中、私は書き続けた。私は評判がよくても、悪くても、日が照っていても、月が出ていても、書いた。私は書いた。何を書いたかは問題ではなくて、その文体が凡《すべ》てなのである。私はそれをファットクアックから教わった。これがその見本である。

覚書[*1]（マルジナリア）

マルジナリア

私は本を買う時、余白が大きく開けてあるのを買うようにする。余白の大きいことそれ自体が好きだからではない。読みながら起る考えだの、著者の意見と一致するかしないかだの、その他一寸《ちょっと》した評註を書入れることが出来るからである。書入れることが多過ぎて余白に入らない時には、別の紙に書いて、少量のとらがかんとごむによって頁に貼り付ける。

これはただの物数奇《ものずき》なのかも知れない。しかも有触《ありふ》れて居るのみならず無益な習慣なのかも知れないけれど、やっぱり遣《や》る。遣るのが楽しみだ、――そして楽しみというものは、ミル氏を後立てに持ったベンサム氏の主張にも拘《かかわ》らず、やはり利益なのである。

併《しか》しこのノートを附《つ》けるのは、決してただの備忘録を作成する為ではない。――それは疑いもなく役に立たない習慣である。「私は何か紙に書けばそれを記憶から出してしまう。故に忘れる」とベルナルダン・ド・サン・ピエール＊2は言う。だから実際、何か立所《たちどころ》に忘れてしまいたいことがあるなら、それを覚えて置くように紙に書けばいいのである。

併し備忘録とは関係なしにされた余白の書込みは、特徴のあるものであり、ちゃんとした目的があるのみならず、全然目的がないのである。それがこういった書込みに価値を与える。それは文学上の饒舌《じょうぜつ》の中で遣る気紛《きまぐ》れな批評よりも、多かれ少かれ値打が多い。——文学的饒舌で遣る批評は多くの場合、急いで口に出した、「話の為の話」であるのに反し、こういうマルジナリアは、読者がある思想を外に出そうと思って、念入りに書いたものだからだ。しかも此の思想は如何《いか》に軽薄な、如何に馬鹿げた、如何に些細《ささい》なものであっても、やはり思想には違いなく、決してそのうちに、もっと恵まれた条件の下に思想になるかも知れないといった風のものではない。それにマルジナリアに於いては、我々自身に対してのみ話す、だから清新に、大胆に、独創的に、気儘《きまま》に、そしてめかさないで、ジエレミイ・テーラーのように、サア・トーマス・ブラオンのように、サア・ウィリアム・テムプルだの、あの解剖的なバートンだの、最も論理的な推論家のバトラー[*3]のように、まあそういった昔の人達のように話す。そういう人達は言うことがあり過ぎるので、言い方には構って居られず、従って問題にしなかっただけに素晴らしい言い方になり、豊富に余白的な趣を持った、典型的な言い方となったのである。

　こういう（鉛筆での）走書に於いては、場所の制限は不自由であるよりも、寧《むし》ろ好都合である。場所が制限されて居ることは（内々には如何に我々が冗漫な考え方を好もうとも）、我々の文章を強制的に、モンテスキュー的な、或いはタシタス[*4]的な（茲《ここ》でその『年代史』の終りの部分は例外である）ものにし、——さてはカーライル的なものにまでする、——聞く所によるとカーライルの文体は、普通の衒《てら》い気だの、没文法とは違うのだそうである。私は全くの強情でもって、没文法という、それは文法家達が（文法家なのにも拘らず）、そういってはならないと主張するからだ。併し文法は是等の文法家達が文法と呼ぶものではなく、言語の解析及びその結果であるから、ある文章が没文法であるかないかは、解析者が馬鹿であるか馬鹿でないかと同じ理窟で決まる訳だ。——即ち解析者がコベットであるか、ホーン・トゥック[*5]であるかによるのだ。

併し本題に戻って。近頃或る雨の降る午後、真面目に本を読む気はしないので、私は本棚から手当り次第に本を引出して見て、退屈を凌《しの》いで居た。——勿論、大した数のものではないけれど、私の蔵書が相当多方面に渉《わた》って居て、なかなか凝《こ》って居ることは、或いは自慢してもいいかも知れない。

その時の、ドイツ人の言う「頭の散った」(Zerstreut?)、気持の為か、兎《と》に角《かく》私は数多くの鉛筆の書込に注意を惹かれ、書いてあることの雑駁さに興味を感じた。そしてしまいに、本をそのように汚ごしたのが私でなかったなら、かなりな楽しみでもってその書込を読めたのに、と思うようになった。そしてそう思うのから自然に、次の（リエル氏、或いはマーチソン氏、或いはフェザーストンホー氏[*6]の言を借りて言えば）過渡思想が起った、——或いは私の書いたものでさえも、らくがきとして、他の人達の興味を惹くものがあるのではなかろうかと。

問題は、そのなくなってしまいそうな文意をなくさないで、本文からノートを移し変えることにあった。意味を解《わか》らせる仕掛がすっかり整って居ても、本文の印刷された頁に挟まって居る時でも、ノートは屢々《しばしば》ドドナの、——或いはリコフロン・テネブロオザスの詩に出てくる、神託、[*7]——或いはクインテリアン[*8]の著書にある、「先生にも解らないのだから上出来なのに違いない、」或る考証学者の弟子の論文のようで、そのノートが若《も》し他の場所に translated、移されたら、どうなるか解らないと思われるのだった。それは寧ろフランス語の同義語 *traduit*（讒《ざん》される）或いはオランダ語の *overzezet*（引っくり返される）ではあるまいか。

私は考えた揚句、読者の頭の鋭さ及び想像力を大に信用することにした。併しこの信仰の力が足りないような場合に於いては、何のことか解る程度に、ノートを作り変える他、途はないようだった。そして何のことだか解る為に、どうしても本文が必要だという場合には、必要な部分だけ引用すればよかった。又評註した本の題がなくてはならない時は、その題を挙げればいいのだった。要するに私は、他にいい遣り方がないので、ジレンマに陥った小説の主人公のように、「成行に委《まか》せる」ことにした。

以下の雑文に現された種々な意見に就いて、——即ち私が、今尚その全部に賛成するか、或いはしない部分もあるかとか、或ることに就いては私の考えが変ったかどうかとか、又は、考えというものは何度も変えないでは居られないものかどうか、とか、——そういうことに就いては、何も気の利いたことが言えないから、何も言わない。併し恰《あたか》も地口の真のよさがそのこじつけのひどさと正比例するように、此の余白のノートの本質の意味はその戯《おど》けさ加減にあるということを指摘するのも、或いは無駄なことではないかも知れない。

悪口文

私は個人的な攻撃文を読む毎に、サミュエル・ジョンソンが友達のゴールドスミスに言った、非常に当った言葉を思出さないでは居られない、――「人がホロファネス[*9]と呼ばれた所で、それが一体何なのだ」

弗全盛

ローマ人はその軍旗《スタンダード》を崇拝した。そしてローマの軍旗の印は鷲だった。我々の標準貨幣《スタンダード》は鷲（十弗を一イーグルと言う）の十分の一、――一弗《ドル》、――であるけれど、その埋合せに、我々はそれを十倍の執着をもって崇拝する。

アメリカ

或る少数の本職的な反対者達が下らない皮肉を言うのが、我々の国に名を附けるのを妨げて居るというのは、実に残念なことである。今の所我々の国に名前がないのは明らかである。私の考えでは、「アパラチア」と附けるのに躊躇《ちゅうちょ》すべきではない。第一に、此の名は個別的である。そして「アメリカ」[†1]は個別的ではなく、又そうあり得る筈がない。我々は勝手にそれを以て、我々の国の名だとすることが出来る。——併し今同じ名を使って居る他の地方からそれを取上げない限り、「アメリカ」は国の名として用をなさない。南米も「アメリカ」であって、これから後もやはり「アメリカ」であろう。第二に、「アパラチア」は土着の名であって、国の或いは最も雄大な、最も特色のある地形を指しているのである。第三に、この名を採用することによって、我々は、今までは無慈悲に掠奪《りゃくだつ》し、殺戮《さつりく》し、凌辱《りょうじょく》した、土着の民族に、敬意を表する訳である。第四に、この名はアメリカ文学の開拓者のうちで、或いは最も正当に有名な人の提出したものである。即ち、我が国に初めて世界的な文学を与えた、アーヴィング氏[*11]が、その国を名附けるのは、道理に叶《かな》ったことである。最後に、そしてこれが一番大事な理由であるが、「アパラチア」という名前には音楽がある。これよりも朗々とした、流暢《りゅうちょう》な、そして音量のある言葉はなく、又それは威厳を保つのに丁度いいだけの長さを持って居る。どうしてこれに対して、「アレガニア」などという、喉音《こうおん》性の言葉が考慮されたか、全く解らない。私は「アパラチア」が採用されることを望む。

†1　ニューヨーク歴史家協会の集会に於いて、フィールド氏は、大陸の名を、アメリカの代りに「コロンビア」とすることを提議した。

アメリカ文学の本国性（nationality）

近ごろアメリカ文学が保つべき本国性ということが大分論ぜられて居るけれど、その本国性が何なのか、又それを保つことによって何が得られるのか、未だにはっきりしない。アメリカ人はアメリカの題材しか使ってはならないとか、少くともそれを一番好むべきだということなら、それは寧ろ文学的よりか政治的な考えである。——そして疑わしい考えだ。此の場合、「遠さは眺めをなお美しくする」というのは、覚えて置いていいことである。そしてその意味で、純粋に文学的な見地から言えば、題材は、他の諸条件に牴触《ていしょく》しない限り、外国に取った方がいい。それに何と言っても、作者の人物に許された舞台は、世界全体なのである。

併し我が国の文学を擁護し、作家達を支持し、自足自給して、我が国の威厳を保つ、そういう本国性が必要であることは、疑う余地がない。しかも我々はその点に於いて、最も意気地がないのである。我々は本屋が英国の本を妄《みだ》りに出版し、英国思想を氾濫させるからといって、国際版権法がないのを嘆く。併し同じ本屋が勇敢に、損をするのを覚悟して、アメリカ人の書いた書を出版すれば、誰か無学なロンドンの批評家が、読める本だと言うまでは、我々は見向きもしない。『スペクテータ』、『アセネアム』、或いは『パンチ』（皆英国の一流雑誌、今猶発行されて居る）に書く、無名の編輯《へんしゅう》部員の意見に比べれば、我々にとって、ワシントン・アーヴィング、プレスコット、ブライアント等[*12]の意見は、無に価すると言っても、それは決して言い過ぎではないだろう。それが真面目な、実際驚くべき事実であるのは、此の国のどの本屋だって認めることだと思う。我々のこのような英国への追従程厭なものはない。これは第一に卑屈な、意気地のないことであり、第二に、余りにも不合理である。我々は英国人が、我々に好意を持たず、アメリカ人の書いた本は、決して公平には批評しないのを知って居る。又我が国の作家のうちで、英国に於いて人並扱いにされた、少数のものに就いては、その作家達が公然と英国の諸制度を崇拝し、或いは密かに民主主義に反対して居たのを知って居る。それを知って居て我々は、やはり母国のものならば、どんな馬鹿な批評にでも屈従するのを止めない。本国性がなければならないなら、こういう屈従を止めさせる本国性であって欲しい。

我々を煩《うるさ》く虐《いじ》める狂論家達の首は、あの無学で独りよがりなウィルソン[*13]である。私は狂論家と承知の上で言う。何故ならば、今英国には、マコオレイ、ディルク等[14]の二、三人を除けば、批評家の名に価するものは居ないからである。批評にかけては、ドイツ、フランスの方が、英国よりも遥かに優れている。そしてウィルソンと来ては、彼程下手な批評をするものはなく、又彼程威勢よく豪語するものもない。彼が独りよがりであることは、彼の書いたものを一読すれば解る。彼が無学であることは、彼の初歩的な間違いだらけのホーマー研究が証明する。彼のバレット女史[15]の詩の批評が同じような、馬鹿げた、無学な間違いに満ちて居ることは、私が最近指摘した通りである。そして私がその時言ったことに対して、彼にしても、又誰であっても、一言も返せる言葉はない。

そしてこれが、その意見は我が作家達の運命を決する、批評家のウィルソンである。先月号の『ブラックウッド』[16]に於いて、彼はあのつまらない『英国批評家抄』を続け、それを我が第一流詩人、ロウェル氏[17]を侮辱する、いい機会にして居る。彼の唯一の攻撃手段は、言うに耐えない野鄙《やひ》な言葉を使い散らかすことにある。例えば Squabashes（滅茶苦茶にやっ付けられること）というのがその一つである。Faugh!（嫌悪の意を表す間投詞）というのもよく出て来る。恰もスコットランド人が、「我々のスコットランド気質は脊髄に徹して居る」[18]と喚《わめ》いて居るようなものである。ロウェル氏は「鵲《かささぎ》」（馬鹿なことを言う者、又おしゃべりの意）、「人真似猿」、「ヤンキー・コックネ」（コックネはロンドン土着の町人）と呼ばれ、その名は態《わざ》と間違えてジョン・ラッセル・ロウェルと書いてある。若しこんなことをアメリカの批評家が遣ったなら、彼は全国の操觚《そうこ》業者から破門されるだろう。所《ところ》がそれがウィルソンだものだから、我々は此の侮辱を受容れるのみならず、それが面白い洒落《しゃれ》のように人に話して聞かせる。Quamdiu Catilina?[*19] 自尊心を意味する本国性は、我々の切に望む所である。文学に於いても、政治に於けると同様に、我々は独立宣言を必要とする。もっといいのは宣戦することである、——そして戦地を敵の本国に移すこと。

類似

自然界の事実には、思想界の或るものに余りにも似たのがあり、それの為に、暗比《メタフォア》或いは明喩《シミリイ》が描写上の修飾としてのみでなく、弁論に於いて論拠として用いられるという、(間違った) 修辞学の定説が、本当に見えることがある。例えば惰力に関する、運動量はその結果であり、それに正比例するという原理は、物質界に於いても精神界に於いても同じようである。物質界に於いては、その原理によって、或る物体はそれよりも小さな物体より動かし難く、それを動かしてから起る動力はその動かし難さに比例する。それと同様に、精神界に於いても、広大な智能を持った者は、一度動き出せばより劣等なものよりも、力強く、確実に、そして広範囲に活動するけれど、智能が広大であればあるだけ、動き難く、出だしに於いてもっと躊躇し、もっと困難を感じる。

絶滅

善人は死後なお存在し悪人は死んで絶滅するということにすれば、論駁には堪えられないけれど、兎に角非常に詩的な、趣味のある世界観が出来上る。その絶滅の危険は罪の深さに比例するのであるが、その危険は毎晩睡眠によって暗示され、又時々もっと直接に、気絶によって示されるのである。眠りに夢が少ければ少い程、そのものの魂は絶滅の危険が大きい。同様に、気絶して、気絶して居る間時が立ったのにも気が付かずに我に返れば、その時死んだら魂は絶滅したことになる。又我に返った時、（時々実際そうであるように）幻影を見たのを覚えて居れば、その人の魂は死後も存在する状態にあることが示される。——その死後の状態が幸福であるか不幸であるかは、見た幻影の性質によって判断する。

聯想

少し突飛な聯想《れんそう》かも知れないけれど、私はイタリア歌劇で、多勢の役者が身振りしながら一緒になって歌うのを聞く毎に、アテネで、あの七面鳥の合唱団がメレアガー[*20]の死を嘆く、ソフォクレスの悲劇を見て居る気がしてならない。それはそうと、世の鵞鳥《がちょう》で（鵞鳥は馬鹿を意味する）、自分の頭の程度を七面鳥のに比べられて怒らないものはない。フランス人は殊にそうであるらしい。例えばパリでは誰もF氏に向って、「なんてお前は鵞鳥なんだ」（英語ではそう言う）と言うものはない。その場合、Quel *dindon* tu es!「お前はなんて七面鳥なんだ」と言うのである。

芸術の定義

若し極く簡単に芸術を定義せよというなら、芸術は「感覚が自然の中に、霊魂のヴェールを透して認めるものの表現だ」と言おう。即ち、ただ自然物を模写するだけでは、それに掛けて如何に巧妙であっても、「芸術家」と呼ばれる資格はない。デナーは芸術家ではなかった。ジウクシスの葡萄《ぶどう》は、鳥が何と言ったにしろ、非芸術的なものであり、パラシアスの帳《とばり》*21も、彼の天稟《てんぴん》の欠乏を匿《かく》すことは出来ない。私は前に「霊魂のヴェール」と言った。何かそういったものが芸術にはなくてはならないらしい。景色を眺めるのにしても、我々は眼を半ば閉じることによって、その景色の美しさを倍にすることが出来る。肉眼はものを見逃すことがある、——併し常に見過ぎて居るのである。

芸術のからくり

或る芸術作品のからくりを見極めるのは、確かに、それだけで充分に興味のあることである。併しそれを楽しむのに比例して、芸術家の企てた正当な効果は楽しめなくなる。スミルナの或る神殿に鏡があって、どんな美しい形像でも歪《ゆが》めて映すというが、実際、芸術に就いて分析的に考えることは、その鏡のような作用をすることになる場合が多い。

芸術家

作品が芸術家に属するのではなく、芸術家がその作品に属するのである。

ノヴァーリス

大抵の場合、ドイツ人の箴言から意味を汲取ろうとするのは、ただ時間を無駄に使うばかりである。と言うよりも、ドイツ人の箴言は、それをあらゆる意味に、そしてどんな意味にも解釈することが出来る。若し茲に掲げた言葉の意味が、芸術家はその作品のテーマに隷属し、そのテーマに適するように思考しなければならないというのなら、私はそれを嘘だと思い、極く平凡な人間が言った言葉だと思う。真の芸術家にとって、そのテーマ、或いは題材は、粘土のようなものである。芸術家はその粘土から（粘土の性質の範囲内に於いて）何でも、腕次第に作ることが出来る。その意味で粘土は芸術家に隷属して居るのである。そして此の場合彼の天才は、非常に明確に、その粘土の選び方に現れる。土は原則として上等とか、粗末とかいうのではなく、作ろうとする作品、現そうとする思想、或いはもっと正確に言えば、与えようとする効果から見て、丁度いい位に上等、或いは粗末なもの、丁度いい程度の硬さを持ったものでなければならない。尤《もっと》も或る芸術家は飛切り上等な材料しか使わなく、それ故に、飛切り上等な品物しか作らない。そういう作品は概して透明で、非常に壊れ易い。

短文

佳い短文というものは、作ってしまえば多くの人達がそれを理解し、それを鑑賞するけれど、それを作るのは、誰にでも出来ることではない。私の考えでは、本当にいい雑誌の記事を書くのには、普通の長さの通俗小説を書くのと、少くとも同程度の才能が要る。確かに小説を書くのには、長時間の努力を必要とする、——併しそれは忍耐の問題であって、才能とは間接にしか関係がない。所が短い雑誌の記事には、効果の統一ということが是非必要であって、それは又通俗小説には、なくてもいいものである。そして効果の統一は誰にでも鑑賞され、又理解されるものではなく、それは、理解するものにとっても、実現するのに困難な所望物である。これに反して、いい通俗小説のよさは、その部分的な章句にあるのであって、それと本全体との関係、或いは本の構成との関係は、どうだっていいのである。そして或る小説にそういった構成があったとしても、それは著者が骨を折って工夫したことではなく、又長い話なのだから、読者が一眼でそれを看て取るということは不可能なのである。

ブルワ

死人或いは瀕死の人の顔にしか見られない、あの平和な、美しい微笑。

『マルトレヴァス』

ブルワ*22は残酷な事実をまともに見られる男ではない。彼は寧ろ趣のある、併し凡俗な見誤り方をして、感傷的になりたいのである。死人の微笑に、恐ろしさの他に何を一体見たいものがあるか。それを「美しい」と思いたい、それが間違いの元なのである。――若し間違いなどが可能であるならば。

ブルワの『ポムペイの最後』

ブルワの『ポムペイの最後』（小説の名、一八三四年出版）は、アルネイの『ローマ人の私生活』[†2]に負う所が多い。ブルワはこの小説を書くのに当って、サア・ウィリアム・ジェルの『ポムペイアナ』を参考にしたと言っている。どうしてもう一つの本のことも言わないのだ。

†2　一七六四年出版。

ブルワの『夜と朝』

此の本（小説？）の文体は余りに入組んで居て、文章の構成が間違っていると思わないでは居られない。若し言語の用途が思想を表すのにあるならば、我々の言葉が滅茶苦茶のように見えるのは、実際滅茶苦茶であるのと同じ位悪いことである。作家の文法は、シーザーの妻[*23]のように、啻《ただ》に純潔無垢であるのみならず、それを疑われるようなことがあってはならない。

小説家としてのブルワ

我々はずっと前から、ブルワの優れた才能に敬服して居る。我々は彼の書いたものを読む時、必ず我々の最も狂おしい熱情、最も遠大なる思想、最も美しい幻想、最も高尚な抱負が次々に喚《よ》び起され、読んで啓発されたのを感じて本を措くことを期待する。そしてその期待が裏切られたことはまだ一度もない。あの短い『モノスとダイモノス』から、彼の最も嵩《かさ》のある、念の入った小説に至るまで、凡《すべ》ては豊富に、そして絢爛《けんらん》として理智的である。或るものには力があり、或るものは鋭く、或るものには含蓄があり、又或るものは華麗である。今生きて居る人達の中で、ブルワの才能を持ったものは、或いは居るかも知れないけれど、ブルワ程それを顕著に現したものは他に一人も居ない。小説家としての彼を見れば、——それは、「小説」という言葉を普通の意味に取るならば、彼の才を評価するのに甚だ不適当な見方だけれど、——小説家として、彼を凌《しの》ぐ作家は古今を通じてない。我々はそれが真実であるのを知って居て、どうしてそれを公言するのに躊躇しようか。成程スコットは多くの点に於いて彼よりも優れて居る。『ラマムアの花嫁』（スコットの小説）は『ペルハム』の著者（ブルワのこと）のどの小説よりもよく、『アイヴァンホウ』（スコットの小説）[*24]はそのどの作にも匹敵すると言っていい。細部に渉って検討すれば、ディズレーリの想像力は（もっと力があるとは言わないけれど）、もっと気高く、もっと繊鋭《せんえい》である。デエカ夫人（未詳）はもっと情熱の籠った、『エレン・ウェアハム』[*25]を書いた。又或る種の機智に掛けては、ブルワはセオドア・フックに優ることなく、ただの滑稽味に於いては、我がポオルディング[*26]に凌駕される。『ゴドルフィン』[†3]の著者は精力に於いてブルワに匹敵する。バニム[*27]はもっと色彩に富んで居る。トレロオネ氏（未詳）はブルワと同じ程度に独創的であり、ムア（トーマス・ムア、詩人、バイロンの友達）は奇抜で、ホレス・スミス（十九世紀初期の戯文作者）は同程度に学問がある。併し一人でもってブルワだけの想像力、情熱、精力、ユウモア、人間知識、芸術眼、独創性、学識、を具えたものが他にあろうか。潑剌《はつらつ》とした機智に於いて、思想の遠大さ、意図の明確さ、自信、努力、文体に於いて、それから特に、その豊富な精神の諸能力を統御する、意志の強靭さに於いて、彼に及ぶものはないのである。

†3　イングラム註。ブルワ自身。

頭文字

私が今読んで居る本の一番目に付く特徴は、Monarch 及び King という言葉が、何時《いつ》も頭文字のMとKで書いてあることである。著者は近頃或る国王に謁見して来たのだそうだ。不幸にしてこれから後、彼が神に就いて語らなければならない時は、小さなg（神は普通

Godと書く）を使うことにするのだろう。

カーライル

カーライリスト達は、オクスフォードの大鐘を作る為に鎔《と》か[*28]された、古い鐘の銘、In *Thomae* laude resono Bim ! Bom ! sine fraude（私はトーマスの徳を称えて鳴り響く、ビン、ボン、と間違いなく）を彼等のモットーとするがいい。その場合Bim ! Bom ! は「音による意味の反復」の完全な例だと言えるだろう。

カーライル

此の次のカーライルの本は『わん、わん』という題で、その巻頭にはコーランからの言葉、「此の本には一つの誤りもない」を掲げるそうである。

慈恵

キリスト教にとって強味となるものは、人が死際になって罪だと感じるのは、——そう思うのではない、——慈恵に反する行為だけだということである。

コウルリッジ

All in a hot and copper sky
The bloody sun and noon
Just above the mast did stand,
No bigger than the moon.

赤銅色に熱した空に、正午の血色をした太陽は、月の大きさ程もなく、マストの上に輝いて居た。

Ancient Mariner からの一節。

コウルリッジは月の視直径が太陽のよりも大きいのを知らないで居たのだろうか。

コウルリッジの食卓談（Table-talk）

此の本を題の為に誤解してはいけない。これは所謂《いわゆる》「話」、――ボズウェル[29]がその典型的なのを伝えた、本当の意味での話、――を集めたものではない。言い換えれば、バシル（未詳）が「話の為の話」と正当に定義し、それを本職としたホレス・ワルポールだのメリー・ウォートレ・モンテーグ（共に十八世紀英国の教養ある社会生活者）が一番よくその術を心得て居た、漫談なのではない。漫談はあらゆることをその種に使い、始まりも終りも真中もないものである。故に漫談家に就いて、「彼は話を話の真中から始める」と言うのは間違っている。彼は何も始めはしない。既に始まって居るし、又何時も始まった所なのである。そして終ることに就いては何も決めて居ない。そういうのが真の漫談家の徴《しるし》であり、それによって彼を知ることが出来る。漫談に関する法則としては、彼は一つしか知らない、それは、あらゆる法則を無視する、というのである。彼の行く道がアピア街道[30]のように真直であり、「沈淪《ほろび》に至る路」（マタイ伝、七、十三）程広くても、漫談家はやっぱり道傍の生垣を乗越して、その先の野原で余談の道草を食わなければ、気がすまないだろう。そういうのを漫談家というのであり、そういう漫談家ののみが真の話である。だけれどコウルリッジと来ては、彼がラム[31]に彼の説教を聞いたことがあるかどうか尋ねた時、ラムは、「だって君に他の話し方はないじゃないか」と答えた。それで此の本に題を付けるのなら、「食卓講演」と呼んで先ずいいだろう。併し此の本の性質を本当によく解らせるのには、「食後小談義」或いは「三本機嫌[32]説法集」とする他ないのである。

議会

諷刺詩『ヒュディブラス』を書いたサミュエル・バトラーは、「烏合の衆」を説明して、「開会中の議会のこと、——其処では皆があらゆる問題に就いて違った意見を持って居る」といい、そして、「議員達は言い合う為に集り、土産話で一杯になって、家に帰って来る」と附加えて居る。どうも米国下院を予覚して居たようだ。

会話

旨く会話するのには、才能あるものの冷静な分別が必要である、——旨く話すのには、天才の奔放性が必要だ。非常な天才は、或る時は非常によく話し、或る時は非常に下手に話す。自由に話せて、時間もあり、聞手が親切であるならば、旨く話す。邪魔される虞《おそ》れがあり、又その場では話題が尽せないような時、下手に話すのである。天才とまで行かないものは、断片的にしか話さない。真の天才は不充分、不完全、を何よりも厭がり、或る事に就いて言える凡てを言い尽せない時は、寧ろ黙って居たいのである。何か言う時は、言おうとすることで一杯なので、何処から始めていいか解らない。言うことの始めの後に、いくらでも始めがあるように見え、又、言いたいことの結論が、どんなに遠く先にあるかを知って居るからである。それで例えば無鉄砲に話し出してしまって、面喰《めんくら》い、躊躇し、言葉に詰まって黙ってしまい、頭に渦巻く考えに擒《とりこ》にされるものだから、聞くものは考え方を知らないと言って嘲笑《あざわら》う。そして普通の頭を面喰わせる、「大変な」場合に、天才はその本領を見出す。

併し会話の上手なものが会話によって人類に及ぼす影響は、旨く話すものが話によって及ぼすのよりも、ずっと大きい。後者はペンでもって一番有意義に話す。そして上手に会話するものは、或る程度まで話せるもの程多くはない。或る程度まで話せるものなら、私は何人でも知って居る、旨く会話するものは五、六人しか知らない。それで大抵の場合、人と話しして居ると、ユウドクサス[*33]の言って居る、あのアフリカの土人の国に生れなかったのが残念になる。――その国の土人は、口がないものだから、勿論、口を開けることがないのである。併し口がなくなっても、私の知って居る或る人達は、やはり、今と同じように鼻を通して、喋り続けることだろう[*34]。

卑怯

卑怯に見えるか卑怯であるのが必要な時に、それが出来ないのは、本当に勇気のあるものではない。

批評

我々が今程定評を気に掛けず、もっと批評の原理を重んじる時、作品の長所ばかりを見ないで、もっとその欠点に目を付ける時（その反対を勧めるものもあるけれども）、我々は今よりももっといい批評家になるだろう。そして我々は、既成のお手本ばかりに気を取られて居ないで、もっと我々の能力を研究すべきである。時偶《ときたま》いい作品が現れると、馬鹿げた騒ぎを惹き起すのは、我々がどれ程いいもの、もっといいもの、を作れるか、よく知らないのから来るのである。カルデロンは言う、「太陽を見たことがない者が、月程明るいものはないと思っても仕方がない。太陽も月も見たことがない者が、暁の明星の並びない輝きを讃えても、仕方ないことである」と。其処で、我々が批評家として為すべきことは、高く飛翔して、下界にはまだ見えて居ない太陽を見ることである。

批評、――アナクレオン

よくあるあの『回想録』というのを一冊著した、或る利口なフランス人が、アナクレオンに就いて言って居ることは正しい、「若し諸大学がそれを許したなら、あのテオスの厭[*35]らしい助平親爺とそのいつでも出て来るバシラスとは、とっくの昔に忘れられてしまったことだろう」

デフォー

デフォー[*36]は『ロビンソン・クルウソー』を書かなかったにしても、やはり著述家として名は後世に残ったろうけれど、彼の他の著作は、『ロビンソン・クルウソー』に光を失って、もう殆んど顧られない。此の本が博した評判以上のことを、デフォーは願えただろうか。今此の本は何処に行っても知られて居るし、何処に行ってもその名を聞く。併し、――全世界が与えたものだけれど、――此の本に与えられた賞讃程、相応《ふさわ》しからぬ、無判別なものはない。と言うのは、此の本を読んで居て、それを書くのにいくらかでもの天才が、それ所か、いくらかでもの最も平凡な才能が費されたと気が付くものは、十人のうちに一人、否、五百人のうちに一人だって居ないだろう。世人はこれを文学作品として見ないのである。彼等の興味はロビンソンに集中し、デフォーはどうだって構わない。そうすると、此の奇蹟的な作品を作った能力は、その奇蹟そのものの輝かしさに、己の姿を消してしまったというのだろうか。我々は此の本を読むうちに、余りの面白さに、完全に我を忘れてしまい、——本を読んだ後では、平気で、自分だって書けたと思って居る。こういうことが、凡て、真らしさの魔術によって行われて居る。実際、デフォーは何よりも先ず、己を合致する才能を持って居た、——つまり、意志通りに想像力を働かせ、自分を全的に或る仮想人物と化する能力である。これには又多大に抽象の能力が含まれて居る。この二つを手引として、或る程度までは、此の本の持つ魅力の秘密を探ることが出来る。併しそれのみによって、此の本が我々に感じさせる興味を分析し尽すことは出来ない。何故ならば、デフォーが成功した所以《ゆえん》は、大部分その題材にあるのである。即ち、全然孤立した状態にある人間という考えは、前にもよく人の頭に浮かんでは来たけれど、『ロビンソン・クルウソー』に至って初めて、徹底的に表現された。そのよく人の頭に浮かんで来るということは、その考えが如何に人間にとって興味あるものかを証明し、それまで誰もそれを表現しようとしなかったことは、それが如何に困難な業であるかを示して居た。併し一七一一年に出版されたセルカーク[*37]の実録と、それが公衆に与えた感動とは、デフォーに、仕事に着手する勇気と、本の受けに対する自信とを得させるのに充分であった。その結果が、この見事な作品となって現れたのである。

或る人には、自分に或ることが出来ると知って居るだけでは満足出来ないという性癖がある。遣っただけでも足りない。どうして遣ったかを詳《つまびら》かにして、人にそれを説明しなければ、気がすまないのである。

Weeping-Willow（枝垂れ柳）の語原

Weeping-WillowのWeeping（「泣いている」）の由来に就いては、二通りの、両方とも尤もらしい解釈が付けられる。一つは木の枝の恰好から言って、その長く垂れ下がって居るのが、水滴の落ちるようだからとすることである。もう一つは、それを次のような科学的事実に基かせることである。即ち、柳の木というのは、不断な発汗性を有して居て、温度が急に下がったりするとその湿気が凝結し、雨のようになって落ちて来るのである。其処で、人がそのどっちを取るかにより、我々はその人の思索力の程度及び傾向を、かなり正確に決めることが出来る。勿論、第一の解釈が正しいのである。通俗的な名称は、その名称の精密な相応しさとは関係なしに、通俗的な、覿面《てきめん》の事実から由来する。併し、十人の言語学者のうち九人は、此の第二の解釈を、その警句性の為に採用するだろう、――此の珍しい事実が、非常に旨く問題の言葉に当嵌《あては》まって居る為に。そうすると、此処に、ベーコン[*38]が言い落したもう一つの錯誤の原がある。即ち機智の偶像である。

ディッケンスの『骨董屋』

『骨董屋』（The Old Curiosity Shop）の特徴は、その清楚で旺盛な、その輝かしい想像力にある。これは此の本の、そしてそれだけで、ディッケンス氏の嘗《かつ》て犯したあらゆる過ちを償うに足る、全能的な魅力である。それは此の話の取扱い方とか、人物描写に見られるのみならず、此の本の各文章を活かせて居る。各言語がそれによって光って居る。少しでも理想性のある読者をして、度々読む眼を留めさせるのは、即ちこれなのである。読むものは、折々出て来る風変りな言い方を玩味し、或る思付に嬉しさの極みを感じながら、自分が前どうして同じことを考付かなかったのだろうと思い、同時に、その思付きをそれまで何処にも見なかったことを認める。

若しもっと詳しく説明する余裕があったなら、『骨董屋』の理想性を示すものとして、私は次のような点に就いて語るだろう、――先ず第一に、店そのものの描写、――それからその年取った、慾張りな店主が、俄《にわか》に田舎というものに感じる懐しさ、――彼の性格と行為、――それから子供達に愛せられようと、それに慰めを求めて居る薄運な教師、――クイルプの常場所である、鼠の巣喰う波止場、――墓場で人形の修理をして居る人形師達、――鍛冶屋が真夜中に火を見詰めながら、考え込んで居る場面、――この鍛冶屋の性格、

――そして最後に、一番重要な、ネリイの死への徐々とした接近、――これは描写されたというよりも、巧《たくみ》に暗示された、ネリイが村に行く途中での漸次《ぜんじ》な弱り方、――ネリイの前知的な瞑想、――其処で死ぬことになる家を最初に見た時のネリイの異様な思込、――その家、教会、及び墓場の描写、――一つの印象を与える為の全体の統一、――意味のないような、あの深い井戸、――寺男が死及び彼の安穏な生活に就いて言う言葉、――此の寂しい、併し平和な想念に支配された世界が、遂にネリイの死と一つになる具合、及びネリイの祖父の諦められない悲嘆、――。そしてこれ等終末の場面は、思想に駆り立てられた言葉が人の心を動かすのに、これ以上は出来ないという風に書いてある。そして読者が感じさせられる哀れは、理想性によって大部分和げられた、哀れの最上級のものである。此の点に於いて、この本に匹敵する作品はなく、それに近いのは、ただ一冊、ラ・モット・フウケの『ウンディーネ』[*39]があるだけである。『ウンディーネ』を可能ならしめた想像力は、此の本のと同じ程偉大である。併し『ウンディーネ』の哀れさは、実際美しく、深いものではあるけれど、その材料の為に、効果が大分薄らいで居る。即ち主人公が全然空想的な性質を具えて居るので、ただの人間程我々を感動させないのである。ネリイの死際は、余り傷ましくない方がいいと思われるけれど、これは作品全体としての出来栄え、世人の受け、などを考えた上でのことで、死ぬ場面そのものは、文学的な書き方の最上級である。――とは言え、此の終りの部分を二度読もうと思うものは余りないだろう。

何と言っても、『骨董屋』はディッケンス氏の作のうちで一番いいものである。この本ならいくら賞《ほ》めても構わない。凡て天才ある人達の感嘆は、此の本に捧げられるだろう。

ディッケンスとブルワ

ディッケンス氏の芸術は、偉大で複雑ではあるけれど、自然の上手な修正のようにしか見えない。此の点に於いてディッケンス氏は、『夜と昼』の作者（ブルワ）と非常に違う。後者は、努力と熟考により、又修辞学的技巧と博識に援《たす》けられて、読者百人のうち九十九人は天才の仕事と思う本を作成する領域に達した。前者は真の天才に動かされて、一見少しも努力せずに、数多くの完璧な作品を造り上げ、批評家達の心を奪うと共に、民衆の寵児となった。ブルワ氏は、芸術によって、殆んど天才と化した。ディッケンス氏は、天才によって、其処からは芸術の原則が抽出される、一つの典型を完成した。

劇

劇は模倣芸術の主なものであるだけ、戯曲家には模倣する傾向が強いようである。これは先天的に想像し得ることであり、事実は想像を確証して居る。と言うのは、模倣者のうちで、戯曲家程旋毛《つむじ》曲りな、そして模倣して居てそれを知らないものはなく、これは又ずっと昔からそうであった。ユウリピデス、ソフォクレスはイスキラスの反復であり、テレンス（ローマの喜劇作者）はメナンダー（ギリシアの喜劇作者）であるのみならず、今残って居るローマ時代の悲劇（セネカの作と伝えられる十曲）のうち、九つはギリシアのことを題材に用いて居る。併若し劇作が衰微したというなら、此処にその衰微の充分な原因を求めることが出来る。併し劇作は衰微して居ない。その反対に、過去五十年間に於いて、実質的に進歩した。併し他の諸芸術は、同じ時間にもっとずっと進歩し、又その各《おのおの》の進歩の程度は、各芸術の非模倣性に先ず正比例して居る。例えば、そのうちで一番進歩しないのは絵画である。そして、そういう他の芸術の進歩の速さは、劇作を却《かえ》って退歩して居るように見せるのである。

ギリシア劇

『アンティゴネ』（ソフォクレスの作）、及びその他のギリシア劇には、或る粗末さがあるように思われる。そしてそれは芸術の未熟さから来るものであって、決して学者達が我々に教えるように、最高芸術が意図した所の素朴なのではない。素朴は真の芸術にとって大事なことではあるけれど、——それはギリシア劇に見る素朴とは別なものである。それは寧ろギリシアの彫刻に求めるべきであって、ギリシアの彫刻の素朴さは、彫刻という芸術そのものが素朴なものである為に、完璧さに達して居る。ギリシアの彫刻家はその彫像を、毎日目のあたりに見て居る人達の、どんなクレオメネス[*40]のどんな作よりも、もっと完璧に近い美しさに擬《なぞら》えて作った。併し直情径行な、非ドイツ的なギリシア人達は、劇に於いては、直接モデルとなるものを自然に求めても、見当らなかった。劇作家は出来るだけのことをした、——そしてそれが大したものではなかったのを私は断言する。逃れようのない宿命といったような、一つか二つの悲劇的な、寧ろメロドラマチックな要素に対する深い感銘が、古典劇の暗闇の中に輝いて居るということは、その感銘の発展の不完全さからいっても、古人の劇作家としての菲才《ひさい》を証するのであって、その劇作的才能を示して居るのではない。要するに、素朴な芸術はその起ると共に完璧性に到達し、もっと複雑な芸術は、完成されるまでに、複雑なだけに長い時間に亙《わた》る、漸次的進歩を必要とするのである。勿論ギリシア人にとって彼等の劇は完璧に見えた。それは彼等が劇に要求したもの、興奮、は彼等の劇によって充分に与えられたからである。そして彼等がそう思ったことが、彼等の劇の絶対的完璧性の証拠として用いられて居る。併しそれを反駁するのには、彼等の芸術と彼等の芸術観が丁度釣合って居たことを指摘すれば足りるのである。

戯曲に於ける場面の変り

文明国の戯曲に出て来る、馬鹿げた独り言だの脇台詞のことを考えると、私には、支那の戯曲家の遣り方の方がよっ程ましに見えて来る。北京や広東の舞台で、将軍に扮した俳優が征伐に出掛けて行く時は、デーヴィス（未詳）によると、「彼は鞭《むち》を振り廻し、或いは手に手綱を取って、銅鑼《どら》、太鼓、喇叭《らっぱ》などに騒々しく囃し立てられて舞台を二、三度廻り、それから立止って見物人に何処に着いたかを知らす」のだそうである。「何処に着いたかを知らす」のは、西洋の芝居の人物にとって、一寸出来ないことが多いだろう。その大部分のものは、自分が何処に居るかに就いて、はっきりした観念を持って居ないようである。例えばヴォルテールの『シーザーの死』で、群衆は、「いざカピトルへ」[*41]と叫びながら馳《か》け廻る。御苦労なことだ、――彼等は始めからカピトルに居る。作者は場所単一律[*42]が恐いものだから、最初から場所を変えないで書いて居るのである。

現今の雄弁

デモステネスの演説の効果が、今の誰の演説のよりもずっと大きかったのは、確かなことだけれど、それはそれとして、現今の雄弁は、やはりギリシア時代のに優って居る。その頃は印刷術がなかったから、ギリシア人は興奮し易い性質であると同時に、多く本を読まなかった。それで肉声による勧誘は、彼等の敏感な頭脳にとって、新しさの莫大な魅力を持って居た。彼等は、もの心が付いた頃の子供がお伽噺《とぎばなし》に感じる、生々《いきいき》した興味を、演説に感じた。そしてそういう興味は、何度も同じようなものを読むことにより、――同じような考えに、何度も出遭うことによって、段々薄らいで行く。現代人のに比べれば、古代の雄弁家の示唆、論証、激励は、全く目新しいものであった。彼等の雄弁は、この外来の事情に非常に援けられて居た。そしてどうした訳か、両時代の雄弁を比較する場合、このことが今まで見逃されて居たのである。

ギリシア人が遣ったどんな痛論も、今の英国上院では嗤《わら》われるだろう。そしてブローアム[*43]とかシェリダン[*44]の即席演説は、全アテネの市民を沸き立たせたに違いないのである。

エマソン

私はエマソン氏の真の才力を思う時、氏の著作がカーライルの恭《うやうや》しい模倣に過ぎないことに驚愕《きょうがく》を感ぜざるを得ない。氏はセネカ（ネロの頃のローマの文学者、哲学者）を読んだことがあるのだろうか。若し読んだと言えるならば、読んで居るうちに、その書簡第百十四に出て居る、サラスト（紀元前一世紀のローマの政治家、歴史家）の真似をしたアランティアス（オーガスタスの頃のローマの歴史家）の所に来た筈である。そして氏自身が『サーター・レザータス』の著者の真似をするのに、余りよく似て居るのに愧《はじ》入《い》って、即座にカーライルの真似は止めた筈である。セネカに描かれた、『カルタゴ戦争史』の著者（アランティアス）は、エマソン氏の生写しである。そして真似が似て居るのみならず、真似られたモデルも似て居る。勿論サラストの方がカーライルよりも天才的であり、同じく曖昧で言い方が変って居て簡潔であっても（こういう簡潔さは、ただ読むのならいいけれど、その意味を汲み取るのには普通の文章よりもずっと時間が掛かるから、結果として冗漫さと同じことになる）、サラストの方がこういう癖に於いて、もっと性格的だと言える。そしてアランティアスとエマソンに違いがあるとすれば、その違いはアランティアスの方に有利である。如何となれば、アランティアスの模倣は、彼が大馬鹿であっただけ宥《ゆる》されることであるけれど、エマソンは決して馬鹿なのではないからである。

表現

誰だったか忘れたけれど、——モンテーニュかも知れない、——「考える、という言葉を聞くけれど、私は何か書いて居る時の他、考えたことはない」と言って居る。この何か書いて居る時の他は考えないのが、世にある多くの劣等文の原因なのである。併し上記の言葉には、別な意味があるとも言える。書くということは、確かに、思想を論理づける作用を持って居る。それで或る思想が曖昧なのを感じる時、私はそれを書くことによって、その形を明瞭にする。

我々はよく、或る思想が言うに言われないものだというのを聞く。併しどんな思想でも、それが本当の思想でさえあれば、言葉で言い現せないものはない。そして表現に困難を感じるのは、困難を感じる頭脳が、明徹さ、或いは組織立った方法を欠くからである。私としては、まだ、或る思想を懐いて、それをもっとはっきりした形で書き現せなかったことなどはない。思想は、前にも言った通り、それを書き現そうとする努力によって、論理付けられるのである。併し、思想ではなく、一種の霊妙な幻想で、私にはまだ、それを適当に言葉で言い現すことが出来ないものがある。それを仮りに幻想と呼んだけれど、それは何か名前を付けなければならないからであって、私が言いたい影の影は、普通言う幻想とは、似ても似つかぬ性質のものである。それは智的であるよりも、寧ろ霊的なものである。その種の幻想は、心理的にも生理的にも完全な健康状態に於いて、魂が極度に落着いた時にしか起って来ない、——そしてそれも、これから眠ろうとする、夢と現《うつつ》の間の瞬間にだけである。この次の瞬間に眠ろうとする、そしてそれを知って居る時だけである。私はこういう状態が、時間の一点としてしか存在しないのを確実に知って居る、——それで居てその一点は、私の言う「影の影」に充たされて居るのである。そして時間の持続がなくて、真の思想は有り得ないのだから、それが思想でないことは明らかである。こういう「幻想」は、快い恍惚感に伴われて来る、そしてその快さは、醒めて居る時、或いは夢の世界の、どんな快さよりも、遥に、北欧人の天国がその地獄から離れて居る程遥に[*45]、優れたものである。私は起って来る幻影を畏れを以て見、その畏れは或る程度まで、恍惚を和げる。私がそういう風に見るのは、その恍惚が、人間を超越したものであり、精霊界を啓示するものと信じるからである。その信念も、恍惚の一部を成して居るように思われ、それと同時に、私がそう信じるのは、恍惚の快さが、その絶対的新鮮性にあるのを直覚するからである。私は絶対的と言う、何故ならば、こういう幻想、というよりも寧ろ、霊的印象には、日常の印象と似通ったものが全然ないからである。私は丁度、五官の代りに、五万の、人間のものではない感官を持たされたように感じるのである。

私は言葉の能力を信じる故に、時々、今言ったような捉え難い幻想までも、表現出来ると思ったことがある。それでそれを目的とした実験に於いての、今までの進行に就いて言うと、私は第一に、頭も体も具合がいい時ならば、幻想の起る状態を制御し得るようになった。と言うのは、前は必要条件が凡て備わって居ても、その状態が必ず起るとは決まって居なかったけれど、今は、既に述べたような瞬間に、若しその状態が起るのを欲すれば、必ず起るのを保証することが出来る。もう一度はっきり言うと、凡て必要条件が備わって居る時、私は必ずその状態が来ることを受け合うことが出来、又その状態を起す能力に似たものをさえ感じるのである。併し、それが起るのに必要な条件が備わるのは、以前と変らず稀であって、それ故に私はまだ、地上にこの幻想の天国を齎《もたら》すことが出来ないのである。

優越者の宿命

第二に、私は前に言った、次の瞬間眠ろうとする時間の一点から、眠りに陥るのを留めることが出来るようになった。それだからと言って、幻想の状態を続けられると言うのではない、——点はやはり点である、——併し、その点から私は即座に目を醒ますことが出来る、そしてそれによって、その点を記憶の領域に持って来ることが出来るのである。それによって、その点の印象、というよりも寧ろ、その点の記憶を、(これも非常に短い間だけれど)解析出来る位置に移し得るのである。それ故、これだけのことが出来るようになったのだから、私は或る種の頭脳を持つ人達が朧《おぼろ》げには理解して呉れる程度に、私の幻想を表現し得るようになるのを、まだ全く断念しては居ない。こう言っても、私は決して、そのような幻想、或いは霊的印象が、私だけに限られて居るのだと言って居るのではない、——或いはそれは誰にでもあることなのかも知れない、——此の点に就いてはっきりしたことは私に解る筈がない。併し兎に角、こういう印象の一部でも発表されたとしたら、その内容の無比の新鮮さによって、それが全人類を驚かすことは疑いがない。つまり、若し私がこのことに就いて、論文を発表するようなことがあれば、人は、遂に私が独創的な仕事をしたのを認めて呉れるだろうというのである。

私は時々、智力に於いて、他の人類よりもずっと優れた人間が居たとしたら、どうなるだろうと考えることがある。彼は勿論自分の頭が、他のもののよりも優れて居るのを知って居るだろう。そして、若し彼が他の点では、普通の人間と同じであれば、彼はその優れて居ると知って居るのを示さないでは居ないだろう。それで、彼は到る所に敵を作るだろうし、又、彼の意見や考察は、勿論他の全人類のと異って居ることだろうから、彼が気違い扱いにされることも明瞭である。これは何という悲惨なことだ！　非常に優れて居る為に非常に劣って居るとされる、これよりもひどい苦痛は地獄にもないだろう。

それと同じように、他のものはただ口だけで言って居ることを自分は心から感じる、非常に寛仁な人物があったとしたら、彼はやはり何処に行っても誤解され、何を遣るにしても、その誠意を疑われるだろう。丁度極度の智力が低能と思われるように、過度の気高さもひどい卑しさと間違えられるだろう、――そしてこれは、智力とか寛仁のみならず、他の凡ての美質に於いても同じことである。この問題を追究するのは恐ろしいことだ。そのように他の人間を超越したものが居たことは、殆ど疑う余地がない。併し、その人達の存在の跡を歴史に徴して見る場合、我々は、「偉人及び善人」の伝記を悉《ことごと》く看過し、牢獄、或いは気違い病院、或いは絞首台の上で命を失ったものの、微々たる記録を念入りに調べて見なければならない。

運

ギリシアの劇が宿命という観念に支配されて居るのを見れば、イリアッド全篇を通じて*Τυχη*（運）という言葉が一度も出て来ないのは、確かに不思議なことである。

天才

我々のように陳腐な、何も主張することのない凡人共は、誰か哀れな天才がその成功の絶頂に達しようとして居る時、其奴をもう駄目なのだと思って、虐めるような間違いをしないように注意しなければならない。何故かというと、そういう奴はよく、年来の目的を達しようとする間際になって、絶望のどん底に陥った真似をするからである。そしてそれはどうしてかというと、彼はそう遣って、その次の瞬間一飛びに飛び越す成功への距離を、もっとずっと大きなものにするのである。

天才

天才が感動するのには、運動する倫理的実質がありさえすればいい。その運動の方向が何処を指して居ても構わず、又、その倫理的実質は、全く何であってもいいのである。

天才

或る作品が非常に優れて居る時、私はそれにひどい欠点を見付けるのを当り前に思う。或る作品に多くの欠点があると聞いただけでは、私にはそれがいいものだか悪いものだか解らない。併し或る他の作品が無欠であると言われ、それが本当である場合、その作品がいい筈はない。

トリュブレ

この「筈はない」は勝手な独断である。トリュブレ[*46]の意見は今非常に流行して居るけれど、それだからと言って、その明瞭に間違って居るのがどうなる訳でもない。それを流行させたのは、天才の不精である。と言うのは、天才は野心とその軽蔑の間に絶えず動揺して居る。その野心は何と言っても消極的である。即ち、天才が奮闘し、労苦し、創造するのは、優れるのを欲するからではなく、優れ得るのを知りながら、他のものに劣るのは、たまらないことだからである。実際、私の考えでは、最高級の天才は（その人達は人間の野心が如何に馬鹿げたものであるかを、一番よく知って居るだろうから）、常に何もしないで、名も知られずに一生を送ったのである。兎に角、私の言った動揺は、天才の特徴の一つである。或る時は感激し、或る時は鬱《ふさ》ぎ込んで居て、天才の気分の不均等は、その仕事にも明白に現れて居る。これが一般の事実である、――併しこれはトリュブレの、「筈はない」というような主張とは、非常に異ったものである。天才に充分な動因を与えさえすれば、その結果としての仕事は、調和と釣合、美しさと完璧性を具えたものになる、――そして此の場合それ等の言葉は凡て同義語である。そしてその仕事には、トリュブレの「なくてはならない」欠点は見付からないだろう、――何故ならば、天才の最も大事な要素、即ち、美しさに対する敏感は、同時に、醜さに対する同じ程度に敏感な嫌悪を意味するからである。尤も、茲で言うような、耐久的な動因は、今までは稀にしか天才に与えられなかった。併しそれでも私は幾つかの、「無欠」であって、しかも「優れた」、否、傑出した作品を知って居る。我々は今、真の天才は常に静観的な哲理に従って、そういうものばかりを製作する時代に入ろうとして居る。その時代に向っての最初の決定的な一歩は、此のトリュブレの奇妙な、そして取るに足らない意見、すなわち天才は芸術と相容れないという考えを消滅さすのに充分であろう。

天才の有るものは、人が想像して居るよりもずっと多勢居る。本当を言えば、或る天才的な作品を完全に理解するということは、それを製作するのに必要であった天才の全量を所有して居ることである。併し或る作品を理解する人間に、それと同じようなものが出来るとは限らない。そしてそれは、所謂「天才」がないからではなく、天才とは別な、構造能力とも呼ぶべきものが乏しいからである。此の能力の主要な要素は疑いもなく解析的才能であって、作家はそれにより、その齎そうとする効果の機構を隈なく見ることが出来、よってその機構をいいように按排《あんばい》し得るのである。併し構造能力はそれだけではなく、其の他の成分として、種々の、全然倫理的な性能を必要とする。例えば忍耐であり、集中力であり、自恃であり、又、他のものの下らない意見を無視する気力であり、それから殊に、根気である。根気は実際必要であって、これがなくて作られた天才的作品は先ずないと考えていい。そして根気は天才と性の合わないものである為に、前にも言ったように天才のあるものは多勢居るにも拘らず、天才的な作品の数は少いのである。根気と天才的作品との密接な関係は、ローマ人もそれをよく知って居た。そして我々よりも観察がもっと鋭く、観察した事柄からの帰納に於いて我々に劣って居たローマ人は、その関係の密接なのに従って、根気が大体に於いて天才なのだと思って居た。文学作品に対するローマ人の最高の讃辞は、それが *industriâ mirabili* 或いは *incredibile industriâ*（驚くべき、或いは信ずべからざる根気を以て、の意）で書かれてあると言うことであった。

制御された天才

天才の有るものは、文学に於いて自分の題材が選べなければ、全然才能のないものよりももっとひどい仕事しか出来ない。そして此の題材の点に於いて、彼は何と制御されて居ることだろう！　勿論彼は好きなことが書ける、――併し彼の出版屋も好きなように出版するのである。我が国の版権法の性質からいって、彼には個人としての権利がない。彼の自由行動力と来ては、それは英国の僧正選挙に於ける、寺院の院長と牧師団とのに等しい。その選挙は国王の僧正選挙許可状を得て行われ、許可状に指定された人を選挙するのである。

ドイツ文学

此の本[†4]がドイツ以外の国で読まれるとは思えない。それは、文学的文明の第一期（或いは直情期）を完全に通り越した国民にとって、此の本は余りにも簡単であり、素朴であり、解り切ったことであり、そして又大胆過ぎるからである。ドイツ人はこの第一期をまだ通り越して居ない。それに就いて我々は、ドイツ人が中世紀を通じて、文字というものを全然知らないで、居たことを記憶すべきである。そのような暗闇から近世になって脱出したドイツ人が、国民全体として、第二期或いは批評的時期に入ることは、まだ不可能である。ドイツ人で、本当の意味で批評的な個人はあったけれど、ドイツの民衆そのものはまだそうなっては居ない。故に今のドイツの文学は、直情的な精神が批評的な精神に取囲まれ、或る程度までそれに影響されて居るという、奇妙な有様を呈して居る。例えば英国などはドイツよりもずっと批評的であり、フランスは英国よりも更に批評的になって居る。そして両国のドイツに及ぼす影響は、ドイツ文学の異様な状態に認められるのである。併し時が立つのに従って、ドイツ文学がもっとよくなるだろうと考えてはいけない。直情的な精神が衰え、批評的な精神が興るのに連れて、ドイツ文学にも、後期の英国の磨き立てられた無気力、或いは最後に来る、そしてシュー[*47]がその一番いい例である、趣味の歪みが現れるだろう。今の所では、ドイツ文学に似たものは世界中にない、――何故ならば、ドイツ文学というのは、それまで結合したことがなかった諸条件が結合して出来たものであるからである。そして此の異様な状態が、その状態の下に作られた諸作品に対する、我々の異様な批評態度、ドイツ文学に対する我が批評家達の種々雑多な意見、の原因なのである。私としては、ドイツ文学の持つ力、その率直、大胆、想像力、及びその他の直情的な美点を認める。それは第一期（或いは直情期）の英仏文学に、そういう美点を認めるのと同じことである、併しドイツの批評は、それが嘆賞されれば嘆賞される程、笑い出さないでは居られない。それが部分的には、決して可笑《おか》しいのではない。可笑しいのは各部分の順応に於いてである。ドイツの批評は、美事な示唆の泡に満ちて居る。併しその泡はお互いに押し合いへし合いして、それが表そうとして居る原の思想は、見分けの付かない水沫の集合となってしまうのである。ドイツの批評はまだ確立して居ない、そしてそれが確立するまでには時間が掛かる。今の所ではただ示唆するだけで、実証せず、得心させず、何が目的で批評するのか少しも解らない。我々はそれを読んで当惑し、「それだからどうなるのだ」と質問する。私はヴォルテールでさえも、ゲーテよりかいいと思い、マコーレイの方が、シュレーゲル兄弟二人を合せたよりも、もっと真の批評精神を持って居ると思う。フウケは[*48]『シオドルフ』を彼の「最も成功した」作だと言って居る。それが彼の一番いい作だと思ったなら、彼は「成功した」とは言わなかったろう。『シオドルフ』は『シオドルフ』のようなものとしてはいい作である。併し『シオドルフ』のようなものは、アメリカ人に受けられたことは絶対にない。アメリカ人はそれを読んで、氷の人間に握手されたように感じるだろう。あの繊麗《せんれい》な『ウンディーネ』(同じくフウケの作)でさえも、我々アメリカ人、又一般に、我々の時代にとっては、冷た過ぎるのである。我々は、一時代前の人達程想像力がなく、そして又もっと柔軟な感応性を持って居る。一時代前の人達は、我々よりももっと好意を以てフウケを迎えただろう。彼の『ウンディーネ』と、ムウゾイス(十八世紀のドイツの作家)の『リブツサ』とは、調子が驚く程似て居るのに誰が気が付いただろうか。

†4『アイスランド人シオドルフとアスロオガの騎士』、ウィレー・パトナム書店発行、名作選集外国部第六〇。

神と霊魂

思考する資格があると言えるものは、神及び霊魂の問題に就いて書かれたあらゆるものを読み、それに就いて考えられるあらゆることを考えた後で、次のような結論に達するだろう、即ち、これ等の問題に就いて考え得ることのうち、最も浅薄な感想と一番区別し難いのが、最も深遠な思想であると。

グラッタンの『大道小径』

大体に於いていい本だけれど、グラッタン氏[†5]には、横道に入って、丁度猫が鼠を摑まえて玩具にするように、その題材を相手に暇を潰す悪い癖がある。猫が鼠を摑まえた時は、玩具にしないでさっさと食ってしまうものである。氏は玄関口で余りに手間取り過ぎる、前置に切りがない、そして或る前置は次の前置の前置に過ぎないこともある。それで、本題に入る頃には、氏にはもう何も言うことがない。氏はお饒舌《しゃべ》りなお婆さんによくある奇妙な性癖、即ちものを廻りくどく言って人を苛立たせたい意地悪さに憑かれて居るらしい。併しG氏の廻りくどさは、アルバニイ・フォンブランクの言う、「無意味と矛盾に就いてに就いての、曲りくねったのに輪をかけたような文体」とは性質の異なったものである。……若し此の本の口絵の汚れた石版画が、G氏の肖像であるならば、G氏は他の誰にも似て居ない。――何故ならば、私はまだ、針金製の鬘《かつら》を冠り、出来損いの林檎蒸菓子のような顔をしたものは見たことがないからである。……一般に、人はその著書に自分の肖像を掲げるものではない。見て居てこっちが可笑しくなってしまうからである。

†5　トーマス・コレイ・グラッタン、アイルランドの小説家、一七九六年にダブリンに生る。グラッタン氏は一八三九年から一八五三年までボストンに英国領事として駐在し、其処で氏の最も評判のよかった著作の幾つかを書いた。

バシル・ホール

ホール氏[*49]は最も好ましい著作家の一人である。我々は、優れた社交的な談話家を好むのと同様に、氏を好むのである、――氏の高雅な閑談を聞いて居るのは実に楽しい。それは決して、氏が浅はかだと言うのではない。それ所か、氏は科学者としても相当に名が知られて居る。併し、氏の気の利いた話し方だと、どんなつまらないことであっても、興味深いものとなるのである。

ヘーバ

ヘーバ[*50]の特質は理解するのに困難なものではない。彼の書いた詩は高級である。彼には想像力、情熱、力があり、又、技術的な諸手段の応用に於いて、彼は同時代の誰にも劣らない。併し彼には独創性が欠けて居る。一体、「古典的」な生活には、何か新鮮さと相容れないものがあるのだろうか。何にせよ、ヘーバのような立派な古典学者で、同時に又独創性のあるものは、実に稀のようである。

ヘーゲルと哲学

ヘーゲルは言う、「哲学は全然無用な又無益なものであって、それだからこそ、我々の研究の対象として最も高遠な、又最も我々の努力に価するものである」と。この譫言《たわごと》は恐らくテルテュリアン[*51]の、Mortuus est Dei filius; credibile est quia ineptum-et sepultus resurrexit; certum est quia impossibile[*52]にその暗示を得たのだろう。

小説家達への注意

小説を書くものは時々支那人の遣り方を参考するがいい[*53]。支那人は、家は屋根の方から先に建てても、書き物をするときは、終りから始めるだけの常識を持合せて居るのである。

想像力

純粋な想像力は、美しさ或いは醜さから、今まで化合させられたことのないもので最も化合し易いものを選択する。そしてその結果として出来た化合物は、一般に、化合させられたもの各自の美しさ或いは荘厳に比例して、美しく、或いは荘厳である。そして此の場合、化合させられたものは、尚原子的に前の通り、化合物中に存在すると見るべきである。併し物質的化学に於いてよくそうであるように、此の精神の化学に於いても、二つの元素が化合した場合、そのどっちか一つの元素の性質しか持たないもの、或いは、どっちの性質も持たないものが出来ることがある、……故に想像力の範囲には限界がない。その材料は宇宙の到る所にある。そして醜いものからさえも、それが想像する唯一の目的であり、同時に又想像力の不可避的な験しである、美しさを製造する。併し、普通我々が想像力を評価する時注意すべき点は、化合させられたものの持つ力或いは芳醇《ほうじゅん》さ、化合し得る、そして又化合するのに価する、新たな要素を発見する能力、それから殊に、諸要素の完全な「化学的融合」である。此の諸要素の極度の調和は、想像力に富んだ作品に自明さを加え、それの為に、思慮のないものは、よくそういう作品を軽蔑するのである。即ち、余り自明である為に、どうして前にそういう結合が考えられなかったか、合点が行かないのである。

講演

芝居の楽しさの半分は、見物人が他の見物人に感じる親和力、それから殊に、他の見物人も自分にそれを感じて居ると信じるのから来る。だから此の間パーク座で、がら空きの中に一人で坐って居た、あの風変りな男は、ずっと居ることが出来た所で、大して面白くはなかったろう。彼を摘まみ出したのは、彼に対して親切なことだった。此の聴衆の親和力が、今可笑しいように講演が流行《はや》って居る原因である。下手な、題材のつまらない、同じことに就いてどんな百科辞典を読んだってそれよりかましな、金を払われたって読まないような論文でも、それが講演で読まれると、我々はただ他の人達に共鳴するだけで、その十度目、二十度目の繰返しを厭きないで聞き、否、喝采までするのである。同様に、何か話を聞いて居る時、我々の他に聞き手があると話はなお面白い。そこで作家はよく考えないで、まわりに居る人達に話すという形式を取ることにより、話にそういう親和的な興味を加えようとする。それは一寸見た所ではよさそうな思付きである。併し実際に人が居る場合は、其処に実際に、生きた人間の感じる親和力があり、それは目付き、身振り、言葉によって表される、――そして皆の親和力は勿論話に向けられて居るのだけれど、それよりももっと大事なのは、皆お互にそれを感じて居るということである。所が本の場合に於いては、作家は一人で書斎に居て、架空の聞き手達の共鳴に共鳴しなければならないのである。そしてその聞き手達は、実際には存在しないのみならず、作家にも二、三百頁の間、忘れられて居ることがある。これでは二重に薄められた親和力、――影の影である。言うまでもなく、まだ此の試みが成功した例しはない。

老練な論法家

政治に就いて演繹的に論じる論弁家程、尤もらしくて笑止なものはない。ただ彼等は実に旨く論証するから、彼等が自分の言って居ることに瞞《だま》される程馬鹿だとは思えない。併しそれだって可能である、論理の与える虚栄心には、何かそんな風に頭を曇らせる作用がある。即ち、本物の論法家は、時が立つのに従って段々論理化され、しまいに彼にとって、全世界はただ言葉となるのである。物と呼べるものは彼にとって存在しなくなる。彼は紙の上に幾つかの言葉を並べ、並べることによって、その言葉の意味が釘付けされたも同じく確定したと思うのである。私は、老練な論法家が論文の草稿を作る時、本当にそんな風な考え方をするのだと思う。彼自身はそう考えて居るのに気が付かない、――併し知らずにそう考えて居るのである。並べられた言葉は、彼にとって新しい意味を持つ。それが彼の頭の中にある間は、彼はまだ、それが思想の諸状態の、それでなくてもいい一表現だと認めるかも知れないけれど、それが紙に書かれてしまうと、彼はもうそうは考えない。

ミルの著書の一頁に、「力」という言葉が四度出て来る、そして出て来る毎に違った意味に使われて居る。つまり演繹的な論法は、言葉の意味がはっきり決めてある数学以外に於いては、何の役にも立たないものなのである。そして此の論法が全く、そして根本的に通用しない領域があるとすれば、それは政治である。政治なら、少しばかり気を利かしさえすれば、ベンサム氏の主張を支持するのに使われた同一の論拠を使って、氏の主張を覆すことが出来る。「羊肉」と「蕪」という言葉を、少しずつ、人に解らない程度に少しずつ意味を変えて使うことにより、私は蕪が羊肉であり、羊肉でなければならないことを確証することが出来る。

ロングフェロー

模倣するものは、――模倣した部分以外に於いては、――必ずしも独創性がないのではない。アメリカ一の模倣者であるロングフェロー氏は、大体に於いて著しく独創的だ、というよりも、想像力に富んで居る。それで、後の方の事実を知って居る人達は、前の方の事実が理解出来ず、故にそれが信じられないのである。鋭い鑑賞力、――即ち、詩的感情は(それは詩的力量とは違う)、殆んど必然的にその所有者を模倣に導く。故に、凡て偉大なる詩人は大胆な模倣者であった。併し、それだから凡て偉大なる模倣者は詩人だということは出来ない。

ロングフェローとタッソに於ける文学的モザイク

ロングフェロー氏の『逝ける年の為の彌撒《ミサ》』は、文学的モザイクの一例として珍しいものである。その大体の趣向と調子は、テニソンの『古い年の死』から取ったものであって、その妙処の幾つかは、『リヤ王』のコーデリアの死の場面から、そしてその「頭巾をした僧侶」の一行は、ミルトンの『コオマス』に出て居る。此の寄せ集め細工に近いもので、次のタッソ（トルクワト・タッソ、十六世紀のイタリアの詩人）の詩がある。

Giace l'alta Cartago; à pena i segni
De l'alte sui ruine il lido serba :
Muoino le città, muoino i regni ;
Copre i fasti e le pompe arena et herba :
E l'huom d'esser mortal per che si sdegni.

カルタゴは亡び、その巨大だった廃墟も、今は殆んど残って居ない。死は都市や王国をさえも見逃さず、その栄華は何時か草と砂とに隠されてしまう。それなのに、何故人間の死だけを取り立てて嘆く必要があるのか。

これは全然ルカン（一世紀のローマの詩人）とサルピシアス（シセロと略同時代のローマの政治家）との断片で出来て居る。

ルカンはトロイに就いて、

Iam tota teguntur
Pergama dumetis: etiam periere ruinae.

今やトロイの城郭は叢《くさむら》に蔽《おお》われて、その廃墟さえもなくなってしまった。

と言って居る。サルピシアスはシセロに宛てた手紙に、メガラ、エギナ、コリントの廃墟に就いて、Hem ! nos homunculi indignamur si quis nostrûm interiit, quorum vita brevior esse debet, cum uno loco tot oppidorum cadavera projecta jaceant.（此処にはこんなに多くの都会の屍が横わって居るのに、我々人間が、それは我々の命はもっと短いけれど、我々の中の一人が死んだのを嘆くのは意味のないことだ）と言って居る。

ロングフェローの『流浪の子』

ロングフェロー氏の『流浪の子』への序詩の終りは非常に美しい。そして此の詩全体に就いて注目すべきことは、普通の場合に於いては欠陥となるものが、此の詩では長所となって居るということである。即ち、詩にとって、韻律上の間違い程致命的なものはないのであるが、此の詩に於いては、そのふしだらさが、詩想の何気ない感じに余りよく合って居、その感じは此の詩の目的（即ち他の人々の心持を並べること）に余りよく適して居るので、韻律の不正確は詩の一部となり、我々は、此の場合正確であるのは非芸術的である

のを、直ちに感じるのである。次にその三節を挙げる、

I see the lights of the village
　Gleam through the rain and mist,
And a feeling of sadness comes over me
　That my soul cannot resist-

A feeling of sadness and longing
　That is not akin to pain,
And *resembles sorrow only*
　As the mist resembles the rain……

And the night shall be filled with music
　And the cares that infest the day
Shall fold their tents like the Arabs,
　And as silently steal away.

向うに村の燈火が、雨と霧とを透して輝いて居る。それを見て居ると、得も言われぬ悲しみが、私の心に起って来る。

その悲しみと憧れの気持は、苦痛を与えるものではなく、霧が雨に似ているように、ただそのように悲嘆に似て居るだけなのである。……

そして夜は音楽に満たされ、昼に蔓《はびこ》る諸々の気苦労は、アラビア人がテントを畳んで旅立つように、そっと行ってしまうだろう。

以上の数行は節奏によって読むことが出来ない。それは真の韻律の法則と何の関係もない。その大体の趣向は、抑々揚格の連続であるが、その趣向は揚抑々格の趣向と混同されて居るのみならず、連続が所々不適当に断たれて居る、——不適当にというのは、不相応な格によってであるからである。併しそういうことから来る半散文性は（詩の諧調を壊すことなしに）、それが詩の調子に、そして詩の調子は詩で扱って居る事柄に、余りよく適合して居る為に、ただそれだけの為に、此の半散文性は美しさと化して居るのである。読者はその適合性に共鳴する余り（それは所謂「自由な」感じを与えるものである）、韻律上の不完全に気が付かないのである。そして、その不完全を認めるのには、同じ韻律で

（と言うよりも寧ろ、非韻律で）、何か別な調子のもの、即ち、何気ないのではなくてもっときっぱりした題材を、扱って見るのを必要とする。私はこういうことを、ロングフェロー氏を賞める積りで言って居るのである。所が、私に是と同じような意見を紐育鏡《ニューヨーク・ミラー》で発表した為に、氏の友達から、氏を酷評すると言って非難されたのである。

ロングフェローの『流浪の子』

The day is done, and the darkness
　Falls from the wings of night,
As a feather is wafted downward
　From an eagle in its flight.

日は暮れて、暗がりは、飛ぶ鷲から羽根が一つ地上へと落ちるように、夜の翼から落ちて来る。

ロングフェローの『流浪の子』序詩

此の羽根一つは、全面的な暗闇を説明するものとして、不充分である。併しそれよりももっと重大な欠点は、一つの羽根をもう一つの羽根に譬《たと》えてあることである。即ち夜は鳥に擬せられ、その羽根である暗闇は、鳥である夜から落ちて来る。どういう風に落ちて来るかというと、丁度他の羽根が他の鳥から落ちて来るように、である。それは勿論そうである。此の二つの事は同一であって、つまり比喩として意味がない。論理学に於いて、全然同一の意味の命題を繰返すのと同じことである。

恋、――「少年詩人の恋」

デュデヴァン夫人（ジョルジュ・サンドの本名）は、実に恥知らずな、厭らしい小説の中に、屢々《しばしば》見事な感想を混ぜる女だが、デュデヴァン夫人が言う、Les anges ne sont plus pures que le coeur d'un jeune homme qui aime en verité, 天使達であっても、熱烈に恋愛する若い男の心より清らかなことはない。此の誇張《ハイパボル》は真実に近い。それが若い詩人に就いて言われたなら、全く真実である。少年詩人の恋は、疑いもなく、人間感情のうちで最も天国の清楚な悦楽に近いものである。

バイロンの詩で、彼のマリイ・チャワース（バイロンの最初の恋人）に対する愛に関して居るものは、皆、彼の他の恋歌を醜くする露骨な感じとは正反対の、殆んど地上のものではない優しさと純潔さに満ちて居る。例えば、彼がマリイと別れて旅立つ時のことが書いてあるのだと言われる、『夢』と題する詩は、その特徴である情熱、微妙、誠実の霊的な融合に於いて、彼の作中でも最も優れたものの一つである。又それ故に、彼の書いたものの中で、これ程全般的に有名なものはないと言っていい。彼の恋が真剣な、永続的なものであったことは（「マリイ」という名前そのものが、彼にとっては「魔術的」であった）、疑う余地がない。それは、彼自身の詩や手紙だけでなく、彼を知って居た多くの人達の記録が証明する所である。併し、彼の恋が真剣で、永続的だったということは、彼の情熱が（若しそのような恋を情熱と呼べるなら）、全くロマンチックな、朧ろげな、想像上のものであったことを否定するものではない。それは偶然と、青年の愛さなければならない必要とから生れたものであって、それを養ったのは川の流れと、丘と草花と空の星とであった。それはマリイ・チャワースの気持とか性格とか容貌とは、特別な関係がなかった。ひどく醜くはなく、又此の事件を題にした木版画がそれを示すように、常にそして自由に会える女であったなら、誰であってもよかったのである。二人は自由に会えた。二人は子供の頃からの遊び友達であり、もっと年取ってからは同じ本を二人で読み、同じ歌を歌い、隣り合って居る二人の家の地所を手を取り合って彷徨《さまよ》った。その結果起ったことは、ただ自然だとか当前だとかいうだけではなく、運命同様逃れられないことだった。*54

斯くの如くにして醸された情熱であるから、マリイ・チャワースが（マリイは中々の美人であり、又幾らかの教養もあった）、詩人の夢みて居た理想の権化となったのは当前なことだった。併し二人のローマンスにとって、二人が早く別れ、後年そのような附合いを繰返さなかったのは、或いはいいことであった。と言うのは、二人の若い頃の附合いに興奮、霊的情熱、又真のローマンスを感じたのは、全然詩人の方だけだった。若しマリイが何かを感じたなら、それは彼と対している間、彼に動かされて感じただけだった。若しマリイが言葉でもって彼に応じたなら、それは彼の炎のような言葉の魔力が、マリイをしてそうせざるを得ないようにしたからだった。そしてマリイが居ない時、詩人はその情熱の糧である諸々の幻想を、そっくり自分の裡に感じ、又その情熱はマリイが居ないことによって却って活気を保たれ、これに反してマリイの、それ程理想性のない、同時に又それ程実体のない感情は、それを育むものがない為に直ちに消えてしまった。要するにバイロンはマリイにとって、醜くはなく、卑しくもなく、併し余り金のない、風変りな、跛の青年だった。そしてマリイはバイロンにとって、彼の夢想して居たエジェリア、[*55]荒れ狂う彼の思想の海に漂う煌々たる泡沫から、此の世のものでない美しさをもって生れた、ヴィーナス・アフロディテ[*56]であった。

ロウェルの『談話集』

茲に人があって、彼は学者でもあり、又芸術家でもある。彼は凡て偉大なる作家のあらゆる効果が、如何にして得られたかを正確に知って居て、それ等の効果を再現しようと思う。併し我々の心は彼の周到に用意せられた罠や陥穽《かんせい》を通り過ぎて、誰か、自分が捕えようなどとは夢にも思って居なかった、単純な筆者の俘《とりこ》となるのである。

ロウェル『談話集』

これは著者[*57]と話して居るものの言葉なのであるから、それを著者の言葉として引用するのは或いは間違って居るのかも知れない。併し誰の言葉であっても、それはただ詩的なだけであって、真実ではない。その誤りは、実践と実践を包括する理論とを区別しようとする、よくある誤りである。本当を言えば、如何なる場合に於いても若し実践が成功しないなら、それは理論が不完全であるからである。若しロウェル氏の心が、陥穽或いは罠に捕えられないなら、それはその陥穽がよく匿されて居ず、その罠の掛け方が拙《つたな》いからである。幾らか芸術的才能のあるものなら、或ることを如何に為すべきかを知って居て、その遣り方を説明することも出来、それで居て結局それが遣れないということも可能である。併し幾らか芸術的才能があるものと芸術家とを一緒にしてはならない。その最も実体のないような言葉まで、ちゃんと応用出来るもののみが芸術家である。それ故に、或る作品を批評した批評家にその作品が書けないというのは、明瞭な自家撞着である。

雑誌文学

アメリカの雑誌文芸の得失を論じるのは暫《しば》く措くとして、それが広汎な勢力を有することは否めない事実である。故に、此の、雑誌文芸の問題は、重要なものである。そして、数年のうちに、その重要さは幾何級数的に増すことだろう。何故かと言うと、時代は月刊雑誌の方へと動いて行く。季刊物は未だ嘗て流行った例しがない。そういう雑誌は、そういう雑誌としての威厳を保つ必要から、調子が一般に高踏的であるのみならず、その掲載する記事は、普通の読者にはよく解らず、それが解る少数のものにも形式的な興味しかないようなものばかりである。そして、長い間を置いて発行されるから、そういう雑誌の記事の時局的な興味は、発行される前に失われてしまう。要するに、重苦しい季刊雑誌は、多忙な現代に適して居ない。我々は今や理智の野戦砲を必要とする。即ち、贅言《ぜいげん》な、大部な、詳細な、そして近寄りにくいものの代りに、簡潔な、奇警な、そして普及し易いものを望む。併し野戦砲の軽快さは豆鉄砲に堕落してはならない。豆鉄砲とは、今の大部分の新聞記事を指して言うのである。即ち、そういう記事は、その日限りの問題をその場限りな風に論じるのが、唯一の目的なのである。それで、この種のジャアナリズムを遣るものに如何に才能があろうとも、そして、ジャアナリストの中には随分才能のあるものも居るけれど、畢竟《ひっきょう》、紙上に公衆の興味を惹く、その日その日の問題を、片っ端から捉えなければならない必要は、日刊新聞の効能の範囲を狭くするのである。これに反して、月刊雑誌は、その一冊の嵩に於いても、又、それが月刊であるということに於いても、今の文壇的要求の、全部とまでは行かないにしろ、その最も重要な、必須的な部分を、満足させるのに適して居ると思われるのである。

雑誌

此の数年に於ける雑誌の増加は、決して、或る一群の批評家が考えるように、アメリカ人の趣味、或いはアメリカ文学の低下を示すものではない。雑誌の増加は、現代の傾向、即ち、人が嵩張《かさば》ったものの代りに簡潔な、急所を摑んだもの、一口に言えば、論文の代りにジャアナリズムを要求するようになったことを、示すものである。我々は今や、理智の平和論者よりも、理智の野戦砲兵隊を必要とする。勿論今の人間の思想が、昔の人間のよりも深遠であるかどうかは疑問であるけれど、今の人間の方が疑いなく、もっと迅速に、もっと巧妙に、もっと方法的に、そして昔程無駄をしないで思索する。それに思索の材料も殖えた、今の人間の方が考えることがずっと多い。故に人は出来るだけ多くの内容を出来るだけ手短に要略して、出来るだけ速く散布するようになる。故にジャアナリズムが現れ、殊に、雑誌が増加するのである。勿論、余り雑誌があり過ぎては困る。併し各雑誌がその創刊当時に、人の注意を惹くだけの価値があり、その雑誌の公平な評価を許すだけ長続きして呉れれば、その上望むことはないのである。

マリブラン[*58]

最も厳格な鑑賞家も、最も感受性の鋭いものも、彼女には讃辞を惜まなかった。人間の経験した勝利の中で、マリブラン程の歓びと興奮に満ちたものはなかった。或いは、あるとすれば、それはタリオニ（同じく歌手）の場合に於いてだけである。個人的な女性に対する熱狂的な称讃、あの自発的な、その場での、疑う余地のない喝采、マリブランが同時に見、聞き、又自分がそれに価するのを知って居た、情の籠った涙や溜息に比べれば、強要されて捧げられる戦勝者への讃辞、否、名声あり、勢力もあり、多くの熱心な愛読者を持つ、人気作家たる栄華も、正に何でもないのである。マリブランの短い生涯は、一つの燦然《さんぜん》たる夢だった、――不運なこともあったけれど、それは彼女のものだった栄光に比べれば、微塵の重さもない。私は此の本で[†6]、マリブランの短命に色々な原因が附せられて居るのを見るけれど、まだ何か不充分な所があって、それは此の本の作者の力では如何ともすることが出来ないものである。作者には、本当のことが解って居ないらしい。即ち、短命は、マリブランの歓喜に満ちた生涯の一条件であった。心あるもので、マリブランが歌うのを聞き、その短命を予覚しないものはなかった。彼女は数十年を数時間の内に盛り、その千年の存在を終えて、二十五歳で亡くなったのである。

†6　メルリン夫人著『マリブランの生涯及び書簡』

『催眠術の啓示』及び『ヴァルドマアル氏の病症の真相』

循環論法の最も奇妙な一例を見たいなら、ロンドンの週刊雑誌、『現代科学週報（哲学及び一般科学に関する雑誌）』を読むといい。此の雑誌は多くの読者をもち、又権威ある人達にも信用されて居る。此の雑誌は一八四五年十一月に、ニューヨークの『コロンビアン・マガジン』から、私の『催眠術の啓示』という相当冒険的な短文を転載した。それも、題に改良を加えて、『夢中遊行者との最後の会話』と直してからである。そして、私の記事で「会話する」のは「夢中遊行者」ではないのだから、此の題には意味がない。夢中遊行者（sleep-walker）ではなく、離魂病者（sleep-waker）である。併し『週報』はただ一字だけの違いだと思ったのだろう。併し私が一番不平に思うのは、私の記事に附せられたロンドンの雑誌編輯者の序文である、「此の記事はエドガー・A・ポオ氏が合衆国の権威ある雑誌、『コロンビアン・マガジン』に寄稿したものである。此の記事が真実であることをとに就いては内的証拠がある！」世の中に此の内的証拠（internal evidence）ということ程奇妙な風に考えられて居るものはない。例えば人は、「内的証拠」によって、精神の諸問題を断じるのである。併し『週報』に戻って、私の『ヴァルドマアル氏の病症の真相』が発表された時、此の雑誌は勿論それを転載した。そして勿論、前と同じように、題に改良を加えた。併しその時の編輯者の序文こそ、意味深長というべきものである。以下がそれであるが、

此の話は最近合衆国の信用ある雑誌、『アメリカン・マガジン』に出たものである。著者は、十一月二十九日の『週報』に載せた、『夢中遊行者との最後の会話』を書いたのと同じである。先週の月曜の『モーニング・ポスト』は、此の話を掲載して、そう言うのが一番無難だと思ったのか、次のように評した、「我々は此の話を信用しない。患者が罹って居た病気の説明だけでも、此の話が作り事であるか、或いは結核に就いて何も知らないものの仕事であることが解る。併し実に驚くべき話であるから、次に掲載する」。併し『ポスト』の編輯者は、結核の症状に就いての説明の何処が悪いのか言わない。そして科学知識のあるもので、『モーニング・ポスト』の論理或いは病理学を信用するものはないだろうから、編輯者の批難を気に掛ける必要はない。『ポスト』は、「実に驚くべき話であるから」という、奇妙な理由の下に此の話を掲載

する。それなら同じ理由の下に、ムンチョーゼン男爵の話（架空な話）であっても掲載する筈である。……此の話は勿論、確実な証拠がなければ信ぜられるものではない。そして、今の所では、まだ確実な証拠となるものはない。併し此の話が真実であることを証明するように思われるのは、此の話がニューヨークに於いて信ぜられて居るらしいことである。ニューヨークはその事件があった場所から数マイルしか離れて居ないのだから、ニューヨークでならば事件の真相は容易《たやす》く解る筈である。問題の患者を看護して居た医者達及び若い医学生の頭文字は、その事件のあった近所で聞けば、その人達が実際誰であったかを知る手掛かりとして充分である。殊に、ヴァルドマアル氏はよく知られた人であり、又長い間病気であったのだから、何という医者に掛かって居たか解らない筈はない。同様に、此の事件のあった七ヵ月間のことは、看護婦や召使にも聞くことが出来る。故に、長い間事件の真相を匿して置くのには、余りに多くの人々が此の事件に関係して居る。それに、此の声明書を必要ならしめた、色々な噂《うわさ》や、公衆の激昂は、何か異常なことがあったのを示すものである。又此の話の中で、信ぜられないようなことは一つもない。それは此の事件の色々な事情は、『ポスト』が言う通り「驚くべき」ものである。併し凡て我々が初めて聞く事情は我々を驚かせる、――そして、催眠術に関する事実は、まだ凡て初耳なものばかりである。確かに此の話には何処か雑誌臭い所がある。ポォ氏の目的は、奇怪なこと、不可思議なことに対する読者の好奇心を満足させるのにあったようである。併しこれ以外には、何も科学愛好者をして、此の事件を研究するのを妨げるものはない。凡ては証拠の問題である（原註。全くそうだ）。故に我々は、此の問題に就いて得られるあらゆる証拠を、ニューヨークの最も聡明な、最も有力な市民達に徴する積りである。此の次のアメリカ行きの船は二月三日にならなければ出帆しないけれど、その数週間後には、此の『週報』の読者達に、正確な判断をするのに充分なだけの情報を提供することが出来るだろうと思う。

そして、しまいには充分に正確な結論に達したことだろう。そしてこういうくだくだ話が、所謂「内的証拠」による物事の判断なのである。『週報』は、或る事柄を証拠にして、――私の話が事実であるのを主張する、――「若い医学生の頭文字は、それが実際誰であったかを知る手掛かりとして充分である」から、――「看護婦や召使にも聞くことが出来る」から――「此の声明書を必要ならしめた、色々な噂や、公衆の激昂は、何か異常なことがあったのを示すものである」から。全くその通りだ！　私の話が事実であるのは、以上の、若い医学生の頭文字とか、看護婦とか、公衆の激昂、それから話がニューヨークで信ぜられて居ること等によって証明される。そして今度は、それ等の事柄が事実であるのを証明しさえすればいいのだ。嗚呼《ああ》、それは、私の話によって証明されて居るのだ！　併しながら、『週報』のお人好しよりも、『モーニング・ポスト』の不信仰の方がなお馬鹿げて居る。『ポスト』は、結核の症状に就いて間違いがあるから信じないというけれど、それはただ、自分が普通のポスト（棒杭の意）程馬鹿ではないように見せ掛ける、姑息《こそく》な手段に過ぎない。『ポスト』が病理に就いて知って居ることは、それが文法に就いて知って居ること位の値打ちしかない、――そしてそう言うのも既にお世辞に近い。私はヴァルドマアル氏が「重態」であるとした。私は、ヴァルドマアル氏が催眠術を掛けないでも死んだことを読者に納得させる為に、極端な場合を取った。併しヴァルドマアル氏のような症状はあり得ることであり、――又実際にあったのである。そしてこれからも何度もそういう症状は現れることだろう。『ポスト』がその無学な半分だけでも正直であったなら、屹度《きっと》その信じない本当の理由が、あらゆる馬鹿者がものを信じない理由と同じであるのを告白しただろう、――即ち、此の話を疑うのは、それが「驚くべき」もので、まだそんなのを本で読んだことがないからだということを。

暗比《メタフォア》

ジェイムス・パックル（詳未）の『年若い頭の為の年寄りの頭巾』に出て来るのであるが、次のような独創的な、よく支え通された暗比《メタフォア》は、一寸ないと思う、

「死者のことを言う時には、その徳は外に現れ、その欠点は沈黙に包まれるように言葉を畳むべきである」

ミルの命題

ミルはその諸命題を「実証した」と言う。それと丁度同じ具合に、アナクサゴラス（紀元前五世紀のギリシアの哲学者）は雪が黒いのを実証し（それは、ちゃんとした光線で見れば雪も黒いだろうけれど）、フランスの弁護士ランゲ[*59]は、ヒポクラテス（古代ギリシアの名医）を楯に取って、麺麭《パン》が有害であることを実証した。此の種類の命題には唯一つの欠点がある。それは、こういう命題は、こっちがよく理解するまで実証されて居て呉れないということである。

群集

群集の鼻はその想像である。それによって、何時でも、容易に引張り廻される。

現代多神論

現代多神論の諸抽象神性は、その各の正体が実に不明瞭で、お互いに区別するのが困難らしいが、そのことに掛けては、ギリシアのもっと実質的な神々も余り違わない。後者に於いても、一つの神の性質で、他の神のと重復しないのは一つもない。そして、ポオフィリイ[*60]に依れば、ヴェスタ、レア、セレス、テミス、プロセルピナ、バッカス、アッティス、アドニス、シレナス、プリアパス及び牧羊神達[*61]は、皆同じものの異った名称であったのだそうである。それのみではなく、諸神の男女の別さえもはっきりして居なかったらしい。例えば、ヴァージルの註釈者サーヴィアス[*62]は、鬚を生やしたヴィーナスのことを言って居る。又マクロビアス[*63]もその本の人物の一人に、ヴィーナスが男であったように言わせて居る。そして、ヴァレリアス・ソラナス（ジュリアス・シーザー時代の詩人）は、明白に、ジュピターを「神々の母」と呼んで居る。

ムア

同時代の人達のうちで、最も優れた技巧を有するトーマス・ムア[*64]は、佳作を余り豊富に作り過ぎた為に見下げられて居るという、実に特異な立場にある。例えば彼の『ララ・ルーク』の一頁の絢爛さは、それだけで彼の名声を確立するのに充分なのであるが、それが集って一冊の本となった銀河にも比すべき光彩は、却ってその名声の光を薄くして居るのである。そうして見ると、経済学の厄介な諸法則は、詩人をさえも見逃さないのである。そして、完璧な作詩法、遒勁《しゅうけい》な詩風、それから尽きることのない想像力は、丁度、水が人間になくてはならないのにも拘らず軽蔑されるように、余り有り過ぎては無価値となるのである。

棒杭を呑込んで居る道徳家達

常に棒杭を呑込んではその固苦しい態度を保って居る道徳家達は、揃って「社交小説」の流行を非難する。そういう小説の悪い点はよく人に知られて居るけれど、まだそういう小説の及ぼす、一つの疑いもなく善い影響に就いては、誰も考えたことがないようである。Ingenuos didicisse fideliter libros, emollit mores nec sinit esse feros.（いい本をよく読むことは、人の性格を醇化《じゅんか》し、粗野になるのを妨ぐ。）即ち、社交小説を最も多く読むのは、非社交階級の人達である。そして、そういう下層階級の人達にとっては、物事に感心するのと、その真似をしようとするのは同じことであるから、社交小説がそういう人達の卑陋《ひろう》を和げる効果は、実に物凄いものである。此の場合、真似された風俗が屑物であっても、それが何であろう。屑物の方が野蛮よりかいい。それに、そういう人達の鉄のような剛健性が、薄っぺらな鍍金《めっき》によって害されるようなことは、先ずないと言っていいだろうと思う。

文学的倫理

我々の敵を、結果に於いては名指したも同じような具合に、誰だか直ぐ解るような風に攻撃し、然《しか》も、「私は此の人を、名を挙げて攻撃したのではない」と言うのは、穏当なことではなく、又余り勇敢なことでもない。それにも拘らず、自分を紳士だと思って居るもので、此の卑劣な攻撃手段を用いるものが実に多い。我々は此の点で、文学的倫理の改革を必要とする。もう一つ排すべきことは、匿名批評である。此の不公平な、見下げ果てた習わしの為には、一言の言訳をすることも出来ない。

モーゼの天地創造説

モーゼはその天地創造説（旧約聖書、創世記）で、「バラ、エロヒム」（神々は創造した）の言葉を三十度も使っている。名詞が複数になって居て、動詞は単数である。併し他の場所では、——例えば申命記に於いては、——名詞の単数、「エロア」を使って居る。

ヨナ書の独訳

これを読んで[†7]、私は笑わないでは居られない。それで居て、何が可笑しいのか解らない。凡て爆笑的ではない可笑しさが、不調和に原因して居ることは、『プリンシピア・マテマティカ』（ニュートンの名著）の論証にも等しく明らかであると思うけれど、此処ではその不調和を突止めることが出来ないのである。確かに何か不調和であって、それが何なのか解らない。兎に角、私は笑う他ない。

†7 Ｊ・Ｇ・Ａ・ミュラーによって六音歩格に独訳されたヨナ書、パアウルスの『メモラビリエン』に収録さる。

本の濫造

本が、知識のあらゆる部門に亙って激増したことは、近代の悪弊の一つである。即ち、その為に、読者は多くのがらくたの中から、役に立つようなものを手探りして見付けなければならなくなるから、此の本の激増は、正確な知識を得るのにとって、非常な障害となるばかりなのである。

「天体の音楽」（"Music of the spheres"）

詩人、それから殊に、雄弁家が好んで使う、「天体の音楽」[*65]という言葉は、プラトンの使った*Μουσικη*という言葉の誤解から来るものである。アテナイ人は此の言葉を、節と時の調和のみならず、凡て釣合の意味に使って居たのである。だからプラトンが、霊魂の最上の教育法として music を薦めた時、彼は純粋理性の涵養に対して、趣味の涵養を提唱したのである。故に"music of the spheres"にしても、それは天体運行の諸法則の符合、或いは釣合を指すのであって、我々の言う music（音楽）の意味は少しもない。*Μουσικη*《ムウジケ》から由来する言葉、「モザイク」も、同じように、モザイク芸術に於いて重んぜらるべき色の釣合、或いは調和を意味して居るのである。

ニイルの作品、――その構成の不完全

私に解らないのは、ジョン・ニイル（未詳）が何時もその作品の構成で失敗することである。ニイルの芸術は高級なものである、――ただ大ざっぱであり過ぎる。彼には完全ということの観念が欠けて居るらしい、それでなければ、気紛れなのである。気紛れなものだから、仕事が済む前にそれに倦きてしまうのである。彼は何時も見事に書き出す、——勢よく、思い掛けない風に、——それからしどろもどろになって、無駄話を始めたり、独りよがりになって読者の方を忘れてしまったり、又或る時は再び強烈に読者の興味を惹く。併し彼の作品の結末は、何時もぞんざいな、不明瞭なものに決まって居る。それで、結末の高調を期待して居た読者は、失望して本を閉じ、本を読んで居た間興味を感じたのも、著者の手柄にする気がしない。文学者としての弱点のうちで、此の結末の不完全は、或いは最も致命的なものである。併し、私はジョン・ニイルを、我が国の疑いなく天才あるものの中の第一人者、或いは少くともその次に位するものとしたい。それはそうと、民主主義の空気が、天才よりもただの才能の方に適して居るというのは、本当なのだろうか。

ニウンハムの『人間磁気』

私は此の本[†8]に非常な当惑を感じる。と言うのは、私はその大体の結論とは同意しながら（その先見《プレヴィジョン》に対する見解とは同意しないが）、それ等の結論に達するのに用いられた論証の一つにも賛成出来ないのである。私は此の本が不合理に終始して居ると思う。例えば次に挙げるのは、此の本の由来を説明して居る序文の一節であるが、一年許り前、私は友人に、催眠術を駁する論文を書くように頼まれた。そして、私の信頼する、昔の弟子の一人に、その材料を供給された。其の材料は、催眠術師が騙《だま》されるということもあり、同様に、多くの教養ある人々も騙されることがあるのを、疑いなく証明し、確かに、此の自称科学が全然虚偽に基くものであり、お人好しなものの想像を、仕掛けによって支配する詐欺の術であるという主張に、非常に有利なものであった。私は友達の依頼を一応は引受けて見たけれど、思案した結果、私に提供された材料が、実は或る現象を模擬することが出来る、直接証明であるのを発見した。そして、贋造《がんぞう》貨幣があることは、寧ろ何処かにその手本となった、本物の金貨があることを証明するものである。

†8『身体と精神の相互影響』の著者、王立文芸協会会員、W・ニウンハム著、『偏見なき研発の対象としての人間磁気、及びそれによる人間苦の軽減に就いて』

此処に見られる論過は、循環論法というものの変形である。ニウンハム氏は、贋造貨幣のあることは、本物の金貨があるのを証明すると言う。――此処に応用されたのは、本物がない時贋《にせ》がないという公理であって、それは、善がない時悪がないというのと同じである。即ち、善、悪等は相対的な名称であるから、片方がない時もう一方もないのは当前である。

併し、本物がない時贋《にせ》がないから、それ故に、どんな実証されない本物でも存在すると言えるだろうか。我々は贋金を見る時、本物だと認められて居る貨幣を知って居るから、それと比較して贋なのが解るのである。併し本物だと認められた貨幣が一つもなかったとしたら、我々は如何にして贋物を鑑定しようか、否、贋などという言葉が使えたものだろうか。ニウンハム氏は、催眠術に関して、その本物と認められたものがあるとして論じて居るのである。でなければ、氏の言葉には意味がない、――何故ならば、我々は存在しないものの真似をすることが出来るからである。例えば、人は竜とかスフィンクスの真似をすることが出来る、併しそれは、スフィンクスだの竜だのが実在する証拠にはならない。唯一言、「模擬する」という言葉が、ニウンハム氏を誤りに導いたのである。正しく言えば、人は先見《プレヴィジョン》を「模擬」するのではない、その真似をするのである。又ニウンハム博士の論じ方は、博士は独特なものとして自慢して居られるようだけれど、独特なものではない。モア博士[*66]曰く、「世になく、あったことがなく、又決してあり得ないものが、普遍的に噂され、敬われるというのが、私にとっては最大の奇蹟である。若し或る時代に本当の奇蹟がなかったなら、人はそんなに容易く贋の奇蹟を信じはしないだろう。本当の金銀というものがあるからこそ、錬金師はそれに似せたものを造り、本当の金銀に思わせるのである」と。これはニウンハム博士の論法と同じであって、両方とも、よくあるあの落ちばかりで行く論法の例である、――そういう論法の効果は、全くその警句性から来るものである。そして、幽霊、神様、霊魂の不滅、何であっても、それが信ぜられることでも信ぜられないことでも、そういうことに対する人間の普遍的な信仰は、証明を必要としないこと、即ち、人間の脳の構造が皆同じであること、故に皆同じような事情に就いて略《ほぼ》同じように推論すること、を証明するに過ぎない。殊に此の本の著者に異議を唱えたいのは、彼が暗にチョオンシ・ヘヤ・タウンゼンド（未詳）の本を貶《おと》して居ることである。タウンゼンドの本が正しく評価される時は必ず来るだろう。

北米新報《ノース・アメリカン・レヴュウ》

私は、北米新報派の或る人に、「フランス新報《ルヴュ・フランセーズ》や両世界新報《ルヴュ・デ・ドゥー・モンド》[67]が私を認めたように、北米新報も私を認めたいのは山々だけれど、私の根強い敵愾心《てきがいしん》がそれを妨げて居るのだ」と聞くまで、「侮辱」という言葉の真の意味が解らなかったと言っていい。私は北米新報が私に就いて、何の意見も発表しないことを望む、——そんなものは要らないからだ。それから、北米新報には引用題句《モットー》がないようだから、私が一つ附けて上げよう。スターン[68]の、『フランスからの手紙』の中の一句で、こういうのだ、——「我々は谷間を行く途中、山の上に驢馬の一群が居るのを見た。驢馬達は何と我々を凝視《レヴュー》したことだろう！[69]」

匂い、——連想

匂いは、我々を連想によって動かす、全く独特な能力を持って居ると思う。そしてその能力は、触覚、味覚、視覚、聴覚に訴えるもののとは、本質的に異って居るのである。

光学的手品

フォン・ラウマー[*70]によれば、エンスレンというドイツの光学者は、光学的な方法によって、バンクオ[*71]の椅子《いす》に朦朧《もうろう》とした人の影を投じることを思い付き、それを容易く実行した。それが見物に与えた衝動は大変なもので、私はアメリカの見物であっても、ひどく打たれるだろうと思う。併し、我が国の座元は智慧がないのみならず、他の者のを利用するだけの気力さえもない。

独創性

近頃まで或る種の顕微鏡的な批評家達の間に流行って居た、独創性の排斥が下火になったことは、凡て真面目な人達の喜ぶ所である。一時此の馬鹿げた騒ぎの為に、アメリカ文学はフランドル芸術のレベルにまで堕ちようとしたことがあった。

地口を言えないものが一番地口が嫌いだと言われる。そうかも知れないが、それよりももっと確かなのは、独創性の悪口を言うものが、必ず凡庸な偽善者であるということである。私は偽善者と言う、——何故ならば、新しいものを好むのは、人間精神の争われない一性質であるからである。そして独創的であるというのは、取りも直さず新しいということであるから、文学、或いは他の芸術に就いて、独創性が嫌いだというものは、それによって、独創性そのものが嫌いなのよりも、ただ自分には達せられない長所に対する、嫉妬深いものの感じるあの不愉快な嫌悪を示すだけなのである。

独創性

所謂《いわゆる》独創的な人物で、批評上独創的だと賞讃出来るのは、実在して居てまだ描写されたことのない性質を持ったものか（これは殆んど不可能である）、或いは、まだ人に知られない、或いはそんなものはないのが解って居る、精神的な、或いは肉体的な性質（或いはその両方）を具えて居て、然《しか》もそれ等の性質が、余り巧妙にその廻りの諸条件に適合させられて居る為に、我々に当を失した感じを与えない、そういうような人物である。もう一歩進めて言えば、それ等の性質は、余りによくその廻りの条件に適合させられて居て、我々に、そういう性質が存在しないのを知って居ながら、存在しないのが不思議なように思わせなければならない。此の種の独創性は、理想性の最高圏に属するものである。

過去、現在

我々が来世に於いて、現在の、現だと思って居る存在を、夢と見做《みな》すだろうというのは、決して不合理な考え方ではない。

ポオルディングの『ワシントン伝』

私は本を読んで稀にしか感じない興味をもって、ポオルディング氏[*72]の『ワシントン伝』を読んだ。私は此の本の意匠と調子、それからその豊富な材料を点検した結果、此の本が、時が立つのに従って、我が国の人達に益々高く評価され、遂には、今まで同じ題材、或いは同じような題材に就いて書かれた、どんな本よりも、もっと世人に尊重され、愛読されるようになるのを、確信するのである。否、此のような本は、これから後にもう書かれないかも知れない。実際、ワシントンという偉大なる人物に就いて、此の本の後で更に書く必要があるのを私は認めない。それ程見事に、それ程完全に、ポオルディング氏は、マーシャルやスパークス[*73]の仕事が遺した空間を塞いでしまったのである。氏は少年、大人、夫、それからキリスト教徒としてのワシントンを描いた。氏は、その愛情は最も静穏であり、その抱負は最も高遠であり、その慈悲心は最も優しく、純潔であった、彼の英雄の、愛情、抱負、慈悲心を我々に明かして呉れた。氏は我々をして、彼の愛国的農夫と共に、その農園を散策させて呉れる。又、その書斎に案内し、此のキリスト教的兵士の静かに神に祈る所を見せて呉れる。そして氏はこれ等のことを、又それに限らず凡てを、氏独特の飾らない、穏やかな調子で話し、その調子は、殊にそれが氏に独特なものである故に、話を引立たせるのに極めて有効である。勿論、此の頃の習わしとは実に異った此の本の謙譲さ、又ざっと見た所では、書くのに苦心したとは思えない、その際立って素朴な話振りは、世人をして長い間、此の本の真価を認めさせないで置くかも知れない。併し、此の本の未来に就いては心配する必要がない。こういう本は、丁度上等な酒のように、時が立てば立つ程値打が増すのを保証されて、後世に遺されるのである。こういう本は、頑丈な楔《くさび》のように、徐々に、併し急速度に加わる力を以て、一社会の人達の心に侵入して行くのである。

　ポオルディング氏の文体に就いては、それが題材とその表現によく適して居ると云うだけでは、言い足りたものでない。確かに、氏の文体を厳密に検《しら》べて見れば、処々に不調和な音調と、不正確な文章法とが見出される。併し、此の本に就いてそのような詮議をするのは、実に不必要なことである。此の本の豊富な、活々《いきいき》した、包括的な英語は、我が国の若い作家達のお手本とすべきものである。ポオルディング氏の調子程、文学的にいい調子はない。実際、アメリカの作家の中で、又現存する英国の作家のうちでも、氏程多分に、いい文体に必要な諸性質を具えて居るものはない。又それだけ豊富な天分に、もう一つの消極的な、併しなくてはならない、即ち気取らないという美点を、氏程多分に兼備するものは、何処の国の作家にもないだろう。私は繰返して言う、此の数巻の書物の大体の調子は、いくら気を配って見ても、これ以上よくすることは出来ないものである。そして此の本の中には、何処の国の、何時の時代の作家にも劣らない、美と力に満ちた文章が到る所にある。此の、名文体という著しい特徴は、——そして、我々が文体等ということに関して実に不注意になり、馬鹿げた恋愛小説の使い古された美文口調を、文体と思うようになって居る今日、此の特徴は殊に著しいものなのであるが、——此の特徴は、著者の主要な目的、即ち此の本を、我が国のあらゆる権威ある学校に採用させるという目的を、達成せしめるのに充分であると私は思うのである。

旋毛曲り

悪漢に一日に三、四度ずつ、彼が正直の権化だと言って遣れば、彼が少くとも、完全な

「正義派」になることは確実である。併しその反対に、正直な男を余りしつこく悪漢呼ばわりすれば、彼は、自分が満更悪漢でなくもないことを証明したい、旋毛《つむじ》曲りな欲望を起すだろう。

ペトラルカ

私はペトラルカ[*74]の詩才を、熱狂的な讃美の的となすものではない。彼の詩の性質は、最高級の、否、唯の高級なものでさえもなく、眼識ある批評家は、彼の名声が、その執拗《しつよう》に作った十四行詩の文学的価値よりも、彼の生涯の外的事情に依るものなのを知って居る。成る程彼の詩には、雅致《がち》と優しさとがある。併しそれだけで、彼の詩人としての神化を保証することが出来ようか。

併し他の点では、彼は尊敬すべき人物である。例えば愛国者としても、丁度その反対が彼に対して提言されたけれど、我々は彼の行動に賛成する他ない。彼の共和主義、彼がコロンナ家（ペトラルカの保護者）の不興を蒙《こうむ》ることも顧みないで、リエンジ（ローマを共和制に戻そうとした十四世紀の改革者）を支持したこと、又凡て彼の政治的経歴は、彼が真の愛国者であったことを示して居るようである。併し、我々がペトラルカを、それによって古代の知識が近代に渡って来た、中世紀の暗い谷間に掛けられた橋として見る時、彼の真価が解るのである。彼が所謂文芸復興に及ぼした影響は、或いは誰のよりも、そして確かに、彼と同時代の人の中では優に誰のよりも、大きかったのである。彼が忘れられた古典を探し出し、後世に遺さんが為に写して置いたことは、どの位感謝していいことだか解らない。彼が居なかったならば、我々が今珍重して居る多くの古典は、或いはピンダーの頌歌と共に（ピンダーの詩作の大部分は今遺って居ない）、失くなったものの中に数えなければならなかったかも知れない。彼は此の奉仕的な仕事に日夜没頭し、数多くの貴重な本を埋没から救った。そういう古典に関する彼の批評眼は際立って正しく、彼の学識は、彼の時代にしては、又彼がそういう研究に与えられて居た便宜の程度を考えてみれば、常に人を驚嘆させるものなのである。

哲学上の誤り

哲学上の誤りの多くは、次の事柄から起って来る。即ち、人が常に自分を地球上の一人間として考え、真の世界人としての、宇宙の一住人としての自分の立場を顧慮しないということからである。

剽窃、――文学の掏摸

普通の掏摸《すり》はただ財布を盗んで、それで満足して居る。彼は盗んだからといって自慢もせず、又彼に盗まれた男に窃盗の嫌疑を掛けることもしない、——つまりそれだけ彼は文学の掏摸よりもましなのである。実際、剽窃者というもの程厭なものは世の中にない。彼は他の者が受けるべき賞讃を、他の者のだと知って居ながら自分が受けて、それで胸が高鳴るのを感じるのである。その対照、即ち真の栄光というものの霊的な純潔さと、物を盗むという醜さとの対照が、剽窃をあれ程厭《いや》なものにするのである。我々は、同じ一つの心に、栄光の高雅な渇望と、物を盗むという堕落した根性が、同時に存在するというのに辟《へき》易《えき》するのである。その矛盾、その不調和がたまらないのである。

詩に於ける破格

There lies a deep and sealed well
　Within you leafy forest hid,
Whose pent and lonely waters swell
Its confines chill and drear amid.

彼方《かなた》の森の奥には、閉ざされた、深い井戸がある。その井戸の水は、暗い、冷い牢獄の中に閉じ込められたまま、湧き返って居る。

此の形容詞（chill and drear 冷い、暗い）を名詞（confines 牢獄）の後に附けたのはただ許し難いフランス語の真似であるが、前置詞（amid の中に）を名詞（confines）の後にしたのは、あらゆる言語の原則に反して居る。このような破格は、ただ作詩者の芸のないことを曝《さら》すのみである。そして、斯くの如き倒句法を読む時、我々は、「此の行を普通話す時の言葉の順序で書くだけの技倆が、此の詩人にはないのだ」と思う。併し我々は、そういう破格の原因を、拙劣な技巧よりももっと弁護し難いことに求めなければならない場合もある。即ち、或る種の人間は、そういう破格が詩の本質なのだと思って居るのである、そういう破格が、詩を散文から区別するのに必要なのだと思い、——一口で言えば、詩人はそういう点で非散文的であればある程、詩的なのだと思って居るのである。そのような考え方をする人達は、「詩作上の破格」（poetic licence）という言葉を使う時、——此の言葉は詩作上の多くの過ちの言訳にされて居るのだが、——その破格が犯されなければならないものと決めて居るらしい。併し真の芸術家は、如何なる「破格」をも用いないのである。彼は此の言葉そのものに嫌悪を感じる。何故ならば、それは彼に、「君はこういう反則を利用しなければ仕事が出来ないようだから、——仕方がない、それを君に許して上げよう。そして眼を半分つぶって、そういう反則が君の詩を醜くして居るのを見ないようにして置こう」と言って居るからである。

倒句法程詩を貧弱にするものはないと言っていい。「力がある」と言われる詩は、大抵の場合、その力を表現の直接さに得て居るのである。何度も引用されて誰でも知って居る詩句の大多数は、その人気を此の直接さに、或いは一般に、「詩作上の破格」を軽蔑して居ること、に帰し得るのである。要するに、文章の構造から言えば、詩の文体は散文的であればある程いい。此の種の散文性の為に、他のもっと高級な詩人としての要素を、殆んど持って居なかったカオパー[75]は、その頃の人達にホープと同じ位尊重されたのである。そして、ムアの詩が持つ特異な力も、その大部分は同じ原因から来るものだと言っていい。即ち、此の散文性が、両詩人の引用し易さの原因となって居るのである。

ラハルプのラシーヌの批評

ラハルプ[76]は大した批評家ではなかったけれど、彼が、文学の末梢的な事項に関する、ラシーヌの好い趣味と完璧さを賞めたのは、決して買被りではない。ラシーヌはこういうことに掛けて、ポープがその『ダンシアッド』[77]の中の一番の馬鹿よりも上なのと同じ程度に、なおポープよりも上なのである。

『普遍的教養の初歩』を書いたビエルフェルドは、詩を以て、「作り事によって思想を表す術」と定義した。ドイツ語には、此の馬鹿げた定義と全く一致する言葉が二つある。即ち Dichtkunst、作り事の術、と Dichten、拵える、であって、此の二つの言葉が大抵の場合、詩と詩を作ることに使われる。

詩とは何であるか

必要があれば、私は作詩法に関する私のともすると教義的《ドグマティック》に見える態度を、容易く弁明しよう。

詩とは何であるかという問題は、リイ・ハント*78がそれに何とか解決を付けようとして踠《もが》いたけれど、結局、使用さるべき幾つかの緊要な言葉の価に就いて、先に明確な協定をして置いてから、念入りに論じ、そしてそれでも、或る少数の解析的な頭脳を幾分満足させる位の程度にしか、解決の付かないものである。そして、形而上学が今の状態にある以上は、此の問題が、一般の人達の満足の行くように解決されることはない。何故ならば、これは全然形而上学的な問題であり、又、今の所形而上学は、それがどうしても使わなければならない言葉の意味を確定することが出来ない為に、全くの混乱状態に陥って居るからである。併し作詩法に就いて論じるのは、それ程困難なことではない。何故かと言うと、その諸問題の三分の一は形而上学に属するもので、人によって考え方が違うかも知れないけれど、残りの三分の二は疑いなく、数学に属して居るからである。故に、人が普通鹿爪《しかつめ》らしく論じ合う、韻律等の問題は、実証的に解決することが出来る。そういう問題を支配する法則は、形と量、即ち釣合の不変な法則の一部分に過ぎない。だからそういう、批評家がよく問題にする、平凡な問題に就いて、「此の命題は大方斯様斯様であろう、又或いは斯々なのかも知れない」等と論じるのは、数学者が、彼の見解によれば、そして彼がひどい見当違いをして居ない以上、三角形の二辺の和は第三辺よりも大であるとして差支えなかろうと言ったのと、同じ位気が利かない。併し作詩法に関するそういう討議、及び「その創案者にとってしか確定して居ない、作詩法の確定した理論」に対する反対、を肯定する事実として、私はまだ世に論理付けられた詩形論がないことを挙げなければならない。そして学校で教える詩形論は、曖昧な規則とそのもっと曖昧な例外を集めたものに過ぎず、その規則は、何等の原理にも基いて居るのでなく、耳と指で解るものの他に規則を持って居なかった、古代詩人の仕来りから、曲りなりに抽出したものである。そう言うと、「併しイリアッドは、現代のどんな詩よりも優れて居るのであるから、その作詩法で我々には充分な筈である」と言われることだろう。そうであるにしても、我々はギリシア語で詩を作るのではなく、又現代詩が今後どんな風に発展するか解らない。そして、ホーマーの頃には知られて居なかった自然の諸法則に照して見れば、イリアッドの最もいい部分にも、多くの改良し得る点が見出される。又、ホーマーがその耳と指だけでもって、完全な詩が作れたとしても（それは今私が否定した所であるが）、それ故に、ホーマーの詩から我々が抽出した詩の規則で、時、量等の、即ち音楽理論を支配する数学の原理を置換することは出来ない。その諸原理は、ホーマーの詩の原因なのであって、耳だの指は、その諸原因の媒介をなす役を務めたのに過ぎないのである。

快楽禁止

大衆を援助する為に個人を滅ぼす現代の改革主義哲学、及び幸福を増進する為に快楽を禁止した此の間の改革主義的法律は、[79]昔フランスにあった、若い雉《きじ》を保護する為に[80]百姓に草を取るのを禁止した法律と、何処か似た所がある。

句読点

句読点が大事であることは誰でも知って居る。併しそれが如何に大事であるかは余り知られて居ない。例えば世間の人々の考えでは、著者が句読点に構わない場合、或いは間違った句読点の施し方をする時、それから生ずる最悪の結果は、文章の意味を誤解されるのを越すことはない。併し実際は、文章の意味はよく解って居ても、句読点の施し方が不適当である為に、文章の力の半分が失われることもある、唯コンマが一つない為に、公理が逆説に見え、皮肉がお説教になることもあるのである。此の句読点の問題に就いては、まだ誰も論じて居ない、――そしてこのこと程論ぜられるのを必要とするものはないのである。一体世間には、句読点の用法は、全然因襲に支配されて居るものであって、その論理的な規則を作ることは出来ないのだという考えが行われて居るようである。併し此の句読点の問題を正面から検討して見れば、その理論は余りに明瞭であって、誰でも一目で看て取ることが出来るのである。それで、若し誰かが先手を打たなければ、私は何時か、「句読点の哲学」に就いて論文を発表しようと思って居る。それはそれとして、私はこれからダッシ（――のこと）に就いて一言述べようと思う。正確さの観念を少しでも持って居るジャアナリストは、原稿のダッシの代りにコンマ或いはセミコロン（；のこと）を使う、此頃の印刷所の習慣の為に、文章を歪められて、口惜しく思ったことが屢々あるだろう。此のダッシが殆んど使われなくなったのは、二十年許り前にそれが余り使われ過ぎた、その反動なのである。バイロンの頃の詩人達は、ダッシ計《ばか》り使った。ジョン・ニイル*81は、その初期の小説で、ダッシのひどい濫用をした。併し彼の過ちは、過ちでも、彼の自恃と哲学的精神の結果なのであって、そういう彼の特質は、何時かは彼に、我が国の文学の誇りとなるような佳作を書かせることだろう。ダッシのことに戻って、その本質論は暫く措き、印刷者が、原稿のダッシが適当であるか不適当であるかを見分けるのには、此のダッシが再考、——或いは修正、を表す記号であるのを覚えて居さえすればいい。私は今それを使うことによって、その用法の一例を示した。即ち文法的に言えば、「修正」という言葉は「再考」という言葉と同格である。私は「再考」と書いてから、その言葉の意味をもっと明瞭に現して居る、他の言葉がないかどうか探して見た。そして、私の言いたいことを或程度まで言って居る、此の「再考」という言葉を消さずに、——それは又私の目的に向って一歩踏み出したものであるから、——そのままにして置き、それと「修正」という言葉との間にダッシを置くのである。即ち此のダッシは、読者に幾つかの言葉の中から、好きなのを選択する自由を与え、その幾つかの言葉は、その或るものは他のものよりも意味があるにしても、皆著者の言いたいことの表現に手伝って居るのである。故に一般にダッシの意味は、——「或いは、もっと正確に言えば」というのである。此の意味は確かに持って居る、——そして、此の意味を持つ句読点は他にない、何故ならば、他の句読点は、皆ダッシのとは全然違った、他の目的に使われるからである。故に我々は此のダッシを廃することは出来ない。そして、ダッシは色々な具合に使われても、何時もその根柢の目的として、再考或いは修正を示して居るのである。

此の論法

此の論法は実に適確である。どの位にかと言えば、人がメリイランドからニュー・ヨークまで、ペンシルヴァニア[*82]を通らずに行き、それを論拠に、或るものが一つの状態[*83]から他の状態に移るのに、その中間の状態を全部通らなければならないという、ライプニッツの持続の法則を反駁したのと、同じ位に適確なのである。

循環論法

ベーコンはその洞窟、市場、劇場等の偶像の中に、サロンの、或いは私が他の場所で言ったように、機智の（『枝垂れ柳の語原』を見よ）偶像を数えるべきであった。即ち、警句性を以て人の眼を眩《くら》ませる偶像である。併し、他のを全部集めたのよりももっと多くの、ひどい謬見《びゅうけん》の原因となった、もう一つの偶像に就いては、それを何と名付けていいか解らない。私の言いたいのは、その崇拝者に、原因と結果を循環さすこと、――彼等のズボンを吊上げることによって、彼等自身を地面から持上げることや、彼等自身を彼等の頭の上に載せて、北極から南極まで行くことや、——そういうことを要求する、その偶像である。

神或いは霊魂に就いてのあらゆる論証は、此の意地の悪い偶像の崇拝に過ぎない。そういう問題に就いて言ったビエルフェルドの言葉、「神が何であるかを知る為には、神そのものと化する必要がある」というのは、誰もそれに気を留めないけれど、真実なのである、——そして、ものの訳の訳たる所以を論じること程訳の解らない話はない。少くとも、そういう問題に就いて論じるのが、如何に気違い染みたことであるかを知って居るもののみが、そういうことに就いて論じる資格を持って居るのである。

改革、——反対

ベーコン曰く、「若し私が或ることに就いて、一般に受容れられて居る説とは反対のことを言ったなら、それは事実をよりよく闡明《せんめい》する為であって、何も他の目的からではない」と。併し此頃の「改革者」達の目的は、ただ反対することのみにあるようである。

宗教と哲学

或る宗教、或る哲学が持って居る魅力を、その宗教或いは哲学の合理性から切離して計

量して見なければ、と言うのは、その帰依者の数だけでは、その宗教或いは哲学の正しい値打を知ることは出来ない。何故ならば、

如何なるインドの王子様も、絞首台に行く泥棒程は、
従者を持って居ない。

自分の生涯を生返すこと

年取ったもので、彼の生涯を生返すことを欲するものがないのを見ても、悪が善よりも優勢であることが解る。

ヴォルネイ[*84]

文章が曖昧であって、その後先を読んで見なければ、著者が何を言いたいのだかよく解らない。それで、著者の意味は、年取ったものが、彼が実際に生きた生涯よりも他の生涯に於いての方が、幸福だったろうと思い、それ故に、他の生涯ではない彼の生涯を、生返したいとは思わない、とそういう風にも取れる。併し、著者の真の意味は、年取ったものがその死際に、彼の過去の生涯を生返すことと、死ぬことと、そのどっちか一つを選ぶように命ぜられたら、死ぬ方を選ぶだろう、というのである。その初めの方の提言は、或い

は本当かも知れないけれど、後の方のは、事実として疑わしいのみならず、それが事実であっても、原の、悪は善よりも優勢であるという命題の、証明になることはない。著者は、年寄りがその生涯に於いて、悪が善よりも優勢であったことを知って居るから、彼の生涯を生返したくないのだと決めて居る。此の「知って居る」という言葉が、——即ち我々に、著者が漠然と意味して居るような、完全な知識が持てる、と仮定することが、誤りの原なのである。勿論そんなものは持てない代りに、我々は、本当であるような、仮作の知識を持って居る。そして此の、過去の生涯に就いての仮作の知識が、問題の年寄りに、正しく判断するのを不可能にして居るのである。彼はその仮知の生涯から、彼の真の生涯の禍福、即ちそれに於ける善或いは悪の優勢を判断するのである。彼はその場合、あったことだけを計量し、かのあらゆるものを輝かしくする、希望のことを考えない。人の真の生涯は幸福なのである、何故ならば、此の希望がある為に、何時もそうなるだろうと思って居るから。併し我々は、我々の仮知の過去を顧みる時、温かだった期待の代りに、冷たい既知事実を描き出し、又、そうあると知って居る為に事実より幾倍も拡大された、不幸を描くのである。併し、既知事実をまだ知らないものと想像し、既にあったことをまだないように考えることは、我々には到底出来ず、そしてそれが出来ない為に、我々が過去の繰返しよりも死を選ぶからといって、それだから真の一生涯に於いては、悪が善よりも優勢であると言えようか。

ヴォルネイ氏の「年取ったもの」が、その生涯に就いて正確な判断をし、その判断から死ぬか生きるかの正しい選択をするのには、又、その判断と選択から、我々が人間の一生に於ける善と悪との正しい割合を得るのには、その年寄りが、彼が本当に遣り直したならば感じるのに決って居る、併し今になっては想像し難い、過去の希望を正確に計量するのを必要とする。又その年寄りが、その生涯の遣り直しに於いて必ず起って来るのを知り、はっきり想像出来る種々の不幸に対する懸念を、実際遣り直したならば感じないものとして、勘定に入れないことを必要とするのである。扨《さ》て、こういう計算の出来る人間があったものだろうか。そしてそれが出来ないなら、如何にして正しい選択が出来ようか。そして、選択が正しいのでなければ、我々は如何にしてそれから正しい結論を得ることが出来ようか。如何にして間違ったことから真実が得られようか。

修辞学の規則

For all the rhetorician's rules
Teach nothing but to name the tools. *Hudibras.*

修辞学の諸規則は、使うべき道具の名を教えるだけだ。　ヒュディブラス

よく引用される此の句は、詩の形に書かれた嘘は散文のよりも早く広まり、長く持つことを示して居る。馬鹿げたことでも、それを短詩にして言うと、人は本当にするのである。修辞学の規則（メタフォア、シミリィ等の詞姿、その他）は、若し真実の規則であれば、修辞家に彼が使うべき道具の名を教えるのみならず、その道具の使い方、その性能、それを使い得る範囲、限界等も教えるのである。そして、道具の性質を研究することは（それは、道具に就いての規則が何時も頭の中にあるから、どうしても研究するようになる）、彼に、その道具で加工する材料をも観察し、理解するようにさせる。斯くして、彼に新しい道具を以て加工すべき、新しい材料を案出させるのである。

押韻

よく工夫された押韻から得られる効果に就いては、一般にまだ非常に不完全な理解しかない。一般の考えでは、押韻というのは、行の終りの言葉の音がお互に似て居ることであって、人間が長い間此の限られた観念に満足して居たのは、実に不思議なことである。押韻の与える快感は、主として人間の均等の観念に帰し得るのである、――そして此の均等ということが、最も広い意味での音楽（あらゆる芸術の意）、殊にその韻律によって表わされたものが我々に与える、あらゆる種類の快感に共通の要素であるのは、証明しようと思えば、容易く証明することが出来る。例えば我々は或る結晶を見て、その第一面の各辺各角が相等しいのに、直ちに興味を感じる。併し、それと同然同形の第二面を見る時、我々の興味は自乗され、第三面を見る時、三乗されるように感じるのである。そして、若しその興味を計量することが出来たなら、その結果は必ず、我々の感じる興味が、お互に私が今言ったような、正確な数学的関係を持って居るのを示すことだろうと思う。勿論、興味の増加は或る点までであって、それから後は、同じ関係を保って、減じて行くのである。そして之が、分析の結果達した、均等に人間が快感を覚える、究極の場合なのである。詩人は初め、此の快感の原理を明確に理解することはなしに、ただ本能的に、押韻する二つの言葉を均等な距離に、即ち同じ長さの二つの行の終りに置き、この再度の均等化によって、二つの音の類似（即ち均等）から来る効果を増すようにしたのである。斯くして、押韻と行の終りは一つのものにされ、――それが習慣になり、――その背後にある原理は忘れられてしまった。そして、それよりも前の時代に、ピンダーの詩、即ち行の長さが同じでない詩があった故のみに、後に、長さが同じでない行の終りにも、押韻が附せられるようになったのである。全くそれ故のみであって、他の理由があったのでは決してない。それから見ても解るように、押韻は、行の終りに来るものと決められてしまい、――そのまま今日に至ったのである。併し明らかに、押韻の問題は其処に尽きては居ない。今までの所では、ただ均等から来る効果だけが考えられ、若し多少の不均等がそれに変化を与えたなら、それは全く、押韻の前にピンダーの詩があったという、偶然な出来事の為であった。押韻は常に期待されて居た。眼は、行の終りを見て、それが長いのでも短いのでも、耳の為に押韻を期待した。意外という重要な要素のことは考えられなかった、——即ち新鮮さが、独創性がなかった。「併し」とベーコンは言う、「絶妙な美しさには、或る程度の異様さが必要である。」此の異様さ、——意外、——新鮮さ、——独創性、を除去すれば、霊的な美しさというものは、立所《たちどころ》になくなってしまう。我々はそういう美しさに、未知性を、——漠然を、——それを審議する隙がない為に不可解なものを、求めるのである。そしてそれがなければ、地上の美しさを、我々の夢みる天国の美しさに近付ける、あらゆるものも亦《また》ないのである。即ち、完璧な押韻は、均等と意外との結合によってのみ得られる。併し善がなければ悪もないように、その意外は期待から生じなければならない。ただ勝手な場所を押韻させても駄目なのである。我々は先ず、均等な距離を保って押韻を設け、そうすることによって、其処から意外が生ずべき、意外の反対の期待されたことの土台を築き、次に、最大の意外を与うべき個所に、別に押韻を附するのである。故に、一行の中でも、その等距離な個所に押韻を附しても大した効果はない。例えば、私が、

And the silken, sad, uncertain rustling of each purple curtain,

そして紫色のカーテンの、不安で、悲しげな揺すれは、

と書く時、此の行中の押韻は、行の終りに来る二つの言葉が押韻するのよりも、ただもう少し大きな効果をしか奏しない。何故ならば、各韻は、此の一行を相等しい数の音節に区切って居て、その為にまだ期待し得ると言えるからである。そして此の場合の意外さは眼のみに宛てられたものであって、耳はちゃんと此の行を、

And the silken, sad, uncertain
Rustling of each purple curtain,

の二つの行に分けて居るのである。併し私が、

Thrilled me, filled me with fantastic terrors never felt before,

私に今まで知らなかった、奇怪な恐れを感じさせた。

と書く時、その効果こそ完全に意外なものなのである。

附記。押韻は、近代になってから出来たものと思われて居るようだが、――そう思うものは、アリストファネスの『雲』（喜劇）を参照すべきである。併し、ヘブライ人の詩には押韻がなかった。その詩で、行の終りであるのが明瞭に解って居る場所には、何等そう言ったものがない。

真実

エピキュラス曰く、「是は正しいことである、何故ならば、大衆の気に入らないことだから」と。

ミラボーの取巻の一人、シャンフォール[85]曰く、「凡て公認の思想、又一般に受容れられた因襲は、それが大多数の嘉しとする所であるから、それ故に愚劣であると言える」と。

オーガスティン曰く、Si proficere cupis, primo id verum puta quod sana mens omnium hominum attestatur（〔真実の探求に？〕熟達したいなら、先ず一般の人達の健全な頭脳が主張することを真実とせよ）と。

扨《さ》て、

博士達が争う時、誰が裁断出来ようか。

兎に角、あらゆる時代に於いて、種々の実に笑止な謬見が、少くとも *mens* omnium hominum（一般の人達の頭脳）によって真実とされて居たことは確かである。*Sana* mens（健全な頭脳）に就いては、それが一体何なのか誰が知って居ようか。

オーガスティンの摩尼教論

或る種類の本は、その著者の思想によって我々の興味を惹く。他の種類のものは、その本によって喚起される自分自身の思想が、我々の注意を独占するのである。此の本は後者に属するものである、——即ち示唆的な本である。併し示唆的な本には二つの種類がある、積極的に示唆的なのと、消極的に示唆的なのとである。前者はその言って居ることによって示唆し、後者はその言うことの出来た、言わなければならなかったことによって示唆する。どっちにしても、本としての真の目的は達せられたのである。

魂の在所

支那では、魂の在所は腹であることが判明した、そして明敏なギリシア人は、同じことを二つの言葉で言い現すのを無駄に思い、心と隔膜と両方の意味に、φρενες という唯一つの言葉を用いて居た。

自然を超越すること

ヴィーラント[*86]はその『ペレグリナス・プロテアス』で、「人間に生れたものは、人間より気高いものにも、偉いものにも、善いものにも、なろうとするべきでなく、又なることが出来ない」と言って居る。実際、我々が生れ付いた性質以上のものになろうとする時、我々は必ずその性質以下のものに堕落するのである。此頃持て囃される改革派の半神半人達は、ただ悪魔を引っくり返しにしたものに過ぎない。

シューの『パリの秘密』

私は今シューの『パリの秘密』を読んだ所である。此の力作は目新しい、巧に仕組まれた出来事の陳列館であり、完璧な技巧と子供らしい愚劣さとの逆説的な結合である。この小説には、その前提は突飛なものでありながら、その中の出来事は皆その前提に因て生ずるという、凡て爛熟期の小説に共通な特徴がある。例えば、此の小説の中に出て来るロドルフのような人物が実在し得ると仮定し、又そのような人物が存在するのを許す社会があったとすれば、その人物が、此の本の中でロドルフが遣るようなことを遣ったとしても、我々は少しも無理を感じないのである。もう一つシュー的な小説の特徴は、その全然 ars celare artem（技巧を隠す技巧）を無視して居ることである。即ち著者は何時も読者に向って、「さあ、もう直きに貴方は、貴方がこれから見ようとするものを見るのです。それは貴方に深い印象を与えることでしょう。ですから貴方の想像力、或いは憐憫《れんびん》を用意して置きなさい」と言って居るのである。そのように、人形を操る糸は隠されて居ないで、人形と一緒に、見物の鑑賞に供せられて居るのである。その結果として、我々は『パリの秘密』で涙ぐましい一章を読んでも、少しも涙を流さず、ただ、「此の一章こそあらゆる読者を泣かせることだろう」と独語するのである。それから、一般の人々がそうするように、シューに精神的な意図を与えるのは実に馬鹿げて居る。彼の主な、否、唯一の目的は、人の興味を惹くような、故によく売れそうな本を書くことなのである。その本の中に出て来る、社会改善等に就いての尤もらしい考えは、それでもって本の無節操を隠す、シューのような作家の常套手段に過ぎない。此の手管《てくだ》は、なお多くの場合、意味のないことに意味を与えるのに用いられる。併しその場合には、手管に使われる言葉は、追加的に、（イソップの場合に於いてのように）教訓として後に附けられるか、又は丹念に、併し常にその接目《つぎめ》の跡を見せて、本の中に挿入されるのである。

　此の本の訳は（C・H・タオンに依るものであるが）、非常に不完全であって、原文の慣用語を余り逐語的に訳した為に、その全体の調子を少しも伝えて居ない。慣用語というよりも、語法の地方的特質というべきであるかも知れない。一体、翻訳するのに当って、一つ(これはまだ誰も気付かないことだと思うのであるが)、誰でも覚えて置かなければならないことがある。それは、或る原文の翻訳は、その原文をその国のものが読む時と同じ印象を、その翻訳が目指す他の国の読者に与えなければならない、ということである。そこで、若し我々が(慣用語は勿論)、語法の地方的特質をそのまま逐語的に訳せば、それは著者の与えようとした印象を歪めるのに決って居る。それは、滑稽ではないまでも、必ず気障《きざ》な感じを与えることになるのである、――何故ならば、此の種の変格は、常に不調和であり、奇態であるからである。勿論、一国語に共通な語法の特質と、訳そうとする原著者に特有なものとは、区別する必要があり、後者は、あらゆる国の読者に同じ感じを与えるものであるから、逐語的に訳すべきである。今述べた翻訳の原理を無視することが、各国にお互の文学を誤解させ、否、軽蔑させさえするのである。例えば、英国の批評家は何かにつけて、フランス文学の「軽薄さ」を非難する。そしてその「軽薄さ」は、主にフランス語でのものの言い方から受けた印象であって、そのものの言い方も、本質的には何も軽薄なのではなく、ただ、私が前に言った外国語というものの奇態さが、外国人(殊に英国人)にそう感じさせるのである。そしてフランス人も亦、英国人のぎこちない文体の悪口を言う。そのように、あらゆる国語の語法というものは、外国人の耳には多少可笑しく聞えるものなのである。そこで、著者の真意を伝えるのには、翻訳に於いて此の可笑しさを矯正すべきである。翻訳者として、我々は原文を文字通りに訳すのよりも、巧みに意訳するのに重きを置くべきである。その巧みさによって、我々は原文をよく読めないものに、原文よりももっと正確にその原文の概念を与えることが出来るのではなかろうか。

慣用語と（これは勿論逐語的に訳すべきものではない）「語法の地方的特質」の違いを示すものとして、私は次に、タオン氏の訳の二九一頁に出て居る一節を挙げる、

Never mind! Go in there! You will take the cloak of Calebasse. You will wrap yourself in it, etc. etc.

いいから其処に入れ。そしてカルバスの外套を取れ。それを着ろ、云々。

これは或る男がその情人に言う言葉などであって、強くではあるけれど、親切に言われて居るのである。これは地方的な、——即ちフランス的な語法の特質の一例であって、フランス人には少しも横柄には聞えない。併し我々には、将校がその部下に発する命令のように聞え、つまり、著者が意図したのとは全然異った感じを与えるのである。此の場合、翻訳者は思い切って、I must insist upon your wrapping yourself in the cloak of

Calebasse（お願いだからカルバスの外套を着て下さい）、とでも意訳すべきである。

併しタオン氏の訳は、そういう過度の直訳だけが欠点なのではなく、氏の訳は、到る所誤訳に満ちて居る。例えば三六八頁には、その中でも滑稽なのがある。

From a wicked, brutal savage, and riotous rascal, he has made me a kind of honest man by saying only two words to me; but these words, "voyez vous", were like magic.

彼は獰猛《どうもう》な悪漢であった私を、ただ二つの言葉で、正直な人間にしてしまいました。併しその二つの言葉、voyez vous は、全く魔法のような力を持って居たのでした。

此処では、"voyez vous" がその魔法的な言葉にされて居るのだが、正しく訳せば、these words, do you see? were like magic（併しその二つの言葉というものは、ですね、全く魔法のようでした（voyez vous は do you see? と同意。そうでしょう、というような意味））、というのである。そして、その二つの言葉は何かというと、（訳の他の部分に出て居るのであろう）「心」と「名誉」なのである。

二四五頁に、同じような間違いがある、

"He is a *gueux fini*, and an attack will not save him," added Nicholas. "A－yes," said the widow.

「彼は仕様のない無頼漢で、一度襲撃を受けた位では直らないだろう」とニコラスは附加えた。「一つ、――ええ」と寡婦は言った。

タオン氏の訳を読んだものは、此の"A－yes"（「一つ、――ええ」）を不思議に思ったことだろう。私の所には原文がないけれど、此処は大方次のような風に書いてあるのだと思う、――"*il est un gueux fini et un assaut ne l'intimidera pas.*" "*Un－oui!*" *dit la veuve.*（「彼は仕様のない無頼漢で、一度襲撃を受けた位では直らないだろう」「ええ、――一度位では」と寡婦が言った）。

即ち、活潑なので知られて居るフランス語の会話では、oui.（「イエス」と同じ）は多くの場合、相手の言った言葉によりも、その言葉の意味に対する同意を示して居る。故に大抵の場合、イギリス人が「ノー」と言う時フランス人は「イエス」と言う。だからイギリス人だったら、「一度襲撃を受けた位では直らないだろう」と言われた時、「ノー」と答え、それは、「否、確かに一度位では」という意味になる。併しフランス人だったら「イエス」

と言い、それは、「ええ、私は貴方の言うことに同意します、確かに一度位では直らないでしょう」ということになる。つまり、反対の方から出発して、結局両方とも同じ意味に帰着するのである。それで、寡婦の“Un－oui”（“A－yes”）を正しく訳すなら、「ええ、――一度位では」になるのである。そしてそれが確かに正しい訳であることは、次の言葉、「併し毎日毎日では堪らない」というのを見れば解る。

併しもっとひどい誤訳の一例は、二九七頁の、ブラ・ルージュが巡査に言う言葉である。彼は、「それは構わない。私が不平を言うのはそのことではない。どんな商売でもその不調和（*disagreements*）があるものだ」と言う。原文ではきっと、*désagremens*（不自由、不利、不愉快）となって居るのだと思う。そして désagremens は、ラテン語の religio が宗教を意味する程[*87]も、不調和を意味しては居ない。

私は此の本に収められた、「力」という作品の中で、ピク・ヴィネーグルが仲間に話す、「グランガレとクウプ・アン・ドゥー」の話を読み、少からず驚かされた。これは実に見事な話である。これ程旨く話されたものは滅多に読んだことがない。完璧だと言える、――ただ、非常に可哀想な話をしようとするのが、余り見え透いて居るというのが欠点であるかも知れない。

併し私が驚いたのには、もう一つの理由がある。それは、此の話の中の或る事が、私の書いた話から取ってあるということである。クウプ・アン・ドゥー（男の名）は猩々《しょうじょう》を一匹持って居て、その猩々は非常に大きく、力があり、獰猛であって、又何でも人の真似をしたがる癖がある。此の猩々の持主は、誰にも解らないように人殺しをしようと思い、その猩々に床屋の真似を教え込み、殺そうとする子供の喉を切らせる。そう遣って、人に全くそれが猩々の仕業であると思わせようというのである。

私は此の話を読んで、私の『モルグ街の殺人』がそれからの剽窃だと思われるのを懸念した。併し私は直ぐ、『モルグ街の殺人』が最初に『グラハム』誌上に発表されたのは、一八四一年四月であるのを思出した。それから暫く立って、今から五、六年前、『パリ・シャリヴァリ』（ポオの頃あったフランスの雑誌）が讃辞的な評釈附で、私の話を転載した。そして序《つい》でに、『パリ・シャリヴァリ』の知って居る範囲内では、モルグ街などと言う町はパリにないと言って居た。私は勿論、シュー氏が私の話を翻案したことを、一種の婉曲な讃辞としてしか見る気はしない。それに、二つの話が似て居るのは、全く偶然なのかも知れない。

スウェデンボルグ派の軽信

スウェデンボルグ派の人達が私に知らせて呉れた所に依れば、私が『催眠術の啓示』という記事の中で言ったことは、全部本当なのだそうである。スウェデンボルグ派の人達は、初めはその真実を疑ったのだそうだ。私としては、疑わないなどということは、夢にも思って見なかった。あれは始めからお仕舞いまで、全くの作り事なのである。

短篇

真の短篇に於いては、――其処で人物を性格的に発展させたり、色々な事件を起らせたりするだけの余裕がないから、――普通の小説に於いてよりも、構成ということがずっともっと大事になる。それで、普通の小説に於いては、拙い構成が注意されないですむことがあっても、短篇に於いては必ず目立つ。所が、大抵の短篇作家は、此の短篇と小説との違いを気に掛けないで、どういう具合に終るのかを知らずに話を始めるから、話の終りは多くの場合、――丁度トリンキュロ[*88]の王国のように、――その始まりがどうであったかを忘れたものになって居るのである。

テニソン

詩人の中で最も偉大なのは、或いはテニソンであるかも知れない。一般の人達が「詩人」という言葉で表す観念が、現在のように漠然としたものでなければ、彼が最大の詩人であるのは、容易く実証出来ることなのである。それは兎も角、他の詩人は詩に属さない方法で、或る感じを与えることがあるけれど、テニソンの詩は、詩によってしか得られない感興を与えるのである。詩の特性を持って居るのは、彼の詩だけだと言える。それ故に、彼の『アーサー王』とか、『イーノーネ』を鑑賞し得るかし得ないかによって、我々は或る人間の審美能力を験すことが出来る。そこで此の詩の特性ということであるが、私はテニソンの詩に、前から私の持論であった、真の詩の一要素は漠然であるということの確証を得た。人は何故『シャロットの女』のような幻想的なものに、説明を加えようとするのだ。風の地合を解きほごそうとするものも同じことである。若し詩人が此の詩で意識して、暗示的な漠然を用い、それによって精神的に的確な効果を奏したのでなければ、——此の効果は詩的天才の、無意識に解析的な作用によって目的されたのである。何故ならば、詩的天才が最高度に発達した場合、それはあらゆる理智的能力を兼ね備えて居るからである。私は漠然が、真の音楽の、と言うよりも、真の音楽的表現の、一要素であることを確知して居る。表現が少しでも確定し過ぎて居れば、——調子が余り目立ってはっきりして居れば、——其処には音楽の本質である、霊性、理想性がなくなってしまう。音楽が其処に漂う恍惚とした境地は失われ、妖精の気息は途絶えてしまう。そして後に残るのは、明白な、取付き易い観念であって、——正に地上のものである。それだからといって、それがもう人を喜ばす力を持たないのではないけれど、その力の最も特質的なものは失われてしまって居る。そして、才能の未熟なもの、又、想像力に乏しい鑑賞家は、却って此の微妙な趣がない方を高く評価する。それで多くの作曲家は、時にはそれ程低級ではない筈のものさえも、確定された表現を目的とし、それを欠点よりも美点のように考えて居る。否、斯界の権威でさえも、音楽による絶対的模倣を試みるものがある。我々は『プラーグの戦い』（誰の作なるか知らず）を忘れることが出来ようか。あの太鼓だの喇叭《らっぱ》だの、鉄砲だの雷だのの果てしのない連続を聞いて、笑わないで居られるものがあるだろうか。「声楽者は」とグラヴィナ僧正[*89]は言う、「今のように震え声だの抑揚でもって、カナリアの鳴声を真似せずに、寧ろ人間の感情や情熱の本来の声を真似すべきである」。彼は器楽に就いても同じことを言っただろう。そして彼の言葉の真実は、その「寧ろ」に掛かって居る。若し音楽が何かの真似をしなければならないのなら、確かにグラヴィナが言うようなことのみを真似すべきである。テニソンの詩は、微細な韻律上の過ちに満ちて居て、彼が、今までのあらゆる詩人と同じように、韻律の諸原理を精密には研究したことがないのを示して居る。併し大体に於いて、彼の韻律に対する感覚は余りに正確である為に、今のカンタベリ子爵（未詳）のように、彼は耳で視て居るという感じを我々に与えるのである。

思索

「人は考えるというけれど、私はこれから何か書こうとする時になって、始めて考え出すのである」と言ったのは、慥《たし》かモンテーニュだったと思う。それよりももっといい遣り方は、すっかり考えてしまわないまでは、何も書こうとしないことである。

『私の心を発く』[*90]

全人類の思想、定見、感情を一挙にして改変しようという野心のあるものは、――容易くそれを実行して、名を不朽に留めることが出来る。彼は唯、或る一冊の小さな本を著せばいいのである。その題は簡単なものであって、『私の心を発《あば》く』というのである。併し、此の本はその題通りでなければならない。

著名なることを何よりも欲する人達が実に多く、又多くの人達は、死後自分のことをどう思われようと少しも構わないのに拘らず、此の本を書くだけの勇気のあるものが一人も居ないというのは、何と不思議なことではないか。此の本を書くだけの勇気である。一度書かれてしまえば、それが自分の生存中に出版されることを少しも気に掛けず、死後出版されるのがどうして悪いのか、その理由を想像することさえ出来ないものは、幾らだってある。併しそれを書くこと、――それが問題なのである。それを書くだけの勇気があるものは決してない。書くだけの勇気があったとしても、それを書くことは出来ない。書こうとして見るがいい、紙は灼熱したペンに触れて、燃え上がってしまうだろう。

『ウンディーネ』[*91]

『ウンディーネ』は何と誤解されたことだろう。その表面の、解し易い趣向の下には、簡単な、豊富に哲学的な、決して難解ではない、芸術的に按配された内容がある。

此の本の提供することから推量すれば、著者は不幸な結婚をして苦しんだことがある、――そしてそれに就いての悲痛な反省が、此の寓話となったのである。

ウンディーネが魂を持つ前の、無邪気な、無分別な、拘《こだ》わらない性格と、魂を持った後の、真剣な、沈み勝ちな、不安な、併し幸福な状態との対照により、フウケは、恋愛を経験したことのない心と、その霊感を受けた心との違いを、美しく表現した。

結婚した後でベルタルダが惹起する嫉妬、悶着は、恋愛によくある、当前な出来事であるが、キュウレボーンだのその他の水精が、フルドブランドの遣り方を憤って、彼を迫害するのは、夫婦関係に他のものが干渉する時に起る葛藤を示したもので、――そういう葛藤は、著者自身体験したものに相異ない。ウンディーネがフルドブランドを戒めて言う言葉、「水の上で私を責めてはいけない」というのは、夫婦間の争いは、第三者の前で行われたのでなければ、決して取返しの付かないものではないという事実を語って居るものである。騎士の二度目の結婚、彼がウンディーネを漸次《ぜんじ》に忘れて行くこと、及び水底にあるウンディーネの苦悶《くもん》は、余り切実に、余り情熱的に描かれてあって、我々は、著者自身が再婚ということをどう思って居るかを疑うことが出来ない、——著者自身が此の問題に深い興味を持って居ることは、疑う余地がない。愛した妻の死は、決して、再婚を許す程決定的な離別を意味しては居ないという、著者の所信は、何と簡単に、何と力強く、次の数言に現されて居ることだろう、

漁師はウンディーネを深く愛して居た、そして、可愛がった彼女が居なくなったことが、彼女の死を意味するかどうか、非常に疑わしく思った。

これは、その漁師が騎士の再婚するのを止めようとして居る所である。

私は『ウンディーネ』の斬新な趣向、その純粋な理想性、その切実な悲調、その厳正な素朴さ、或いは凡てをよく整頓された、よく意味附けられた、そして絶対に単一な効果を与える総体に統一した、最高級の芸術的技能、その何《いず》れを最も嘆賞していいか解らない。

此の話に於いて、一つのことから次のことへ移る時、何と優雅にその移動が行われることだろう。そして、これは作家にとって実に困難な業なのである。その一例が、話の発展の為に、騎士、ウンディーネ、及びベルタルダの三人が、ダニューブ河を下って行くことが必要となる時である。普通の作家であったならば、此の旅行を意味附ける為に、ひどく

自分を苦しめ、諸者をも一緒に苦しめる筈である。所が『ウンディーネ』に於いては、其処に与えられた理由が、何と充分に、何と相応しく感じられることだろう、

斯くて、友情と愛着の幸福な融合の裡に、冬は来て、過ぎ去った。そして春は明るい青空と、柔かな樹々の緑を齎して、城に住む三人の心を喜ばせた。それ故に、城の燕や鸛が、城の人達にも旅行することを思立たせても、それに何の不思議があろう。

合衆国の標語

北米合衆国の標語[*92]、E pluribus unum（数多《あまた》よりなる単一）は、数多くのものを一つにしたもの、という、ピタゴラスの美の定義を、皮肉に暗示したものなのかも知れない。

復讐

人が自分に不義な行為をした場合、その復讐をするのには、唯その人に対して公明な態度を取ればいいという事実程、人間の良心と矜誇《きょうこ》とを、同時に満足させるものはない。

ヴォルテール著作集

ヴォルテールの著作集を、非常に年若な友達の手に渡さなければならないとなったら、私はその性質を説明して、tam multi, tam grandes, tam pretiosi codices（こんなに多くの、こんなに大きな、こんなに金の掛かった本）と言う他ないだろう。そして遺憾ながら、その後の、incendite omnes illas membranas（これ等の羊皮紙を皆焼いてしまえ）[†9]も附加えなければなるまい。

†9　メルシエ[*93]の『紀元二四四〇年』より。

故ジョン・ウィルソン[*94]

ウィルソン博士が、非常に才能のある、全く珍しい人物であったことは、誰も否定しはしないだろう。彼の理想性、――彼の美に対する感激と、それを直ぐ表現しなければすまない直情的な気質に、彼の目醒ましい成功の一因をなすものであった。併しその成功の原因の大部分は、疑いなく、彼の所謂倫理的勇気、――それは畢竟、人間の気質の肉体的要素に由来するものであるが、――その勇気にあった。要するに、ウィルソン博士という結果は、彼が理想性、精力、大胆の三つの性質を、非常に豊富に持って居たことによって得られるのである。その理想性は、彼を詩人として、二流、三流の詩的鑑賞家に非常に受けさせた。彼の『棕櫚島』は、理智的要素よりも詩的要素の方がずっと勝って居る詩的頭脳に最も魅力を持って居る。此の作は、その旺盛な想像力によって人を動かすものであって、又その大体の構成の拙劣さから、人に（勿論比較的にであるが）嫌厭《けんえん》の情を起さすものである。批評家としては、ウィルソン博士は勿論、今言った三つの性質に非常に援けられた。そして、彼が文学者としての仕事をするのに当り、その三つの中どれから最も援助を受けたかは、此の批評という方面に於いて、一番言い難くなるのである。併しそれは結局、純正な大胆であったかも知れない。彼がどれだけ彼の批評家としての名声を理智の卓越ということに負い、どれだけを彼の猛烈な独りよがりに負うて居るかは、研究すればきっと興味のある問題である。併し、若し彼の無分別な倨傲《きょごう》が、彼の理想性に援けられて居なかったなら、それはただ軽蔑を招いたであろうことも確かである。併し、それはそれとして、此のスコットランドのアリスタルカス[*95]は、批評家としての最も必要な条件を少しも備えて居なかった。と言うのは、或ることに就いて教示を受ける場合、我々は、教示者が先ずその教示の原理を知って居ることを要求する。然るにウィルソン博士の批評的才能は、全く博士の鋭い審美眼と、醜さの潔癖的な感知とに限られて居た。何故、或いは如何にして美が美であって、醜が醜であるかは、それを全然理解することが出来ないのを自分で知って居たから、彼は少しも理解しようとしなかった。即ち、彼には解析することが出来なかった。彼は自分自身及び他の人間の思想のからくりに就いて、何も知る所がなかった。それ故に彼の批評は、問題なく表面的である。彼の意見はただの断言であり、証拠のないものであって、——読者の好みに応じて正しくも、正しくなくもなるものである。彼は読者を勧誘し、——当惑させ、——圧倒し、——時には論服しようとさえする。併し彼が実証し得たことは、彼が全く何も実証する資格がないということだけなのである。

天才

私は、天才あるものが道徳的には下等であり得るということを、逆説的に思うのみならず、最高級の天才というのは、最高級の倫理的品位に他ならないということを、自信あって主張するものである。

哲学体系

どんな哲学体系でも、それが間違って居るのを証明するのは容易いことであるというのは、滑稽な事実に相違ないが、そのどれ一つも、それが真実であると想像することさえも出来ないのは、考えて見れば悲しいことではないか。

シェークスピア批評

凡てシェークスピアの評釈には、まだ誰も指摘したことのない、根本的な間違いがある。それは、彼の諸人物を解釈し、彼等の行為を意味附け、彼等に纏《まつ》わる矛盾を説明しようとするのに当って、何時もそれ等の諸人物を、人間の頭の創造物としてではなく、恰《あたか》も実在の人間の如くに扱うことである。我々は登場人物ハムレットの代りに、人間ハムレットを、――シェークスピアが創造したハムレットではなく、神が創造したハムレットを論じるのである。若しハムレットが実在し、『ハムレット』がその正確な生活記録であったなら、我々はその記録によって(これは決して容易なことではないが)、ハムレットの性格的矛盾を解決し、彼が実際にどんな人間であったかを測知することが出来る。併しハムレットが全くの幻影であるとして見れば、そのハムレットに就いて同じことを試みようとするのは、ただ馬鹿げて居るだけである。後者の場合に於いては、我々の対象は、舞台の上で役者が演じて居るハムレットの性格的矛盾ではなく(併し我々は、それが対象であるように論じ、故に必然的に間違ってしまうのである)、――対象は、ハムレットを作った詩人の気まぐれとか、躊躇とか、即ち彼の相反する意気込みと怠惰となのである。此の自明な点が今まで見逃されて居たというのは、実に不思議である。

話の序でに、シェークスピアがハムレットを描出するのに当っての、その意図に就いての拙見を述べて見よう。シェークスピアは、実際感じて居る以上の興奮を装いたくなる衝動は、凡て、その原因が何であるかを問わず、或る程度以上になった興奮状態の顕著な特徴であることを、よく知って居たのに違いない。そして、思慮のあるものであったなら、その事柄から、発狂の場合に於いても同じであると直ぐ類推する筈であるし、又実際発狂の場合に於いても同じなのである。シェークスピアは、此のことを感知したのである、――思慮したのではない。彼は、彼自身を一般人類と合同させ得る、奇蹟的な能力により、此のことを感知した、――そして、彼が人類に及ぼす魔法的な力の原因は、畢竟此の合同力にあるのである。彼は、彼自身ハムレットとなって、ハムレットを描いた。そして先に、ハムレットが幽霊の言葉により、幾分発狂する程度に興奮させられたのを想像したので、次に、ハムレットがその発狂を誇張するのを、自然な結果に感じたのである。

禁酒運動

禁酒運動が、今までの諸運動の中で、最も重要なものであることは、言うまでもないことである。併しその最も重要な特徴に就いては、まだ誰も一言も言って居ない。それは、此の運動が、外的に人間の快楽を増すという、困難な、且つ不確な方法によってではなしに、人間の快楽に対する感応を昂じさすという、もっとずっと簡単な、ずっと有効な方法によって、人間の幸福を増進しようとして居ることである(人間の幸福を増進するのが、あらゆる改革の終極目的である)。つまり禁酒して居る人間は、常に、彼自身の裡に、悦楽の真の、且つ唯一の要素を持って居る訳なのである。

禁酒運動

アルコールを排するものの精神的な言い分よりも、その生理的な言い分の影響により、禁酒運動は遂にその目的を達するだろう。世人に、アルコールが体に悪いことを納得させれば、それが霊魂の破滅を来すものであることは、証明するに及ばないのである。

リイ・ハント*96

此の本に†10は、二、三の取って置いてもいい記事、——幾らか生気があって、それを読んだものにはっきりした、ことによったら恒久的な印象を与える記事がある。併し大体に於いて、此の本に収められた文章は、あの書き易くて読み難いたちのものである。その文章に表された思想も、その表し方も、余りふしだらであって、確定した目的を欠くことが余り甚し過ぎる。その調子は、豪胆な天才が、秩序と完全さを無視して、烈《はげ》しいことをぞんざいに言って居る時のものではなく、寧ろ生れつき秩序のない、不正確な頭脳が、一種無骨な、無頓着な言い方でもって、その言おうとして居る平凡なことを、もっと価値のあるものに見せようとして居る場合のものである。ハントは多くの気持のいい記事を書いたけれど、まだ立派なのを書いたことはない。彼の論点は、真面目に取上げて吟味する程のものではない。彼が最初に世人に与えた印象は、此頃彼が与えて居るらしいものよりも、或いはずっと彼の真価に近いものなのかも知れない。そして、『詩人の饗宴』（詩）は、彼の一番いい作であるのかも解らない。漫談家的なエッセイストとしては、彼には材料が不足して居る。批評家としては、彼はただ、こましゃくれて居るか、感傷的であるか、誤った情熱に駆られて居るか、或いは一番よくて、いやに気取って居るだけである。彼の下す批判が全く無価値であることは、此の本に引用してある、コウルリッジの『眠りの苦痛』の、滑稽な讃辞を読んで見ても解る。彼はデ・バッソの『死体の歌』を批評した文章で、彼が批評家として言ったことでは、一番いいことを言って居る。併し、真に批評的な精神が、同じことを批評したのと比べて見れば、此の文章が、批評として、如何に愚劣なものであるかは、直ぐに解る筈である。ハントの一番いい文学的性質は最高級ではない幻想の一種である。彼が文学的に為し得たことの最高は、人をもてなすことである。これは丁度彼の場合に当嵌まる言葉であって、彼に興奮などを求めるのは無理なのである。それに又不幸にして、彼の著作は（例えば『スペクテータ』（雑誌の名）のように）、興奮に疲れたものが喜んで取上げるようなものではない。それには落着が必要であり、落着は、ハントの文体とは正反対なものである。そして、倦怠《けんたい》を感じるものには、彼は充分な刺戟を持って居ないから、著作家として、彼が大して役に立たないことは明らかである。

†10 リイ・ハント著、『インディケーター及びコムパニオン』

批評

馬鹿を遣付《やっつ》けようという場合には、言葉遣いを丁寧にする必要はない。思い残しなく言わなければ、相手には解らないかも知れない。問題は、相手を断頭台に送ろうというのである、それならさっさと送るがいい。そして、心にもない会釈などで手間取る必要はない。喜劇に出て来る道化役者の、「どうぞお立上がりになって、死刑にお処されなすって下さい」は無用である。

併しこれは男性間に於いてのみ真である。婦人に対しては、批評家として取るべき途は一つしかない。即ち、若し賞めることが出来れば賞め、賞められなければ黙って居ることである。それは何故かと言うと、女には、自分自身と自分の作とは、別なものであることを認めることが出来ないからであって、それ故に、躾《しつけ》のいい男は、――あの優れた英国の倫理家《モラリスト》、ジェイムス・パックルの言を借りて言えば、――「決して女の悪口をいうような失礼は犯さないのである」

音楽

音楽が我々に、意味ないように思われる涙を流さすのは、グラヴィナが[*97]言うように、「楽しみの極み」からでは決してなく、それよりも、我々がただの人間として、まだ天上の、音楽がその漠然とした暗示を齎す、得も言われぬ法悦を享受することが出来ないという、その焦燥に満ちた悲しみの極みからである。

自然の状態

何時も「根本的な」問題から始めることを主張する、政治に就いての理論家は、人間の、彼等に言わせれば自然な状態、――即ち野蛮状態を、彼等の理論の出発点とする。併しどうしてそれが人間の自然な状態なのだろうか。人間の主要な特徴が理性であるとして見れば、人間の野蛮状態、即ち理性なしに存在する状態は、人間にとって不自然でなければならない。その反対に、彼が理性を働かせれば働かせる程、人間は、その主要な特徴が指示する位置に近付く訳である。そして、彼が其の位置に完全に達するまでは、――理性が彼を醇化し尽し、彼が文明の最高的に達するまでは、――人間がその自然な状態に達したとは言えないし、又それがどんなものであるかも解らないのである。

作品の転載

雑誌に発表した作品が、丁度旅人のように、海を渡ってから急に威勢がよくなるのは、一寸目醒ましい現象である。私の書いたものでも、不法に転載されたのが幾つあるか解らない。併し、私の書いたものは（少くともアメリカ人達の考えでは）、転載されることによってよりいいものとなったから、私は勿論何も言わないで居た。私の作品で、『ベントレー雑録』（英語の雑誌）、或いは『パリ・シャリヴァリ』に、その雑誌のものとして掲載されるまでは、誰にも注意されなかったものは幾らもある。『ボストン・ノーション』誌は、一度私の『アッシャア家の没落』をひどく攻撃したことがある。所が、それが『ベントレー雑録』に、その雑誌の所有物として、無名でもって掲載されたら、『ノーション』誌は、私がそれを書いたことを忘れ、厭になる程賞めるのみならず、又今度はそれをそっくり転載した。

事実と小説

「事実は小説よりも不思議である」というのは、無学なものがよく口にする諺である。彼等は、それを逆説的なことに思い、――ただその逆説の為に言って見るのである。本を読むものは此の諺を引用することがない、何故ならば、解り切った事実は、言ってもしようがないからである。私は何時か友達に、彼の作った土星に関する長篇詩を読んで貰ったことがある。彼は天才のある男であったけれど、その詩は当然失敗だった。此の遊星に関する事実は、どんなに散文的な文章に叙述されたのでも、詩人の補助的な技巧を馬鹿馬鹿しくしてしまうのである。

併し、若し此の謎に証明が必要なら、此処にそれを証明する本[†11]がある。

†11『ラマセアンド、或いは、サグ団[*98]の用いる特殊な語彙、及びその団体の組織とその団体を勦滅《そうめつ》するのにインド政府が採用した方法』カルカッタに於いて一八三六年出版。

学識

私は、人間の一生涯の中に獲得し得る学識が、最大限度どの位であるかを計算したものを色々と見たけれど、皆計算の根拠が間違って居て、事実よりもずっと少い結果を示して居た。勿論、一般には、我々は読書から得る知識の百分の一も有効には覚えて居ない。併し、読んだことを皆覚えて居るのみならず、有効に覚えて居る頭脳だってあるのである。又、人が本を読む時、その一言一言を読まなければならないなら、その一言一言に多少の注意が必要であるから、五十年掛かっても非常に少ししか読めない。併し、普通我々が「乱読」する場合、十の中一言も読んで居はしない。それに又、物理学的に考えても、丁度資本が利子を生じるように、知識は知識を生む。と言うのは、本を非常に多く読むものは、その読書力が幾何級数的に加わって行くのである。即ち読書狂は、普通の読者が何分間か掛かって読む所を、一目で見てしまう。そして、読んだ結果から言えば、読書狂の方が、普通の読者よりも有効的に読んで居るのである。つまり、普通の読者が実も殻も一緒にして咀嚼《そしゃく》するのに反し、読書狂はその実だけを取るのである。それで、或る種類の頭脳は、習慣的に本を読んで居るうちに、凡て書いたものに対して、本能的な、殆んど磁力的な理解力を生じる。そうなれば、普通のものが読む言葉の数だけ、その人間は頁を重ねるようになる。此の智的作用の綿密な分析により、今から何百年か後、これが一般の読み方となるのは、決して不可能なことではない。それは我々の十代目、二十代目の子孫に、学校で教えられるかも知れない。それは十一代目、二十一代目の一般公衆の読み方となるかも知れない。そして若しそれが実現されれば、——そしてそれは必ず実現される、——

それは、今日我々が、一字一字書いて行くことを、各音節によって理解するのと同じ位に、つまり、決してそれ以上に不思議なことではないのである。

必要は、その必要なことを生じる傾向があるというのは、自然の法則ではないか。

覚書（マルジナリア）訳注

＊1　此の『マルジナリア』は、J・H・イングラム編輯《へんしゅう》ポォ全集第三巻とステッドマン及びウッドベリイ編輯ポォ全集第七巻とから訳出した。訳しても余り面白くないようなものは省略したけれど、訳し甲斐のあるもので見逃したものは先《ま》ずないと思う。ステッドマンとウッドベリイがその全集に附したノートによれば、『マルジナリア』は、一八四四年から一八四九年に掛けて、ポォが『民主主義評論《デモクラチック・レヴュウ》』、『南部文芸通信《サウザーン・リテラリー・メッセンジャー》』『米国雑報《アメリカン・ミュゼアム》』等の誌上に、断片的に発表したものである。それを書くようになった動機に就《つ》いてはポォ自身が巻頭で説明して居る。その内容を正しく批評するのは難しい。併《しか》し、若《も》し私の訳が少しでも原文の意味を伝えて居るなら、此の和訳『マルジナリア』も面白いものである筈だと信じる。訳するのに当り、色々な意味で、河上徹太郎氏に非常にお世話になった。それから本文中のラテン語及びイタリア語は、全部英人F・L・ルカス氏に訳して戴いた。茲《ここ》に特記して両氏に深く感謝する。

＊2　ベルナルダン・ド・サン・ピエール（一七三七―一八一四）。フランスの作家、『ポオルとヴィルジニイ』の著者。

＊3　ジェレミイ・テーラー、サア・トーマス・ブラオン、サア・ウィリアム・テムプル、バートン、バトラー、全部英国十七世紀の文章家。バートンは『憂鬱症の解剖』を著し、

バトラーは諷刺詩『ヒュディブラス』を著す。

＊4　タシタスはローマ帝政初期の歴史家。モンテスキューはフランス十八世紀の法律家、歴史家。共に簡潔な文体を用いた。

＊5　コベット、ポォと略々《ほぼ》同時代の英国の著作家。ポォが軽蔑の的とした英語文法を著した。ホーン・トゥック、十八世紀の英国の言語学者。

＊6　リエル、マーチソン、フェザーストンホー、未詳。併し若しリエル、マーチソンが、その頃の有名な英国の地質学者、サア・チャールス・リエル（一七九七―一八七五）及びサア・ロデリック・イムペイ・マーチソン（一七九二―一八七一）であるならば、フェザーストンホーも地質学者で、その「言を借りて言えば」というのは、その「真似をして言えば」ということであり、三人はよく（地質史上の）「過渡期」とか「過渡時代」という言葉を使って居たのであろう。

＊7　ギリシア、ドドナの町にジュピターの有名な託宣所があった。その頃の託宣は曖昧を旨として居た。リコフロンは紀元前三世紀のアレキサンドリアの詩人、トロイの王女カサンドラの予言という形式の、難解な長篇詩を著した。

＊8　一世紀のローマの修辞家。

＊9　ホロファネスはシェークスピアに出て来る衒学者。

＊10　北米東海岸のアパラチア山脈、アレガニイ山脈ともいう。

＊11　ワシントン・アーヴィング（一七八三―一八五九）。アメリカの文学者、『スケッチ・ブック』の著者。

＊12　ワシントン・アーヴィングは既に註した。ウィリアム・ヒックリング・プレスコット（一七九六―一八五九）、米国の歴史家、『メキシコ征服記』、『ペルー征服記』等の著者。ウィリアム・カレン・ブライアント（一七九四―一八七八）、米国の詩人、操觚《そうこ》者、『ニューヨーク・イーヴニング・ポスト』の編輯者。
＊13　ジョン・ウィルソン（一七八五―一八五四）。英国の著作家、『棕櫚島』等の詩を著し、後に『ブラックウッド』誌同人となった。エディンバラ大学の哲学教授であった。
＊14　チャールス・ウェントウォース・ディルク（一七八九―一八六四）。英国の批評家、『アセネアム』の編輯者。
＊15　エリザベス・バレット、閨秀詩人。後にロバアト・ブラウニングの妻となる。
＊16　英国の雑誌の名。此の雑誌にはスコット、デ・クィンシ等も寄稿した。
＊17　ジェイムス・ラッセル・ロウェル（一八一九―九一）。米国の詩人、又エッセイストとしても知られて居る。
＊18　スコットランド人はスコットランド人だと主張せずとも、その言葉遣いで解るように、ウィルソンはそのものの言い方で、自分の卑しい本性を丸出しにして居る、の意。
＊19「カティリナよ、何時《いつ》まで」「カティリナよ、何時まで我々の寛大を蔑《ないがし》ろにしようというのか」の意で、シセロが謀叛者カティリナに対してした弾劾演説の始まり。
＊20　メレアガーはギリシアの王子、アルテアの子。メレアガーが或る事でその伯父二人を殺した為に、アルテアは兄弟の死を復讐して、犯人即ち自分の子、メレアガーを殺した。ソフォクレスの今は失われた悲劇に、メレアガーの姉妹がその死を嘆く余り、身を

ほろほろ鳥に変えてしまったという伝説を用いたのがあるといわれるけれど、之は確かでない。

＊21　デナー未詳。ジウクシス、パラシアスは、紀元前五世紀の有名なギリシアの画家。或る時二人は技を競い、ジウクシスの書いた葡萄《ぶどう》の画は、本当の葡萄と少しも違わず、鳥が来てそれを啄《ついば》もうとした。パラシアスの画には幕が掛って居て見えなかった。ジウクシスがそれを除《の》けるように言うと、その幕が即ち画であったので、パラシアスの勝となった。

＊22　エドワード・リットン・ブルワ（一八〇三―七三）。英国の小説家、劇作家、政治家。『ポムペイの最後』、『リエンジ』、『最後の豪族』等数多くの小説を著した。

＊23　シーザーがその妻と離婚する時言った言葉。

＊24　ベンジャミン・ディズレーリ（一八〇四―八一）、英国の政治家、小説家。

＊25　セオドア・エドワード・フック、十九世紀初期の英国の滑稽作家。

＊26　米国の小説家、又伝記作者、「ポオルディングの『ワシントン伝』」参照。

＊27　バニムには、マイクル・バニム（一七九六―一八七四）とその弟ジョン・バニム（一七九八―一八四二）との二人がある。アイルランド人で、各自の仕事の他に、多くの小説を共作した。

＊28　此の鐘の銘のトーマスは、どの聖徒トーマスであるか解らない。カーライルの名もトーマスであった。「音による意味の反復」は何かその頃提唱された主義であるらしい。

＊29　ジェイムス・ボズウェル（一七四〇―九五）。有名な英国の学者、サミュエル・ジ

ョンソン（一七〇九―一八四）の伝記を作ったスコットランド人。茲に言う話はジョンソンの話である。

＊30 紀元前三一二年頃、ローマの監察官、アピアス・クロオディアスが作ったローマからカプアに通じる街道、後ブリンディシまで延長された。

＊31 チャールス・ラム（一七七五―一八三四）。『エッセイス・オブ・エライア』を著した英国のエッセイスト。

＊32 西洋の食事は重い為に後で眠くなり、又葡萄酒を三本許り飲んで微醺《びくん》を帯びることがある。

＊33 紀元前二世紀のギリシアの航海者。エジプト王プトレミイ・ユウエルゲテスの命によって、インド及びアラビア海を探検した。その航海のことはストラボーの『地理学』に出ている。

＊34 英語で気取って話すことを鼻声で話すという。

＊35 テオスはアナクレオンの生地、バシラスはアナクレオンが愛して居た青年。

＊36 デフォーは『ロビンソン・クルウソー』の他に、『シングルトン大尉』、『モル・フランダース』、『ロクサナ夫人』等の小説を著した。

＊37 アレクサンダー・セルカーク（一六七六―一七二一）は英国の水夫で、朋輩と喧嘩の結果、南米東海岸のジュアン・フェルナンデス島に置去りにされ、五年後に救われた。『ロビンソン・クルウソー』のモデルである。

＊38 ベーコンは人間認識の錯誤の原因を四種類に分け、それを洞窟の偶像（見聞の狭

さ）、市場の偶像（言語上の誤解）、劇場の偶像（伝統的教義への拘泥）、人類の偶像（人間の性質を万事に認めること）とした。

＊39　フリードリヒ・ハインリヒ・カール・ド・ラ・モット・フウケ（一七七七―一八四三、ドイツ浪漫派の詩人、又小説家）の『ウンディーネ』。訳注91参照。

＊40　紀元前三世紀のアテネの彫刻家。「メディチのヴィーナス」の作者。

＊41　ローマのカピトル丘の上にあったジュピターの神殿、及びその他の建物の総称。あらゆる宗教的儀式が此処で行われた。

＊42　アリストートルが提唱したと言われ、十八世紀に於いて厳重に守られた、或る劇作の場面は常に同じ一つ所でなければならないという、劇作法の規則。殊にフランスで此のことが喧しかった。

＊43　ブローアム卿、ヘンリー・ピーター・ブローアム（一七七八―一八六八）。政治家、英国大法官。

＊44　リチャード・ブリンズレ・シェリダン（一七五一―一八一六）。英国の劇作家、衆議院議員でもあった。

＊45　スカンジナヴィアの神話によれば、天国は世界樹イグドラシルの頂点にあり、樹の幹には世界蛇が巻き付き、樹の根の下に死の国があった。

＊46　此のトリユブレは、フランスの批評家、ニコラ・シャルル・ジョゼフ・トリユブレ（一六九七―一七七〇）のことだと思われるが、確かでない。

＊47　ユウジェーヌ・シュー（一八〇四―五七）。フランスの小説家。

*48 訳注39参照。
*49 バシル・ホール（一七八八—一八四四）。英国の海軍士官、種々の航海記を著した。
*50 レジナルド・ヘーバ（一七八三—一八二六）。英国の僧侶、詩人。英国の僧侶は多くの場合、古典学者を兼ねて居る。
*51 テルテュリアン、キリスト教を弁護した二世紀の著作家。
*52 神の子は死した。それは有り得ない、故に疑いない。そして葬られて後復活した。それは不可能である、故に確実である。
*53 右から左に書く故に、洋書が終る所で支那の本は始まる。
*54 チャワース家は、バイロン家と領地の隣りあった、バイロン家よりも裕福な地主だった。マリイ・チャワースがジョン・マスタースというものと結婚したことが、バイロンの最初の旅行の原因の一つであった。
*55 エジェリア、イタリアの妖女、古代のローマ王ヌマに愛され、ヌマはエジェリアの啓示に従ってローマを治めた。
*56 ヴィーナス・アフロディテ、アフロディテはヴィーナスのギリシア名で、（海の）泡から生れた、という意味である。ヘシオッドによれば、ヴィーナスはシゼラ島附近の海から、最初に地上に現れた。
*57 『アメリカ文学の本国性』のジェイムス・ラッセル・ロウェル。
*58 マリア・フェリシタ・マリブラン（一八〇八—三六）。スペインの歌手、アメリカ、フランス、イタリア等で歌った。

＊59　シモン・ニコラ・アンリ・ランゲ（一七三六―九四）、弁護士であると同時に操觚者でもあった。
＊60　三世紀のギリシア人、新プラトン派の哲学者。
＊61　ヴェスタ、火の女神、レアの娘、又神々の母ともされた。レア、サターンの妻、ジュピターの母。セレス、収穫の女神、ヴェスタの娘。テミス、レアの姉妹神、ジュピターの最初の妻。プロセルピナ、セレスの娘、地下の王プリュトの妃。バッカス、ジュピターの子、酒の神。アッティス、神々の母シビレに愛された小アジアの羊飼。アドニス、ヴィーナスに愛された青年。シレナス、パンの子、バッカスの養父。プリアパス、バッカスの子、庭園の神。牧羊神達はバッカスの従者であった他、特筆すべきことがない。
＊62　五世紀のラテン文法家。
＊63　サーヴィアスと同時代のラテン文法家。『サターナリア』という対話体の、古典に関する本を書いた。
＊64　トーマス・ムア（一七七九―一八五二）。アイルランドの詩人、長篇詩『ララ・ルーク』の他数巻の詩集を著した。
＊65「天体の音楽」は「得も言われぬ妙音」の意味に使われる。此のポオの説が正しいかどうか解らない。一説には、「天体の音楽」はピタゴラスが言い出したことであって、宇宙は九つの空ろな同中心の、透明な球体からなり、それが、人の耳には聞えない妙音を発しながら、重なり合って回転するのである。
＊66　？　十七世紀の英国の神秘主義者、ヘンリー・モア（一六一四―八七）のことか。

＊67　北米新報、フランス新報、両世界新報、皆一流雑誌。
＊68　ローレンス・スターン（一七一三―六八）。英国の僧侶、小説家、『トリストラム・シャンディー』、『感傷的旅行』等を著す。『フランスからの手紙』はその恋人、エライザ・ドレーパに宛てたもの。
＊69　驢馬は馬鹿の象徴、review には「よく見る」の意味がある。
＊70　？　ドイツの歴史家、フリードリッヒ・ルドウィヒ・ゲオルグ・フォン・ラウマー（一七八一―一八七三）のことか。
＊71　『マクベス』第三幕第四場、マクベスに殺されたバンクオの幽霊が、宴会中に現れる場面のこと。マクベスにだけしか見えない幽霊であるから、普通は何も舞台に登場しない。
＊72　ジェイムス・カーク・ポオルディング（一七七九―一八六〇）。アメリカの著作家、ワシントンの伝記の他に数多くの小説を著した。
＊73　ジョン・マーシャル（一七五五―一八三五）。アメリカの法学者、ワシントンの伝記を著した。ジャレッド・スパークス（一七八九―一八六六）。アメリカの歴史家、ワシントンの書簡を蒐集、編纂した。
＊74　フランチェスコ・ペトラルカ（一三〇四―七四）。イタリアの詩人、古典学者、主としてその恋人ローラに宛てた十四行詩によって知られる。
＊75　ウィリアム・カオパー（一七三一―一八〇〇）。英国の詩人、浪漫派の先駆。
＊76　ジャン・フランソア・ド・ラハルプ（一七三八―一八〇三）。フランスの劇作家、

＊77　批評家、大部な文学史を著した。
＊78　『ダンシアッド』、ポープがポープと同時代の人達を皮肉って書いた諷刺詩。
＊79　バイロンと同時代の英国の著作家。『想像と空想』等と題する批評集もある。
＊80　一八四六年合衆国メイン州会を通過した禁酒法案のことか。
＊81　雉は猟鳥として珍重される。
＊82　未詳。併し「ニイルの作品」を見よ。
＊83　以上皆アメリカの州の名。
＊84　state は「状態」の他に「州」の意味もある。
＊85　コンスタンタン・フランソア・シャスバフ・ド・ヴォルネイ伯（一七五七―一八二〇）。フランスの哲学者、サント・ブーヴの『月曜談話』に出て居る。
＊86　ニコラ・シャンフォール（一七四一―九四）。フランスの犬儒派的著作家。
＊87　クリストフ・マルチン・ヴィーラント（一七三三―一八一三）。ドイツの著作家、ゲーテ、シラー等の友達。
＊88　英語で「宗教」は religion、ラテン語の religio は主に「束縛」というようなことを意味して居たらしい。
＊89　トリンキュロ、シェークスピアの『テムペスト』に出て来る飲んだくれの水夫。魔術師プロスペロの居る島に漂着し、もう一人の仲間と、島で見付けた怪物キャリバンとの三人で、島に王国を建設しようとし、それは結局プロスペロの洞窟に盗みに入ることになり、プロスペロに捕えられる。

＊89　ジョヴァニ・ヴィンセンジオ・グラヴィナ（一六六四―一七一八）。イタリアの著作家、法学者。

＊90　原題は My Heart Laid Bare、ボオドレエルの覚書の題、Mon coeur mis à nu（『私の心の裸形』）と同じ。

＊91　ラ・モット・フウケの作。漁師の養女として育てられた水精ウンディーネを騎士フルドブランドが娶り、前の恋人であったベルタルダと三人で騎士の城に住んで居るうちに、騎士の心は段々とベルタルダの方に移り、それを憤ってウンディーネの叔父の水精キュウレボーンが騎士を迫害し、ウンディーネは遂に居たたまれなくなって河に身を投げ、騎士はベルタルダと結婚した晩ウンディーネは戻って来て、騎士はウンディーネに抱かれて死ぬ、という話。昔からの伝説で、水精は人間と結婚すると霊魂を得るという。

＊92　外国の多くの国には、国の紋章に附けて用いる、その国の標語がある。例えば英国の Dieu et mon droit、米国の E pluribus unum 等。

＊93　ルイ・セバスティアン・メルシエ（一七四〇―一八一四）。フランスの著作家。

＊94　此のジョン・ウィルソンは、「アメリカ文学の本国性」に出て来るウィルソンと同じ。

＊95　アリスタルカスは紀元前二世紀の有名なギリシアの批評家。

＊96　ジェイムス・ヘンリイ・リイ・ハント（一七八四―一八五九）。英国の著作家。早くから詩人として知られ、後批評家、随筆家、ジャアナリスト等としても仕事をした。『インディケーター』及び『コムパニオン』は雑誌の名で、ハントはそれに寄稿した文

章を集めて本にした。

＊97　「テニソン」に出て来るグラヴィナと同じ。

＊98　サグ団（Thugs）はインドにあった、一種の宗教を奉じる殺人盗賊団、一八三〇年に、インド総督ベンティンクによって勦滅《そうめつ》された。

後記

此の短篇集は若草書房編輯《へんしゅう》部の野々上慶一氏の勧めによりポォの作品中前から私が愛好して居たものだけを選んで訳出したものである。訳し終って気付くことは、各短篇の美しさは否めないと同時に、その何《いず》れもが妖怪か怪異か、兎《と》に角《かく》我々の日常の論理を逸脱した現象を主題として居ることであり、能の中で最も濃艶《のうえん》な作品が、例えば「熊野」の如き一、二の顕著な例を除けば、大概は幽霊か化物を主人公として居ることに想到させないでは措かない。ポォが「リジイア」の中でベイコンの言葉として引用して居る。「凡《すべ》て精妙な美には何処か奇異な所がある。」という箴言が洋の東西に於て実証されて居るのは興味ある事実であると思う。

私は此の短篇集に於て訳註を附することを極力避けた。私には訳註というものの効用が余り信用出来ないのみならず（読むものが訳註に書いてあることを知って居ればその訳註は無駄な訳であり、知って居ないにしてもその訳註を読むことがどれだけ本文に対する理解に実際に資するかは甚だ疑問である)、ポォが挙げて居る著述、著作名、地名等には彼の創作に係るものが多く、その真偽を一々註するまでもなく、彼はそれ等の名前や言葉が本文中に出て来るその場での効果のみを狙ってそれ等を用いて居るのである。例えば「アッシャア家の没落」に於て極めて重要な位置を占めて居るサア・ランセロット・カンニングの「狂気の出会い」という物語は著者も物語も実在せず、従って其処からの引用は凡てポォ自身の言葉である。又「群衆の人」の終りに出て来る Grüninger "Hortnlus Animae" という著述にしてもそのようなものが実際にあるのかどうか疑しい。

これは文学的な効果から言って、凡て故事の引用というもののそうあるべき姿を示して居るのであり、例えば我々が、

アイアイアの島に、キルケ一人して泣く。

という詩の一句を読んだとするならば、我々はただそういう島に誰かキルケというものが泣いて居たということを理解すれば足りるのであって、古典辞書によってアイアイアという島が何処にあり、キルケというのは誰だったかということを知った所でそれは断じて詩自体に対する我々の理解を増すものではない。

尚訳するのに当って、原書は大佛次郎氏に御貸与を乞い、羅甸《ラテン》語の翻訳は凡て加藤周一

氏の御教示によった。茲に記して両氏に深く感謝する次第である。

昭和二十三年二月

吉田健一

ポォの作品について

吉田健一

ポォは多面的な作家であって、その名声は殊《こと》に幾つかの互に殆ど関係を持たないかに見える作品と結び付いている為に、今日に至っても一般には正確に知られていないようである。彼は「大鴉」の詩人として、又「モルグ街の殺人事件」以下の作品による探偵小説の創始者として有名であり、又「アッシャア家の没落」とか「黄金虫」とかの個々の伝奇的な作品が彼の名を今日に伝えている。彼の実生活も彼の作品と同様に複雑な様相を呈していて、彼はヴァージニア大学を中途で退学すると軍隊を志願して砲兵の下士官に昇進し、除隊を願い出て雑誌の編輯《へんしゅう》者となったが此の間に欧洲に行った形跡があるともされていて、ボォドレエルなどはこれを信じていたようである。彼が子供の頃に養父母に連れられて英国に行き、「ウィリアム・ウィルスン」に描かれている通りの学校で教育を受けたことは事実である。

ポォに就《つい》て注意すべきことは、彼が養家を離れてからは、そしてこれは彼が大学に在学中養父と衝突した為で、彼が退学したのもその結果だったのであるが、その後は一生貧苦に悩まされたということである。彼がその短い生涯に照して相当多作だったことは生計を立てる為にかなり頻繁に当時の雑誌に投稿することを余儀なくされたのに原因し、ヴァレリイは例えばポォの「マルジナリア」の如きは始めは発表の目的で書かれたのではなく、全く必要に迫られて断片的に雑誌社に送ったのであると推測して、事態を狼の群に追われている人間が一時逃れに橇《そり》から色々なものを投げ棄てるのに比較している。斯かる時、人間は自分にとって最も価値が少いものから始めるとヴァレリイは言っている。

又此の事情を思う時、例えば「黄金虫」の如き作品に於てポォは我々が想像する以上にその真情を吐露したと見ることも出来るようである。彼は例の精密な構想で宝探しに必要な秘密文字で書かれた文章とその解読を作品の骨子としているが、彼自身が斯かる巨万の富を得ることを夢みていなかったことを保証することが出来ようか。遂に作品の終りで宝が発見されて袋から出て来た各種の金貨の列挙とその数量の計算には実感が籠っている。又「アルンハイムの庭園」に詳述されているアルンハイムの財産の由来は単にポォの数字に対する興味を示しているものとは思えない。彼が此の作品を書いていた時の環境を一応想像して見ていい筈である。

彼の養父は相当の資産家であり、ポォは裕福な生活を知らなかった訳ではないのであって、然《しか》も彼程の鋭敏な頭脳の持主が斯かる生活の趣味を解しなかった筈はなく、此の点から見れば彼の作品に屡々《しばしば》出て来る贅沢な生活や豪奢《ごうしゃ》な環境の描写も単に物語としての興味以上の解釈が可能であると考えられる。前掲の「アルンハイムの庭園」に述べられている庭園の設計にしてもポォ自身の夢を語っているのではないだろうか。又「リジイア」の重要な部分をなしている主人公の奇異な寝室に関する記述にしても、或は「逢引」の主人公の豪奢な居室にしても、ポォの単なる空想癖に帰し得ることではないようである。

併《しか》しこれはポォの多面的な性格の些細な一部に過ぎない。

ポォは完璧であって彼の仕事は分析の余地や手掛りを残していないというのが定評のようである。事実彼にあっては此の完璧の概念は極めて明確であって、それは彼の場合単に美の感覚を伴うもの凡《すべ》てを意味するのではなくて技術的な可能な組み合せに関する一切の知識とその技術の正確な把握とに他ならなかった。彼に於ては分析は仕事の性質を知ることであり、その知識に基いての手段の案出であって、彼は斯くして作家である前に批評家だったことは彼が制作に於て実証し得たことを文学上の理論として主張するのと同じ種類の作業に属する程度に、彼は己の夢をその発展の過程に於て一歩も見失わずに辿ることが出来る意識家だった。彼は己の作品に就てそれを発表される場合の印刷上の効果までを考慮に入れる最初の近代人だった。彼がその評論で書いている人々の名前を見る時、我々は彼の時代から勘定して近代も百年の歴史を持つに至っていることは気付かざるを得ない。

ポォが近代文学の概念を確立したということは彼が文学をそれ自体として考察し、その世界を確立したということに他ならない。彼は目的の明確な設定と、その目的を達成するのに最も適した手段の考究ということに凡ての活動の方式を見て、此の理論を文学にも応用した。彼が「大鴉」の制作に就て行った解説は有名である。併し散文の作品に対する彼の態度にしてもそれと全く同様であって、彼は屢々作家はその作品を終りから書くべきこと、即ちその結果までの構想を完了した後に執筆すべきであることを主張している。そしてこれは凡て文学上の問題を或る一つの作品が与える効果と、その効果を与える為の手段に帰着せしめて、文学を一つの純然たる技術として扱うことであり、然もそれは如何《いか》なる文学上の問題にも適用し得る本質論であって、茲《ここ》に文学はその最も精妙な抽象に際してもそれ自体の存在を支えるに足る確実な根拠を与えられ、文学に関する思索や論争が文学論たることを失わない為に、必要な一般的な観点を保証されたのだった。それはその限りに於て文学の解放を意味していた。

此のことはポォ以前の批評家、例えばサミュエル・ジョンソンとポォを比較することによって直ちに明白になる事情である。即ちジョンソンにしても十八世紀の英国の優れた批評家としてその剴切《がいせつ》な観察に於てポォを凌駕《りょうが》すると感じられることがあるが、ジョンソンの場合は十八世紀の欧洲を支配した透明な理智主義が文学を人間の生活の一部とする観念に基いてしか彼に文学に就て考えることを許さず、従って彼の文学観は常に文学以外の何等かの基準による拘束を受けていて、それが却《かえ》って又彼の文芸批評に或る別な意味で確固とした基礎を与え、ポォに比してより広汎な社会的な背景を持たせていることも事実である。併しポォの評論に於ては文学のみが論議の対象であり、文学の問題が純一にその性質に基いて処理される世界の存在が其処に指示され、又その展開を見せている。即ち文学はそれ自体の影像に於て明確であり、又文学に関する提言はその埒内に於て普遍的であって、ポォの如く理論的な作家の場合それは彼の文学活動を極度に多面的ならしめるとともに、彼の文学論の厳密さは彼がその何《いず》れの仕事に於ても成功することを保証している。ヴァレリイはポォが創始し、或は完璧の域に至らしめた各種の短篇形式のフランスに於けるそれぞれの模倣者で遂にポォに及ばなかった作家としてガボリォオ、ジュウル・ヴェルヌ及びリラダンを何処かで挙げている。

此の三人によってヴァレリイは言うまでもなく、ポォの推理小説、科学小説及び伝奇小説を指しているのであるが、ポォは此の他にも例えば「鐘楼の悪魔」のような風刺小説や「ゴォドン・ピムの冒険」の如き全く類を絶した長編小説を書いている。そしてこれ等の作品に共通なことは彼の特異に洗練された文体であり、彼の文体に就ては曽《かつ》て論じられたことがないようであるが、ポォは文学に対するのと同様の態度で言葉を検討し、言葉を一つの表現と見做《みな》して如何なる場合にもその目的を最も正確に果すべき機関の意味に於て彼の語法を完成した。これは英語の文章として画期的なことである。何故なら英語の伝統から見るならば言葉はそれを用いるものの言わば外部にあり、作家はそれを己の所有物にしようとするのではなくて、言葉に従来認められている意味や色合いとそれ等の言葉の習慣上許されている組み合せに託して、己の表現に可能な限界を摸索するのを普通とするからである。併しポォは英語を己の言葉として所有し、それによる己の思想の明確な表現を期した。斯くして英語は意味の伝達の上で曽てなかった普遍性と、又それが畢竟《ひっきょう》或る作家の精神の動きを記録している点で個性的な響きを獲得した。茲に於て文体は始めてその人間自身となるのである。即ちそれは作家の口癖の如きものに存するのではなく、言葉を支配する人間の存在を反映して特色を生じるのであり、その意味に於て私はポォ程純粋な英語を駆使した作家を他に知らないのである。「ユウレカ」と「リジイア」と「メエルストロムの旋渦」の如く掛け離れた題材を扱ったものが何れも彼の代表的な作品として考えられることがそれを証明している。

　要するに彼は如何に微妙な事柄の表現にも堪え得る用法として彼の言葉を形成し、体験に、その過程に於て幾多の最も微妙な精神的な体験にその正確な表現を与えることを試みた。例えば「群衆の人々」に於ける、熱病を患った後で雨に打たれるのを快く感じる快癒期の病人の心理状態とか、或は「ベレニイス」に於て、病気の為に美しさを全く失った女が微笑する時に見せた歯に対する主人公の執着とか、或は彼が夏の日に外から部屋の壁に差している木の葉の影に感じる魅力とか、或は又「アッシャア家の没落」に於て、空が雲に蔽《おお》われた嵐の晩にアッシャアの家から発散する妖気が逆に雲の下部に異様な光を投射している名状し難い恐怖の場面などは、ポォの精緻な論理に従って陶冶《とうや》された英語があって始めて可能な叙述である。これは別な言い方をすれば、彼は批評家の語彙を用いて小説を書いたということなのであり、我々は彼の評論から小説に移り、又その逆を行う時、彼の文章の緻密さに何等変化を認めることが出来ない。これは又彼が斯かる思弁的な構造を持った文章で描写するのに適した事柄を好んで小説の材料に選んだということであって、事実彼は異常な心理や場合を扱った観念小説の大家だった。リットン・ストレエチェイはスタンダアルの文体を幾何学の論文に比較して、斯かる形式で人間の心理の動きを捉えているスタンダアルの筆致に驚嘆しているが、英語を用いてこれと同じことをよくなし得る作家はポォだけのように思われる。

併しポォが英米に於ては寧《むし》ろ詩人として知られている理由も其処にあると言える。彼は英国に於る詩の伝統の豊富さを熟知していて、それは彼自身の制作を促さずには置かなかった。併し此の場合にも彼に主として詩を英語で書いた場合の韻律上の諸問題に惹かれたようであることが詩に就て彼が行った研究、それから殊に彼が書いた幾つかの優れた詩そのものに示されていた。即ちこれ等の詩の完璧さは英国の詩人達がそれまで半ば無意識に行って来た詩の制作を彼が見事に理論附けた結果であり、それによって得られた効果の精妙さのみが斯くの如くその制作態度に於て全く異っている方法で書かれた彼の作品の幾つかを英国の詞華集に加えているのである。要するに彼の詩人としての仕事も凡てその為に彼が費した努力の如何に賭けられているのであり、その成果が英米に於て迎えられた事実は英国の詩に対する彼の理解の的確さを物語っている。

即ち完璧さということは常に斯かる意識的な努力の観念と結合して存在するのであり、ポォのそのような態度が彼を英文学の伝統から切り離して寧ろフランスの文学的な因習に近附けたことは、その後フランスに於て近代文学が遂げた発達に徴しても容易に首肯《しゅこう》出来ることである。ポォは「大鴉」の制作に就て、その如何なる段階に於ても偶然や直覚に余地を与えることなく、凡ては「数学の問題の正確さと厳密な因果関係に従って」行われることを言っているが、これこそ近代に於て理想とされることであり、彼の作品はその理想を完全に実現してはいないだろうか。そして茲に私にはポォとともに近代の限界が見られるように思えるのである。即ち完璧は人間が己の実力のみによって到達し得る最後の目的であり、近代に於て完璧が目指されるのは人間の実力以外に信じられている何物もないことを示している。茲に無限の寂しさがある。何故なら人間が斯かる思想をその最終の結論として包懐するにしても、それが最後の言葉ではあり得ないからである。

一、本書は若草書房版『赤い死の舞踏会』（一九四八年六月刊）にポー作品二篇と訳者の解説を併せて文庫化したものです。「アッシャア家の没落」を除く八篇は、『新装 世界の文学セレクション36　ホーソン／ポー』（一九九四年三月　中央公論社刊）を参照しました。

一、「シンガム・ボッブ氏の文学と生涯」および「覚書（マルジナリア）」は、『ポオ全集第3巻』（一九七〇年一一月　東京創元社刊）、「ポォの作品について」は『アメリカ古典文学叢書第二巻　偸まれた手紙 他九篇』（一九四八年九月　共和出版社刊）解説を底本としました。

一、著者名は「ポオ」「ポォ」などの表記がありましたが、本文中では「ポォ」に統一しました。

一、旧字旧仮名遣いは、新字新仮名遣いにあらため（一部の異体字を除く）、明らかな誤植は訂正しました。現代の読者の読みやすさを考慮して、ふりがなを加えました。

一、原注は†、訳注は＊で記しました。

一、本文中、今日の人権意識に照らして不適切な語句や表現が見受けられますが、訳者が故人であり、執筆当時の時代背景と文学的価値に鑑みて、そのままの表現としました。

中公文庫

赤《あか》い死《し》の舞踏会《ぶとうかい》
——付《ふ》・覚書《おぼえがき》（マルジナリア）

2021年4月25日　初版発行

著　者　エドガー・アラン・ポー
訳　者　吉《よし》 田《だ》 健《けん》 一《いち》
発行者　松 田 陽 三
発行所　中央公論新社
〒100-8152　東京都千代田区大手町1-7-1
電話　販売 03-5299-1730　編集 03-5299-1890
URL http://www.chuko.co.jp/

ＤＴＰ　平面惑星
印　刷　三晃印刷
製　本　小泉製本

Published by CHUOKORON-SHINSHA, INC.
Printed in Japan　ISBN978-4-12-207061-5 C1197

定価はカバーに表示してあります。落丁本・乱丁本はお手数ですが小社販売部宛お送り下さい。送料小社負担にてお取り替えいたします。